鳩沢佐美夫の仕事

第一巻

鳩沢佐美夫と祖母 平目さた（1961年3月）

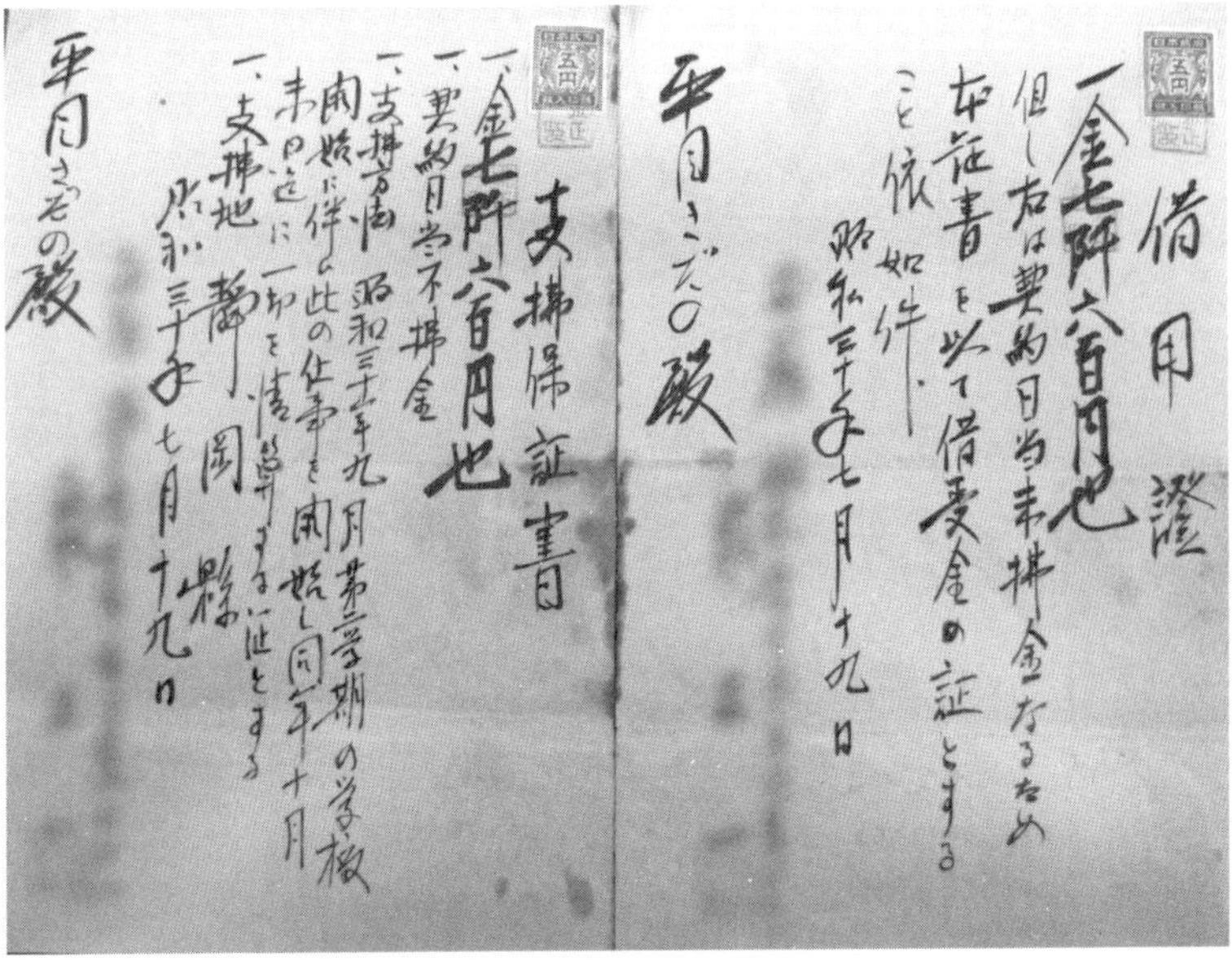

借用證

一金七阡六百円也

但し右は契約日当未拂金なるため

本証書を以て借受金の証とする

こと依如件

昭和三十年七月十九日

平田きぶえの殿

支拂保証書

一、金七阡六百円也

一、契約日当不拂金

一、支拂方法 昭和三十年九月第二学期の学校

開始に伴ふ此の仕事を開始し同年十月

末日迄に一部を清算することを証とする

一、支拂地 静岡縣

昭和三十年七月十九日

平田さつゑの殿

「証しの空文」の元になった証書

鳩沢佐美夫の仕事　第一巻　目次

校訂方針および底本について

　これまで鳩沢佐美夫（一九三五～一九七一）の作品は、最初に『山音』（山音文学会）などの同人文芸誌に掲載、さらにはのちに『コタンに死す　鳩沢佐美夫作品集』（新人物往来社、一九七三年八月）などの図書に収録される際、編集者などの他者による加筆や修正・改竄を経て世に出たものが少なくない。その結果、作品理解にとって致命的な誤謬が刻み込まれてしまったテキストも中にはある。この点については、本書所収「年譜　鳩沢佐美夫の生涯」の「備考欄」で、個別の作品が書かれた状況等について記しているので参照されたい。

　こうした事情に鑑み、本書は収録作品の校訂にあたって、他者による干渉の痕跡を可能な限り排し、鳩沢自身が意図したテキストそれ自体をよみがえらせることによって、表現者としての鳩沢佐美夫のよりリアルな姿に迫ることを目指した。

　鳩沢自身による浄書原稿が現存するものについては、木名瀬高嗣・盛義昭・額谷則子（作成・編集）『鳩沢佐美夫デジタル文書資料集』（財団法人北海道文学館寄贈資料［特別資料］、二〇一〇年六月）に収録されているデジタルデータを底本とした。とりわけ代表作「証しの空文」など、鳩沢が旺盛な執筆活動を展開した『山音』時代の作品については、鳩沢に多くの助言を与えた編集人の出堀《でぼり》四十三《しとみ》（一九一二～一九七〇）が、鳩沢の書いた原稿に上書きした筆跡を多数残している。同資料集に収めた高解像度のデータは、こうした箇所を丹念に分析し鳩沢自身の筆の跡を復元するという難度の高い作業において大いに役立った。また、鳩沢の肉筆による原稿が現存しない作品については、より鳩沢自身が書いたオリジナルに近いと考えられるテキストを底本とした。いずれの場合も、別媒体に掲載された異稿と比較しつつ、現在の読者にとっての読みやすさもある程度は担保されるよう考慮した上で校訂稿を作成した。

原則として、底本とした稿に明らかな誤字および文法的な誤りがある箇所については、比較対象とした異稿で採られている修正、あるいは出堀など他者によって原稿に書き込まれた修正を採用するか、二〇二一年現在において正しいとされる表記に改めた。それ以外の、通常用いられない語や言い回しだが明らかな誤りとまでは言い難い箇所、さらにはそのままでは意味がわかりづらいものの置き換えるべき言葉を一つに定められないような箇所については、鳩沢が自分で書いた表現をそのまま用いた。後者について一例だけ挙げると、「雪の精」一〇四頁「T子の後姿は、あまりにあど気なく、両肩にも力な微弱に年歳を感じさせなかった」(ちなみに『コタンに死す』一八八頁では同じ箇所を「T子のうしろ姿は、あまりにあど気なく、両肩にも微塵にも年月を感じさせなかった」と修正している)。彼の文章にはこうした破格な表現が時折見られる。

送り仮名は、可読性が損なわれない範囲でできるだけオリジナルの表記を保つよう努めたが、今日の標準的な漢字ひらがな混じり文の表記法に照らして破格の度合いが強い場合など、個別に判断した上で、修正された異稿の表記を採用した箇所も少なくない。漢字のルビは、『コタンに死す』では一部の難読字に付されているが、本書は鳩沢自身が付けた字以外には付けていない。句読点についても、明らかな誤用を改めたほかは、ほぼオリジナルのままである。ダーシおよび三点リーダーはそれぞれ二倍で統一した。

各収録作品の底本は、以下の通りである。

証しの空文

底本は浄書原稿。校訂に際して参照したのは、『山音』33号（一九六三年八月）掲載版、および『コタンに死す』版。なお、『沙流川　鳩沢佐美夫遺稿』（草風館、一九九五年八月）に再録されているのは『コタンに死す』と同一の版。

戯曲　仏と人間

初書籍化。底本は浄書原稿。最初に同人となった『日高文学』（日高文学会）が休眠状態だった頃に書かれ、生前未発表に終わった作品だが、須貝光夫が発行する『コブタン』18号（一九九五年一一月）で活字化されており、これを参照対象として校訂した。

雪の精

底本は浄書原稿。校訂に際して参照したのは、この稿を元に一部修正を施した『コタンに死す』版。なお、『山音』31号（一九六三年四月）掲載版は一応鳩沢の同誌デビュー作ではあるものの、内容は鳩沢が提出した稿をもとに出堀が全面的に書き替えている。そのため本校訂においては参照対象としなかった。

折り鶴

底本は浄書原稿。校訂に際して参照したのは、『山音』32号（一九六三年六月）掲載版、および『コタンに死す』版。

F病院にて

浄書原稿が現存しないため、『山音』35号（一九六三年一二月）掲載版を底本とし、『コタンに死す』版を参照して校訂した。なお、この作品の舞台は「B町の本院」であり、「F病院」とはその分院のこと（文中では「F分院」などとも記される）。表題（鳩沢自身ではなく出堀が付けたもの）と内容にズレがあり、さらに『コタンに死す』収録に際しおそらくはそのズレを繕う目的で、本文中の病院の表記に改竄が施されている（そのあたりの事情は、本書所収「年譜　鳩沢佐美夫の生涯」の備考欄に記してある）。これらは本書では『山音』掲載版での表記に戻した。

ある老婆たちの幻想　第一話　赤い木の実

浄書原稿が現存しないため、『日高文芸』1号（一九六九年三月、日高文芸協会）掲載版を底本とした。同誌は鳩沢が中心となって創刊された同人誌であり、編集過程においては自身で校正も行っていたことから、同誌掲載版のテキストはオリジナルに近いものと推測される。校訂に際しては『コタンに死す』版を参照した。

休耕

初書籍化。右のような考えから、『日高文芸』8号（一九七一年七月）掲載版を一応の底本とし、浄書原稿を参照して校訂を進めたが、同誌掲載版には写植ミスが散見され、結果として浄書原稿の表記を採用した箇所が少なくない。浄書原稿には六月一五日という日付が書かれており、脱稿から刊行までの日数が短かったことを考慮すれば、鳩沢自身による校正は仮に行われていたとしても厳密なものではなかったと推測される。

なお、本書に収録されたテキストには、少なからず差別的な表現が含まれる。これを曲げることなくそのままの形で復刻するのは、そうした差別が鳩沢自身の経験した歴史的事実であり、当該時代の状況や社会構造について多くの示唆を与えるものであるからだ。当然ながら、この復刻は差別の再生産を企図するものではなく、ましてや文脈を違えた恣意的な切り取りや悪用のために供されるものでもない、ということをあらかじめお断りしておく。

証しの空文

第一章

眼の周辺と口元の皮膚が、一瞬、滑ったような気がしたのと同時に、微かな呼吸がすーっと消えていた。そこには苦痛など感じられなかった。悲しみも、寂莫もない。ただ安らぎの、自然のままの訪れであった。その一瞬があまりにも静かに、眠るように、消えるように訪れただけに、私は現実の判断を怠り、メルヘンのような祖母との楽しい日々を憶い起していた。

　私の祖母は、父、コパイノウック、母、スタルカドックの子として、夏の暑い日に生まれていた。祖母は父の顔も兄弟の顔も、おぼろ気にしか判らなかった。が母の面影だけは、瞼にあったらしい。祖母はよく、「オラのハボ（母）はきれいな顔をしていた。なんでも、南部の血を引くんだと、したからとってもシレトッコロ（美しい風貌）していた……」といった。祖母のおふくろは、南部人とアイヌ人の混血らしかった。だが祖母には、母親との何一ッの憶い出もなかったようだ。それを問えば、「ピリカメノコ（美し女）だ……」としか言わなかった。兄弟の顔も、二、三の者の存在は判るのだが、皆類似性がありどれがどれなのかさっぱり判らなかった。もう七十年以前の記録のない面影は、祖母にも描けなくなっていたのかも知れない。当時は、家族の者たちの揃うことのない時代でもあった。年上の者から順々に、雇いだとか手稼に出てばらばらに生活していた。あるいはその所為で、父や兄弟の顔も覚えていないのかも知れなかった。祖母も十歳頃から、村の百姓家に子守りに出されていたといった。

　祖母は戸籍上、父、コハクシユ、母、したからとくの六女として、明治十四年一月十八日に生まれたことになっている。「夏の暑い日に生まれた……」という祖母の述懐と、記録上の月が違っている。が、おそらく母からでもそう聞かされた記憶でもあるのだろう。一貫して祖母は、「夏の暑い日に生まれた……」といっていた。

祖母の生まれた土地は、明治十三年になってから、十二、三キロの隔地に、管轄の戸長役場が設置されている。村直轄の役場が出来たのは、明治三十二年であった。つまり管轄の戸長役場が設置された翌年、祖母は生まれたことになっていた。今でこそ、十キロや二十キロなどというが、当時とすれば想像を絶した距離であったろう。私は戸籍簿上の祖母の生誕に、何等かの疑問を抱くのである。また六女というが、戸籍上にも他の兄弟の記録が残っていなかった。これは、昭和九年に村役場が焼失したことにもよるのだろう。が私は「夏の暑い日……」から推しても、実際の生年と記録は、いくらかのずれがあるような気がしてならない。

私は小さいとき、よく祖母に抱かれて眠った。祖母の長女が私の母であった。私は小さいときから体が弱かった。祖母に連れられて、どこか遠くの神様や病院に行ったことも覚えている。一家の担い手としてのおふくろに代わって、祖母が私を育ててくれたのであった。祖母はよく口に食物を含んでから、咀嚼して私の口に移してくれたといった。クル病か、それに類似した病気なのだろう。私は五歳頃まで歩行出来なかった。それだけにずい分祖母に迷惑をかけていた。

私はおふくろの懐を、憶い出すことは出来なかった。が祖母の温い懐は、今もはっきり覚えている。私はたった一人の内孫であった。その所為か、祖母の寵愛は激しかった。夜床に這入ると、かならず顔に口附けをして「ウン・ウヮン……」と頭をなでてくれた。それが済むと祖母は自分の丹前で、私の肩を被ってくれた。そして子守唄のようなポンイソイタクッ（短いお噺）をしてくれるのであった。「あのな、あるところにとっても貧乏なポントノ（若者）がいたんだと……。」から始まって、「真面目に働いて、慈悲深く蛇などを助けてやった。だがどうしてもポントノは、お金持になれなかった。そのうち、そのポントノが窮地に陥った。すると以前助けてやった蛇が現れて、それを救ってやった。そしてポントノはお金持になって、自分を助けてくれた蛇を、一生祀ってやった。……したから蛇はぜったい、いじめるなよ……」と、いって終いになる。祖母はこのようなお噺を、いっぱいしてくれた。そのとき私は、祖母のお噺の後を追っていた。つまり貧乏な若者が真面目に働く姿や、木が茂り川がある風景が、なんとなく判るような気がしていた。これはときどきアイヌ語でなければ語れないような部分に来ると、祖母は先ずアイヌ語でそれを話した。それから私たちが普通使う言葉で、説明してくれるのであった。

たとえば私を愛撫するときの「ウン・ウヮーン……」という言葉などである。活字ではいとも珍妙に、ウン・ウヮーン……などと書くより術のない言葉（あるいは呻き声）であった。その発声は、ちょっと類のないものである。それだけに他の表現では、説明つけられなかった。可愛いという意味にも通じる。がそんな紋切りの一形容だけではなかった。とにかく満身の愛情が絞り出されたような、感動する響きであり、言葉であった。

このように説明不可能な言葉になると、祖母はお噺を中止して、とても親切に教えてくれた。私が「どうして?……」と問えば、眼を細めてなお一層くわしく話してくれた。このように細やかな情景描写が、メルヘンの世界を、幼い私にもリアルに描かせるのであった。そしてまた、同しお噺を何度も何度もしてくれた。だが私は、それをちっとも厭わなかった。祖母の語る幻想の世界を、ミュージカルに遊歩してそのまま夢見るからであった。

私と祖母はよく、青物を採りに山へ行った。第二次大戦前後は食糧難であった。そんな飢餓時代、私たちは祖母のおかげでずい分と助かった。

山へ行く日、祖母は朝早く起て弁当をこしらえた。そしてイヨッペ(鎌)を磨いだり、タッル(背負縄)や大きなフロシキなどを用意した。私たちはそれを大きなコンダシ(樹皮で編んだ袋)に入れて、八時頃山へ向うのである。そのとき祖母は、かならず私を先に歩かせた。よく「熊でも出て来たら、ババさかまわないでやっと逃げれよ……」といっていた。山歩きに不安を感じる所為か、祖母は朝磨いて来た鎌をいつも手に持って歩いた。そして処々の草や小枝を折るようにして置いた。

私たちが青物を採りに行くのは、たいがい十キロぐらい山奥であった。このように私たちの背丈以上の藪原を越えて行くため、帰路に就く場合方向を見誤ることがよくあった。あるときも、夕暮れ近くになって私たちは路を見失った。登りきる筈の山頂が、どこまで行ってもつきなかった。祖母は「その辺にチャイチャイのエヌイペイサン(小枝の切ったのないか)

……」といった。がいくら捜しても、それが見当らなかった。祖母も荷物を降して、二人で捜した。がとんでもない方角にその小枝があった。すっかり切断してしまっては、草や小枝はすぐ枯れてしまった。だから折るようにして、その所在を記憶しておくのである。今になって考えれば、何か一種類の灌木を折っていたような気もする。

祖母はよく、山路を歩きながらヤイサマ（嘆きの歌）などを唄った。細い哀愁をおびた声は、深閑とした樹間に泉のようにしみ透った。私にはその唄の意味が解らなかった。が祖母がいつもしてくれる物語りの中を、歩くような気持になっていた。またとても淋しいものでもあった。が祖母が唄えば梢の小鳥たちが、ホルンやフルートを奏でた。だから私は、ちっとも淋しいなどとは思わなかった。

私たちはこうして、やがて目的地に着くのであった。目的地に着いたら祖母は、先ず林野の中でも目につきやすい大きな木を捜した。そしてその囲りの草をきれいに刈って、持って来た大きなフロシキを、敷物代りに広げるのであった。祖母は一と休みする間もなく、私を木の根方に残して附近の青物採取に出かけた。活動範囲はだいたい、一キロ内外であった。私はいつも留守居役である。が祖母からいろいろ注意を受けているので、ぜったいにその場を動かなかった。祖母は三葉やキトビロ、蕗などを採った。がその大半はヌレップ（ウバ百合）であった。これには百合の球根のような、五、六センチの白い実がついている。それを祖母は、葉をつかまえて土の中からひっこ抜くのである。その場で葉と実を切り離してしまっては、荷造りに手間がかかった。祖母は葉をつけたまま、私のいるところに運んで来た。そして葉と実を切り離す方法を、丁寧に教えてくれた。私は教えられた通り、祖母が次に運んで来るまでじっとその仕事をつづけていた。が活動範囲が展がるにしたがって、祖母の戻る時間が長くなって来る。そんなとき私はつい、うとうとしてしまうのであった。すると祖母が来てやさしく起してくれた。「こんなところで眠ったらだめだよ。蛇や化物が出てくるから……」といって、眠るときには、自分の周囲に縄をまわして寝るように、ともいった。何か危害を避ける、お呪いらしかった。

　このような時間が過ぎて、太陽が私たちの真上まで来たとき、たのしいお昼ごはんになるのであった。祖母はおニギリをつくれなかった。だからいつもドンブリだとか、小さな鍋などにごはんを詰めて、小皿を蓋にして持って来た。そして附近にある小枝を折って、箸に使った。ある日こんなことがあった。

　私たちがごはんを食べているとき、近くで山鳩が啼いていた。私は「あっ、デデポッポが啼いている！」と叫んだ。祖母は怪訝な顔をして、「ホウ……」といった。つまりナニ？という疑問の発声である。私は梢の方を指して、「あれ、あそこにデデポッポが啼いている……」といった。すると祖母はやっと、合点したような表情をした。がすぐ吹き出してしまった。「バカ、あれはトイタチカップといって《クスエッ・トイタ》と啼いているんだ」といった。トイタチカップ、つまり蒔きつけ鳥という意味であった。祖母は《クスエッ・トイタ。クスエッ・トイタ》と啼くのは、もうすぐ(クスエッ)蒔きつけ(トイタ)と教えているんだ、といった。私はとてもいいことを覚えたぞ、と思った。このようにたのしいお昼ごはんが済むと、祖母は私を膝によしかけて、お昼寝をさしてくれた。そのときは、あの美しい声が漂っていて、私は安心して眠ることが出来た。

こうして、私たちは四時頃帰路に就くのであった。私は空の弁当ブロシキと、鎌を持ってまた朝来た路を先に歩いた。祖母は三十キロぐらいの荷物を背負って、つんのめるような恰好をして私の後からついて来た。

普通荷を背負う場合は、縄でぴったり体につけてしまう。が祖母は荷物だけを固く結んで、頭を入れるだけの余裕をつけておいた。もし何か危害を感じたようなときは、首から外して捨て去れるようにしてある。また重量なので、体に密着してしまっては、処々で休息する場合など人手をかりなければならない。が、こうしておくと降すときも背負うときも、自力だけで出来た。祖母の背負縄は樹皮で編んだ、四メーターぐらいの長さの物であった。その中央は十センチぐらいの巾があった。この巾の広い部分は、坂道などにさしかかると額に当てるのである。荷を背負っての帰路は、空身の倍の時間を要するから、祖母は途中で仲々休まなかった。いくら急いでも、私たちが家に着くのは、夕暮れか暗くなってからであった。

こうして採って来たウバユリは、翌日球根の一つ一つをはがして、水できれいに洗ってからニス(臼)で砕いた。祖母の打ち下すイウタニ(杵)で、真白い実がパチンパチンと砕けた。すっかり砕けたら袋に入れて、大きなオンタロ(樽)に露を絞った。その樽の底には、白い澱粉が沈んでいた。その上水を二、三日取り換えて、灰抜きをした。それが済んだら団子のように固めて、アブッキ(葦で編んだ簾)に広げて乾燥させる。これで良質の澱粉が採れるのである。

その澱粉は、食用にもした。が大半は祖母が知り合いの農家に、三葉や蕗などといっしょに持って行くのである。すると農家ではとても喜んで、お米や味噌などをくれるのであった。

そんな中に、私は学齢期を迎えていた。それでも私は、自分がアイヌだという意識は少しも持たなかった。だが私が小学校二、三年頃だと思う。祖母に連れられて、近くの街に在る病院に行ったことがあった。その帰りの乗り換え駅での出来事である。

当時は第二次大戦最中であり、出征兵士を送る学童が大挙ホームに並んでいた。そこに私たちの列車が着いたのであった。私は子供心にも、おそるおそるデッキから降りようとした。そのとき、私と同い年恰好の男の子が、「アッ、アイヌ……」と、私たちを指したのである。私は鈍器で撲られたような衝激を受けて、一瞬脚がもつれてしまった。祖母は、「チャッケレ（生意気に）」とだけいって、私を急かせた。が私は、何故か無意識のうちに怯んでいた。そしてその日から、私はアイヌというものが、とても悪いことのような気がした。それがまた、恥しいことのようにも思えた。それまで祖母に手をとられて、列車に乗り降りしていたのに、翌日から私は頑にそれを拒んでしまった。それればかりか、人前では祖母に話しかけられることさえ嫌だった。それから祖母は、なんとなく私に遠慮がちになったのである。祖母と私たち親子が別居したことにもよるが、その頃から、祖母と私の間に隙間が出来ていたようだ。

ある日、私の友人の高校教諭が、遠来訪ねてくれた。私たちはずい分と、いろいろなことを話し合った。そのとき彼は帰宅間際になって、それとなく祖母に会いたいようなことを匂わせた。私は快く友人を誘って、一キロ程山に引っ込んだ叔母の家にいる祖母を訪ねた。祖母はニコニコ私たちを迎えてくれた。が「こんな汚いとこさ、兄さんは人連れて来て……」といった。厭うているのでなく、私の体裁を気遣っての言葉のようであった。祖母は食事以外は、与えられた離れに引き籠って自由にしていた。それだけに、つぐろい物や其の他の物がいっぱい散ばっていた。だが私は少しも、恥しいなどという気持は起らなかった。友人に「祖母です」と紹介した。すると彼は、「ほう……」というような感嘆の声を発して、「お婆ちゃんいくつになったの？」と問うた。祖母は「もう八十になりましたの。八十になっても、このとおり元気です」と、感じよく応えた。それから私たちは、記念撮影に移ったのである。

祖母は「こんな恰好して、兄さんの顔にかかる……」と着替えようとした。が私は「いい……」といった。私は飾りつけた祖母でなく、普段のままの姿を友に見せたかった。祖母は「こんな姿を恥しがるもしないで……」と、涙ぐんでいた。私も思わず目頭が熱くなっていた。

私と祖母は、一緒に写真を撮ったことが一度もなかった。カメラを趣味とした私は、現像焼付と、一応の心得があった。が祖母の写真を一枚も焼付けた覚えがなかった。その機会がなかったからではない。かといって、避けたのでもなかった。が、なんとなく、敬遠した感があったのである。

私は祖母の過去や、アイヌ語、風俗等を聞き質そうとして、ペンを持っていろいろ話しかけてみる。がその都度、自分のそういう態度がとても嫌厭された。暗い祖母の過去を、憶い起させることが不憫であった。またそうすることによって、私自身が浮彫にされてしまう。そこにはやはり隔絶された生活、偏見視されなければならない習慣を意識した。そんな頑なな観念が、なるべくこういう意識に触させまいとした。祖母の写真を撮ることによって、歴然とした骸のような過去を意識する。私はそのことが恐しかった。私は祖父両親共にアイヌ人として生まれていた。南部系だという祖母の表情より、かえって私のほうが個性的であった。祖母にはただ、当時を生きた証しのように、皮膚に刻まれた苦悶の痕が残っているだけである。その尊いものを、嫌厭するように、あしらうように、私は祖母への敬愛心を失っていたのでないだろうか……。それほど祖母を苦しめた記憶はなかった。が、あの幼い時代の私のたのしい憶い出が、ずい分と隔てられていた。なにより、このように祖母の手をとったのは、幾年振りであったろう……。私を「ウン・ウゥン……」と愛撫したときのように、幸福そうな祖母の表情を見たのも、久しいことであった。私は固陋の傀儡となって、祖母に卑屈な観念を植つけていたのでないだろうか……。友人の前に、私の体裁を気遣う祖母の傷ましい姿は、それの示唆のような気がしてならなかった。「兄さんの顔にかかる……」といいながらも、私に手をとられた祖母は「オラはいつ死んでもいい……」といった。

祖母はとても信心深かった。朝起て洗面後、神仏にお水とごはんを供えなければ箸をとらなかった。祖母の信仰する対象は、日蓮宗、門徒宗、禅宗等々のややこしい宗派を問わなかった。神様といえば、なんでも素直に受け容れた。また自然環境のどこにも、神々が存在すると堅く信じていた。

私が幼い頃、おふくろがよく神下しをした。家族の誰かが病気をしたら、かならず悪霊に呪われていると信じた。そのようなとき、病人が直接その悪霊を見ることもある。また他の誰かが夢などで、それを探知する場合もあった。そのお告げをまっ先に受けるのが、おふくろである。それを聞くと、おふくろは無意識に欠伸が出て、気が変になるらしかった。

私が七、八歳頃だと思う。夜分激しい腹痛に見舞われたことがあった。熊の胆などを飲まされたが、少しもよくならなかった。夕食は全部吐いてしまって、腹部から押しあげられる空嘔吐の催しは、犬の遠吠にも似た呻き声を発しさせた。最早家の者たちには、手のほどこしようがなかった。そのうちおふくろのマウソカ(欠伸)がはじまった。祖母は待っていました、というように、何事か怒りをこめていいながらおふくろの傍に坐った。それは呪文にも似た激しいものであった。祖母は、「どんな悪魔でも、神のような子供に、こんな苦しみを与えて、悪いとは思わないのか。いいたいことがあるのなら、姿を現して全部いってしまって、早くこの子供の苦しみを解いてやってくれ。そうでなければこの世の中にも、またお前の住む仏の世界にもぜったい居られないように、神様に訴えてやるから……」とアイヌ語でいうのであった。その間おふくろは、眠を閉じて手を合せて、自分についている神様を呼び寄せていた。祖母の呪文のような言葉によって、悪霊がいたたまれなくなると、おふくろの体が激しく慄動して来る。

そのときは、二年程前行方不明になった犬のポチが、私を苦しめたのであった。そのポチは狐色の可愛い犬であった。それがいつのまにか、いなくなってしまった。私たちはほうぼう捜した。がみつからないのでそのままほっていた。ところがポチは、野犬狩りの捨てた毒ダンゴを食べて、裏山で死んでいた。それなのに誰もポチを祀ってくれない。神様の世界に行こうと思っても、行くこともできない。だから生前いちばん可愛がってくれた私に、それを頼もうと思って、ときどきいたずらをしていた。○○日にもお腹が痛かった筈だ。それも自分がやったのだ、とポチはいった。そういわれてみれば、○○日の腹痛も嘘ではなかった。突然激しい痛みが襲うかと思うと、またケロッと快くなった。そんなことが度々あった。だが自分を祀って、神様の世界に行けるようにしてくれれば、もうぜったいにそんな悪いことはしない。まったく申訳ない。ほんとうにごめんなさい。とポチは泪を流して私に謝った。

その間のおふくろは、熱にうなされたときのように、顔面まっ赤にして、本物の犬のような仕種をした。祖母はおふくろの喋ることを、一言も聞きもらすまいとして、緊張していた。がポチが嘘をつかないように、嗾けたり嗛したりもする。私はポチの咆哮のようなおふくろの仕種が怖くて怖くてたまらないので、凝視したまま一寸も動かなかった。このような緊張した時が過ぎると、おふくろは外へ出て、悪霊を払い落して、神様をお送りした。祖母は呪文のような言葉を弄しながら、灰だとか塩を茶の間中まき散らして、家の中から悪霊を掃き出していた。それを息を殺してみつめている私は、神下しの終ったおふくろに、「まだ腹が痛いかい……」と問われるまで、腹痛のことなどすっかり忘れていた。気がついてみるとあの激しい痛みも嘔吐感も、嘘のように消えている。祖母とおふくろは、驕るような笑みを泛べて、「やっぱり、あのポチの仕業だったんだ……」と、顔を見合した。

このようなことがあるだけに、誰かが病気をしたというと、すぐおふくろは頼まれて神下しをした。だが私が成長するにしたがって、これに疑問を抱き批判的になったのである。

私は幼いときから、いろいろな治療をずい分受けた。が現代医学の他には、病原菌を追い出す手段のないことを知った。信仰にその途を求めれば、悶々としたものは癒された。が実際の苦痛は残っていた。またなまはんかの信仰は、そうでなくとも気弱な病人を、一層神経質にした。なにより長い病人になれば、人間としての価値を失くさせる。どこまで信じても、夢幻の対象なのである。そんな中に人間としての創造性、つまり健康な悠揚さがあろう筈がなかった。たとえ一時的に癒されたとしても、複雑な病人心理である。長期の療養に直接の苦痛を無視してまで、夢幻の世界に安住出来よう筈がなかった。やっぱり医者よ、薬よである。緻密に計算された原理の前に、気休め程度の信仰なら、害こそあれ益はないのである。それが自己の意思ならともかく、他から強要したり示唆すべきものではなかった。

私はそのことで、よくおふくろと衝突した。あるときなど、二日間もおふくろが行方不明になるような事件さえ起した。私はおふくろに、信仰をまるっきり否定せよというのではなかった。夢幻の対象物に、惑わされるなというのであった。ましてや自分の家だけではなかった。他人に影響をおよぼすようなことをして、万一の場合が出現したら大変である。病いに罹ったら、先ず医者に相談して、安静にすべきである、と私は、長い間に渡っておふくろを説得しつづけた。こんな私の理詰の抵抗に、おふくろもやっと納得して、神下しもしなくなったし、夢などにもこだわらなくなった。が、一方の祖母には、私のほうが屈服してしまった。

あるとき早朝来たかと思うと、昨夜私のことで夢見が悪かった。したからハルイチャルパ（神仏に物を供えて祈禱）する、といった。祖母はヌキ（お椀）やパスイ（祈禱用の箸）、頭のついた煮干、米（あるいは稗や粟）、たばこ、酒、などをお膳に用意した。そしてストーブに対って、イノンノイタㇰッ（お祈りの言葉）をはじめるのであった。アイヌの神々でも、いちばん威厳のあるのは、アベフチ（火の神様）である。そのアベフチに、祖母は昨夜の悪夢を訴えた。そして煮干や米、たばこ、酒などを、少しずつストーブの中に入れながら、「此処に尊い物を供えてお祈りしますから、ウクランのウェンタラップ（夕べの悪い夢）のようなことのないように、孫をお護りください……」と頼むのである。アベフチ直接の祈禱が済んだら、今度は私の枕元に来て、「どんな悪者でも、今神様に与えた尊い物をこの孫にも与えるのだから、もし孫を苦しめるようなことをしたら、お前はきっと神様の戒めを受けるだろう……」と、酒などを私の頭に二、三滴落してから、一と口飲め、といった。私は暗示にでもかけられたように、そのとき床に起き上がって恭々しくいただくのであった。

このような家の中での祈禱が済んだら、祖母は外へ出てツㇷ゚カムイ（太陽の神様）にも同じようなお祈りをした。そして供物を全部捧げるのであった。元はヌサ（神様の安置所）というものがあって、そこに供物を捧げた。がそのようなもののない昨今は、家の東側で人々のあまり歩かない所に置くのである。これでやっと、祈禱のすべてが終了する。

その間の祖母の表情は敬虔そのもので、私たちがなにをいっても聞く風にさえしなかった。祈禱が終ると祖母は自分の見た夢がどんなに悪いかを、表情をつくりながら話すのであった。そんなとき下手に逆おうものなら大変である。過去の体験を一つ一つ挙げて、人柄が変ったように私を叱りつけた。

なにより祖母の夢には、真実性があるといった。毎年ハルタカル（作況の夢）といって、一月中にその年の作柄を夢で占った。がそれはぜったいに、外れたことがないといった。また神仏の存在も、自分が夢で見たのだから間違いなくあるという。神様は衣を着た僧侶だとか、真白い髭のお爺さんだといった。仏さんは、あるとき夢の中でどこか知らないところへ行った。すると死んだハボや、兄弟や自分の子（祖母は八人の子を生んだが、現在二人しか生きていない）などがいて、皆で自分を歓迎してくれた。それなのにハボだけはとてもイルシカ（怒る）して、ヘマンタネエッコラン（なんしに来た）と激しく自分を追い返した。もしあそこでハボに追い返されなかったら、きっと自分は死んでいた。これも普段から信仰しているおかげで、ハボが自分を護ってくれた。それなのに、お前は体が弱いくせにそんな精神でいるから、なお悪物につけこまれるんだ……と、私がなにをいっても受け付けなかった。

がその表情には、不安が歴々と露れていた。私の罰当りな言動に対してと、自分の信じているものが根底からくつがえされることの怖れとの、混淆したものの中に焦燥していた。その憔悴しきった祖母の表情を見ると、私はたまらなく淋しくなって、激しい自己嫌厭に陥るのである。

純朴に己の夢を信じて、私の手の届かない日常の中から生まれ育てて来た信仰なのである。その尊いもののたとえ一部なりとも、否定せよというのは、祖母の神秘的な人生の抹殺にも等しいものであった。病み悶える様を見て、医薬のみに依存せよといえる肉親がいるだろうか。高熱がつづけばタオルの一本も冷して与え、痛いと悶えればさすってもやりたくなる。これが人の子の情であり、肉親の愛なのである。悪夢に魘されて、まんじりともせず曙光を衝いて来るような祖母に、鞭打つだけの勇気はさすがの私にもなかった。なにより私の年齢の中には協調性、あるいは創造性がある。しかし、この八十に近い老婆には、新鮮な吸収力つまり解読力がないのである。私は自らの傲慢さにやり場のない怒りを感じて口をつぐんでしまう。そんな私を見て、祖母はやっと安心したように、神様の功徳のほどを得々としてまくして立ち去るのであった。

第二章

祖母が八十一歳の、五月のある朝であった。私は六時頃、家族の者に敲き起された。病弱な私はいつも七時頃でなければ起床しないが、祖母が来て待っているというのである。その日八時三十分のバスで発とうと決めていたのに、なんとまあ気が早い、と私は寝呆け眼をこすりながら、二階から降りて来た。祖母は暖炉の前にピョコタンと坐っていた。私を見ると恥らう花嫁のように、両手を衝いて「どうぞよろしくおねがいします」とニッコリ笑った。私は奇妙なくすぐったさを覚えて、ウンともハアともつかない返辞をしていた。昨日までの祖母の病気は、もう完全に癒っている。私はとても愉快な気持になって洗面にとりかかった。

祖母はいつもお詣りしていた神社に、行きたいといい出した。めっきり老い込んで一、二年参詣していなかった。それだけにいくらか元気が出て来ると、行きたいという気になったのだろう。三カ月に一度なにがしかもらう養老年金も貯めてあるので、旅費は自分が持つから誰か付添って行ってくれといった。だが五月といえば春耕期であり、農家のいちばん忙しい時季である。農業を営む叔母もおふくろも付添って行かれないので、もう少し待てといわれた。が行きたいとなったら、だだっ子のように祖母は聞かなかった。以前はよく一人で行った。が年老いて不安を感じる所為か、悄然として寝込んでしまった。

そんなことを知らない私は、祖母が体を悪くして寝ていると聞かされたのである日見舞った。すると、「なんだか頭が痛い、動くと気持が悪くなる。こんなとき高山の神さんに行けば癒くなるのだが……」といって、いつも愛想のいい表情が憮然としていた。「じゃ手紙でも出そうか?」といったがやっぱり無表情であった。祖母は体具合が悪いというといつも私に手紙を書かせて、高山の神様宛に出すのである。すると祈禱した旨を書いて護符が送られて来る。それを受け取ると、祖母の病気はたいてい癒くなってしまう。だがその日は、それも好まぬ風である。私はどうしたものかと訝っていると、「一度お詣りしたいのに、誰も連れて行ってくれない……」といって、寝具を顔に引き上げてしまった。私は思わず「へェ……」といった。杖を頼りの後姿などを見ると、そんな気丈夫なものがあろうなどとは、思ってもみなかった。それなのに、乗物を四、五回も乗り換えなければならない高山まで行こうというのだから頼もしい。私は「じゃ行こうか……」といった。途端に祖母の顔の被いがパッとめくられて、あの細い瞳が私をみつめた。が「したって兄さんは……」と語尾を濁して、再び顔を被った。暗に私の体裁を気遣っていた。が私はごく自然の気持で「いい明日行こう」といった。

やがて出発の時間が来て、私は玄関に出た。が上り框のところにある大きなフロシキ包みに別に意も止めなかった。ところが私の後につづく祖母が、それをヨッコラショと背負ったので仰天した。思わず「それ婆の荷物?」と訊くと祖母は「うん」と涼しい顔で応えた。「うわァ、何をそんなに持ったの?」と問うと、寒かったら困るので着物一枚、枕が固かったら眠られないので、スポンジ製の枕一個、それに神様に供えるお米だとか、コンブ、空瓶三本などだ、といった。しかもそれらの物を減量されることを懸念してか、杖を衝いてスタスタと歩き出した。私はただ唖然としてその後に繋った。

私の家から五十メートルも離れていない停留所に着く間もなく、砂埃をあげてバスが来た。「T街行きです」と突慳貪にいう車掌は、それでも祖母に手をかして乗せようとしてくれた。が背後の荷物が乗車口いっぱいになって、いやいやをはじめた。私はこの旅行の容易ならざることを覚悟して、それを押し上げていた。

バスは国鉄駅に着いて、私の肩からは当然のように、大きなフロシキ包みがぶら下がっていた。それでも私は、祖母の手を曳いて列車に乗り込んだのである。一歩踏入ると車内の眼が一斉に私に集まった。私は来たな!と思った。が強いてそのような意識を持つまい、と自分を叱った。

列車内の祖母はじっと眼を瞑って、手で口元を蓋っていた。そうすることによって、手の甲から腕にかけてのシヌエ（入れ墨）はまる見えであった。その所為か、私はずい分と不快な光景に衝き当った。

ある乗り換え駅であった。――間もなく列車が到着しますから柱の内側にお並びください――と、アナウンスされた。私は祖母を気遣って、階段のところに待たせて列に加わった。私の前には登山風の若い男二人が、大きなリックを脚元に置いて並んでいた。その男たちが「おい、あらアイヌ……」「ほう……」「俺本物のアイヌ見るの、初めてや……」「なんか食べているんでないか……」と、話していた。男たちの眼は、まるで動物園のサルでも見ているようであった。

祖母は階段に腰かけて、膝の上に手を組んで口をモグモグさせていた。構内に列車が入れ替る度に顔が動くのだが、別に意識している風ではなかった。身装りは黒っぽく、蓬髪だけが真白であった。そのままの表情がすぐ笑顔に変わるような老婆だが、口元の入れ墨だけがこの男たちに映るらしかった。私はよほど、此処にも本物のアイヌが居りますよ、と名のってやろうかと思った。

私たちはやがて、目ざす神様に着いたのであった。車から降りた私は、まず祠堂の立派さに目を見張った。此処の神様は、戦後泡沫のように現れた新興宗教の一種である。小さいとき祖母に連れられて来たことがあるが、その当時は電気もついていないまったくのあばら家であった。それが今では、私さえも畏敬するような殿堂と化している。祖母のありがたがるのも、無理もないと思った。

若い男が応対に出て来た。祖母は「帳場さん」と称んでなつかしそうに話しかけた。が、彼はおざなりに頭を下げて「どうぞ……」と、私たちを招いた。祠堂と母屋のつなぎ階段を降ると、小さな部屋があった。そこには六、七人の婦人が屯していた。その中央に恰幅のいい、五十がらみの男が坐って何事かを喋くっていた。だが私たちを見ると「いよう、お婆ちゃん」と声を変えて来た。その声を聞くと、祖母は腰でも抜けたようペッタリ坐って、「先生さましばらくでございました」と、噦り上げてしまった。男は「このお婆ちゃんは、遠いところから来ているのですよ」と、周りのご婦人方にいった。祖母は「こんな歳をしてお詣りできるのも、みんな神様の……」といって、何度も頭を下げていた。男は「今日はまた、息子さんにでも連れられて来たのですか?」と、いった。祖母は「いえ孫なんですの。こんな婆を恥しがるもしないで……、これもみんな神様の……」とまた声を詰らせた。すると一人のご婦人が、「ほんとにね、今の若い人は普通のお婆ちゃんでも連れて歩かないのに」といった。

祖母は此処に来ることを、どんなにたのしみにしていたかを語った。が、一と通りの接待が済むと、先生さまと称する男はさきほどの話のつづきに移ってしまった。

「あの大森さん、あの人はどうです。癌だといわれて、医者にも見離された人ですよ。それがどうです、私のところへ、たった一回来ただけですよ、それでもう癒ってしまったんですから……ありがたいことですね……」といって、周りを舐るように見廻した。ご婦人たちの中から、感嘆と慎しみの溜息がもれた。二十五、六の娘を連れた商家風の主婦が、「ほんとにね、あの人なんか、助かるという人はおりませんでしたからね……」といった。先生さまはそれに勢いを得たように、神様の功徳のほどを表情たっぷりに語らった。チョビ髭を生したその表情は、どこかヒットラーにも似ていた。祖母は少しでも気に入られようとして、先生さまの話に相槌をうったりした。が先生さまのくすぐったくなるような瞳は、商家風の母娘に多く流れていた。この娘さんは下肢に疾病があるのか、脚を突き出して先生さまのお話を聞いていた。そのうち先生さまの話題が変った。

「私がどうしてこんな山ん中にいるかというと、私はパチンコが好きなんですよ。街の近くにいると毎日パチンコ屋通いをして、信者の方たちに怒られるでしょう。だから山ん中に引っ込んでいるのですよ」といって、アッハハと笑った。ご婦人方も一斉に笑ったので、私もついつりこまれてしまった。がテレ隠しに私は傍を見やると、祖母がいなかった。自分に関心のない先生さまに見切りをつけて、祖母は神様とお話をしに行ったのだろう。私もそーっと待合室を脱け出た。

祖母は広間の正面にある祭壇に対って、手を合せていた。いつもお祈りをするとき、祖母は先ず自分の体の苦痛を訴えた。そしてどうぞ神様癒してくださいとおねがいした。それから私たち肉親の名を挙げて、どうぞご無事でありますようにと祈った。今もきっと、私たちのこともおねがいしているのだろうと思う。がさて、私にはどうしても手を合せる気になれなかった。

私が病気をしたとき、祖母は此処の神様にかけ詣りをしてくれた。そのとき、此処の神様は、神も親も敬う気のないまったくの我儘な子であるから、先ず癒る見込みはないといったそうだ。私には何よりそのことが面白くない。

だがその私がこうして、祖母の手を曳いて参詣に連れて来たのだから、神様はさぞびっくりしていることだろう。内心ほくそ笑みながら、私は広間の鴨居にめぐらされた、神殿建築の寄附名簿を追った。百円単位から記されている。がその額が増えるにしたがって、私はその人たちの顔が見えるような気がした。そのうち三十万五十万とピークに達して、私は思わず感嘆した。私はこの寄附名簿の方がありがたくて、勿体無や勿体無やと鴨居に対って手を合せていた。

夜になると、信者は十四、五名に増えていた。がその大半は、四十歳以上のご婦人方であった。しかもどの顔もお酒でも飲んだように、赤い顔をしていた。話をするのを聞いていると、皆人情家でとても物解りがよかった。祖母は少し品のいいおかみさんを掴えて、「昔はアイヌアイヌってよくバカにされたもんですけど、今の時節にはそんなくべちゅはないですよ……」といった。おかみさんは「ほんとにね、何も変りないのに」といった。祖母は気負ったように、「そんなバカをこく奴にかぎって、貧乏していますよ。私の娘たちは皆百姓して立派にやっていますから、こうやってお詣りにも来れますの……」といった。おかみさんはさも感激したように「よかったねお婆ちゃん！」と祖母の手を握った。このおかみさんも、祖母のような〝本物のアイヌ〟を見たのは初めてらしかった。が祖母はいろいろなことを語った。

「昔はバカなことをしたもんですよ。（手のシヌエを見ながら）このようにしないば、親兄弟も見えない遠いとこさ連れて行かれる、ていわれてね……。大人たちにきっちに押えられて、カミソリでやられるんですが……いやとっても痛くてね……。(当時を彷彿とさせるように表情を歪め……)三日ぐらい物も食えないし、そりゃ切ないものでした」。おかみさんの表情が真剣になった。「で、今はこんなことしていないのですか?……」と訊いた。「勿論、今はアイヌもシャモ(和人)も変りない時代ですよ……。こんな恰好していても、福山さんや清見さんたちにも可愛がられてね……」祖母は幸せそうに眼を細めた。福山さんや清見さんというのは、村の豪農の家柄で祖母が昔から特別世話になっている人たちであった。祖母はあんがいしっかりした物のいい方をするのだが、このように説明しなければ解らないようなこともいった。だがこのおかみさんは「よかったね……」と相槌を打っていた。

そのうち、いきなり待合室の戸が開いた。「皆さんお詣りの時間です。本堂に集まって下さい」と、祖母が帳場さんと称んでいた若者がいった。一瞬待合所内は騒めいて、皆ぞろぞろ出て行った。祖母も皆と一緒に出て行って、私だけが取り残されてしまった。一人になってみると、自分の頑なさがぽっかり浮いたような気がして、私もひきずられるように皆の後を追った。

本堂には信者たちがきちんと坐っていた。私もそのいちばん後に鎮座して、皆と同じように手を合した。私が坐る間もなく最前列の帳場さんが、サッとひれ伏した。すると同じような現象があちこちで起って、また私だけが取り残されてしまった。私も慌てて同じような仕種をしたが、先生さまのご入来であった。先生さまは、昼間祖母がお祈りを捧げていた一段高いところに、私たちに背を向けて静かに坐った。そして私たちのようにひれ伏したまま、三十秒ぐらいいた。それから頭を上げてポンポンと柏手を打った。若者を先頭に、信者たちも一斉にそれにしたがった。私もパチッパチッと手を鳴らした。すると前のほうで、またポンと音がした。私も同じように手を鳴らした。すると信者たちが一斉にそれにしたがった。今度は先生さまの次に、私が早かった。先生さまは私たちの方に向き直って、丁寧に頭を下げた。そしてすっと立って、さっと居間の方に消えて行った。すると帳場さんが「終りました」といった。私は唖然として、合せていた手を離すことを忘れていた。なんのことはない、二分か三分のお詣りなのであった。

お詣りが済むと、ご婦人方は頭を対い合わせるように蒲団をひいた。商家風の母娘は、いちばん上手に就寝した。暗黙のうちにその順序が決められてでもいたように、私と祖母は末床に就寝した。広間の螢光灯は消されて、誰も喋る者はいなかった。祖母は念願適ったことを悦んでか、容易に眠りに就けないらしく、何事かをつぶやいて寝返りを打っていた。私は与えられた粗雑な寝具にくるまって、この参詣が祖母の最後になるのでないかと、フト思った。

翌朝まだ薄暗いうち、私は眼を醒した。私は寝たまま傍の祖母を見たが、蒲団がペシャンコになっているような気がした。身を起して薄明りを透すように見たが、やっぱり祖母の寝床は空っぽであった。私は急いで上着をつけて、表に出た。

出てみると周囲の森林に、しみ透るような声で小鳥たちが啼いていた。闇は東方から薄らいで、附近の建物がおぼろ気に浮いていた。私は土の香をかぐように透してみた。が祖母の気配は、どこにもなかった。私はそのまま、辺りを窺う風にしていた。と、キンキンという陶器類の触れ合うような音が聴えた。その音は、母屋の前にある小さな建物の中からのようであった。私はそーっと近寄った。

祖母は神様からいただいて行く水を汲んでいたのである。祖母は私を見ると「もう此処に来たら、すっかり体が癒くなって、朝になるのが待ち遠しくて、待ち遠しくて……」といった。この水は御水といって、神様にお供えして祈禱が済んでから持ち帰るのであった。傍に手押しポンプがあるのに、祖母は不便な釣瓶井戸を使っていた。「ポンプを使うといいのに……」というと、祖母は「こっちの水の方がいい……」といった。無骨な桶から小さな瓶に移す水は大方こぼれていた。だが祖母は瓶を持ち上げて、透すようにしてからまた汲んでいた。

私は祖母の傍を離れて、母屋の前を流れるせせらぎの方に降りて行った。私は何故か、とても淋しかった。此処に来て感じたものは、人々と私の隔絶であった。屈託のない語らいにも、私は自分を感じてしまう。がそれが驕りにも似た、醜いもののような気がしてならなかった。私は祖母の満ちたりた表情に、畏敬すべきものを感じて、不器用に操つる釣瓶桶を黙ってみているより手がなかった。私にも以前は、祖母のように素直な信仰心があったのである。それがいつの間にか、それを蔑視して否定する側になっていた。長い病床による、苦痛意識の結果でもあったろう……。が私にはもっと別のところに、その原因が潜んでいるような気がしてならなかった。

古老たちの少くなったことにもよるが、私たちの身辺から素朴な信仰の対象であったイナウ（木幣）が完全に消えていた。盆だとか正月、あるいは命日などに行なっていたシン・ヌラッパ（仏の供養儀式）の、厳かなうちにも華やかな集いも、ほとんど見なくなった。偏見視され蔑まれる直接的なものは、若い層から強硬に頑なに否定されてしまったのである。それが祖母の力説する「アイヌもシャモも変りない時代！」を造り上げたのかも知れなかった。が半面に、私たちが帰依する真の場がなくなってしまっている。そこにある何々神様、何々宗教と称するものも、異なった造形物によるきらびやかな威光だけであった。信仰そのものの対象は、木も銀も変りないのである。理論を伴ったか、特殊な境地を創り上げるのなら別である。が祖母のように、疾病意識を休めるほどの信仰なら、われわれの身辺に於ける神々でいいのである。

だが私たちの身辺からは、自ら敬える神々の存在がなくなってしまっている。その末路が祖母の姿のような気がしてならなかった。私は頑なに煩悶しつづけていた。が背後に人の気配がした。

脚音を忍ばせるように、近寄って来る祖母であった。祖母は背後から私の顔を窺う風にしてから、せせらぎの淵にしゃがみ込んだ。そして手で清水を掬って一と口飲んで「カムイオピッタエネプンキネワ……」と、唱え出した。神様皆で自分を護ってくれたおかげで、こんな遠いところへ無事着いた。「ネツエサクノカ、チエコエプンキネ、イヤイライケクス、ワッカウスカムイオルン、アシルアシテナ（何も供物もないけど、自分を護ってくれたことを此処に感謝して、水の神様にお礼を申上ます）……」と、せせらぎに語りかけるようにいった。

周囲には小鳥たちが歓喜の囀りをつづけて、私は何故か小気味よいものを感じて、祖母の祈禱をじっと見守っていた。祖母の中にはなお厳然として、葬られた筈の私たちの神々が生きていた。念仏も経文もいらない、ただ自分の心に生じた言葉を、身辺の木や水に語りかければいいのである。金ぴかを輝かせる必要も要らない。多額の出費も要らない真の信仰を、私はそこに見たような気がした。私は大きく息を吸い込んで、沈むように吐き出した。

本堂に戻ると、朝食の仕度がしてあった。私たちを見ると「さあ早く坐って下さい！」と商家風の主婦がいった。お膳には、紙に包んだおニギリが置いてある。私がそれを採り上げると、「あ、それお弁当ですよ」とまた主婦がいった。そして金属製の食器を、うっちゃるように私の前に置いた。

食事が済むと、また帳場さんの入来であった。「皆さん治療をお受けになりますね……」といって、あたりまえのように順番札を渡して来た。私にものばして来たので、「ぼくは……」と口ごもると、咎めるように見降して次に移って行った。順番札を貰うと、信者たちはこそこそ荷物をまとめて待合室を出て行った。

本堂には、商家風の母娘がもう先生さまの治療を受けていた。先生さまは話をしながら、しゃく（笏）のような木片で、娘の体をさすってときどきスッスッと、歯の間から息を抜いていた。治療が済むと母娘は丁寧に頭を下げて、平な紙包みを先生さまの方に差出した。先生さまはハッといって、スッと息を抜くようにして、それを受取っていた。先生さまの傍に小姓のように控えていた帳場さんが、○○さんと次の名を呼び上げた。

いよいよ祖母の番が来た。がそのときは他の信者たちは帰路に就いて、誰も残っていなかった。祖母は何度も頭を下げて、つまずくような恰好をして、先生さまの前に進んでいた。先生さまは「どう、お詣りしていくらかよくなったかい」と、祖母を迎えた。祖母は「はい、きのう来てから頭もすっかり楽になりました……」といって、あそこも此処もと患部を訴えていた。が先生さまはそれだけいうと、あとは聞いているのか聞いていないのか判らぬような返辞をして、スッスッと息を抜いていた。その仕種は商家風の母娘にしたときより、真にせまっていた。その所為か、商家風の母娘より短い時間に、「はい、終りました……」といって、先生さまは祖母の肩をなで下した。祖母は「ありがとうございました」といって、懐から赤い巾着を引っぱり出して、紙幣を抜いて先生さまに差出した。先生さまは再びハッといって、スッと収めてニッコリ微笑んだ。祖母は先生さまの表情を感慨深気にみつめて、「またお詣りに来れますように……」と、畳に額をすりつけた。先生さまは軽く会釈して引き下ってしまった。それでも祖母は顔を上げなかった。私は「さあ……」と、促すと祖母はやっと顔を上げて、袖口で眼の辺りを拭っていた。

第三章

薄暗い部屋に、嗚咽のようなものが漂っている。雨雫がポトリと触れたときのように、もうろうとした神経があわててそこに集中した。……干物のように乾き切った、祖母の表情が瞭然と映って来た。歪みのない微笑を泛べて、とわの旅出を告げている。

昭和三十七年八月三十日午後七時二分、その八十二歳の生涯を静かに閉じた。おふくろや叔母の嗚咽がつづいて、誰も口を開く者はいなかった。五時頃から容態が変って往診を受けたが、医師は黙って小さなアンプルを一本切っただけで立ち去った。その枕辺に、私は石のように動かなかったのである。

石膏のような顔面に、シヌエが鮮かに浮いている。偏見視され蔑まれる、宿命の刻印のようであった。「バカなことをしたもんだ……」といいながらも、自らの宿命を呪わなかった祖母、その周辺には、いつも神々があり御仏があった。そして今、……自らその境地にある。

翌日、チカルカルペ（模様縫いをした礼服）で被われた祖母の遺体は、北向きにのべられていた。首から玉サイ（首飾り）が、耳からはニンカリ（耳環）がかけられてあった。顔面はナンカムッ（白布）で被い、額はチパヌプッ（黒い鉢巻）できっちりしめられている。生前から「オラの晴着だ……」といって、仕度していた物で祖母の門出が飾られた。死んだときそれらの物の整っていないことは、老婆としての恥辱である。祖母は他に、ホッス（脚絆）やテクンペ（手っ甲）なども用意してあった。

九時頃から、悔みの人々が挽っきりなしに訪れて来た。しかもその大半は部落の和人たちであった。正午近くになって遠来の弔い人も訪れて、家の中は立錐の余地もなくなった。その中に、祖母のようにシヌエした老婆も三人顔を見せている。喪主としてのおふくろは、習しによって仏の右上座に坐って、老婆や年増女が遺体をとりまいた。だが何かをためらっている風に感じられてならなかった。そのうち祖母の従姉妹に当る七十いくつの老婆が、悔みに訪れて来た。老婆は遺体に近づくなり両手をつかえて、締めあげられるような慟哭をした。そしておふくろの傍ににじり寄って、「イヌヌケアシ、エチウヌフウエンペアン(可哀想におまえの母親が死んでしまって)……」と、イムサ(抱き合って悲しむ行為)した。老婆は泣きながら悲しみと慰めの言葉をいって、おふくろの肩をなで下したり両手をとって握手のような行為をした。おふくろも涙を流して、死に至るまでの経過を説明し、まだまだ生きていて欲しかったのに……といった。すると遺体の周りの女たちが、オラトリオのような泣き声を奏でて来た。そう確かに奏でたという形容が当っている。女たちはいちように畳に両手をつかえ、左右に小さく体を揺って哀切せつと泣いている。騒雑としていた仏間の声が一瞬沈んで、衆目は女たちに注がれた。私は凪いだうねりが、裸足を洗うような錯覚に襲われた。弔いの人びとが仏間いっぱいに満ちても、まだ何かがたりないような気がしていた。だがそれはなんなのか、掴み得なかった。しかし今女たちのライチシカリ(哀悼泣き)の仕種を見て、無意識の渇望が本能の一部であったことを知った。

戸数七十の小さな部落に、今では三分の一ぐらいしかアイヌと名される人々はいなかった。私が幼い頃二十名近くいた古老たちも、年々歿して、今では祖母の弔いに顔を見せた三人の老婆を残すのみとなった。比較的恵まれた生活をする者の多いこの部落のアイヌ人たちは、風習や生活に至るまで一般化して、純然たるものは全く形を潜めてしまっていた。

以前に、部落でも豪農の部類に属するアイヌ人の家で、古老が亡くなったことがあった。そのときこの豪家は、宗派を法華から禅宗に切り替えて、その野辺送りを営んだのである。

この部落のアイヌ人たちは、皆法華経信者であった。それがこの豪家の体面を傷つけるからであった。ある者は、自分たちの先祖をどうするのだと、それを罵った。だがそれも、この豪家に通じるものではなかった。古老の死を悼んで泣く弔い老婆を、主人は窘めて隅のほうに押しやったのである。それがきっかけのように、部落内から純然たる風習が薄れていった。そしてその習しが、いつしか嘲笑されるようになったのである。

だが、今私の目の前で行われているライチシカリは、潮騒だけを感じる波打ち際に立ったときのような、心地快い感触を私に与えてくれるのであった。

私は誰かに、肩を衝かれていることに気がついた、部落内の有志の一人であるアイヌ人が、私の傍に来ていた。「あれを辞めらしたら……。このとおり大勢来ているのだから……」と、同意を求めて来た。私はコックリ頷いた。しかし、ゆっくり首を左右に振って、「いいです、もう最後なのですから……」といった。男は憮然として顔を背けた。卑屈な過去を持つだろう、この男の気持も解らぬではなかった。が私は、もっと泣いてくれもっと泣いてくれ、と心の中で叫んでいた。祖母にも、私にも、これが最後なのである。私自身も、これまで偏見視され蔑まれることを極度に嫌って、本能の抹殺のみと闘っていた。しかし、今は何も恐れるものはなかった。嘲られ蔑まれても、私は祖母の最後を飾ってやりたかった。どんなに古式に則ろうとしても、純然たるものの失われている今日、それは形式のみでしかないのである。

私が幼い頃の記憶だが、女たちのライチシカリと同時に、一方ではエカシ（老父）が火の神様にお祈りをしていた。それが済むと、エカシは死者の傍に来てイヨイタッコテ（引導渡し）

をするのだが、それは実に激しく一種異様な光景さえ生んでいた。炉の周りと屍の枕辺には、いろいろなイナウが立てられてあった。……だが今は、そのイナウ一つないのである。しかし私は、それを欲しいとは思わなかった。このまま、このままでいいのだ、と呟いていた。

そのうち法華の僧侶が、供養に訪れて来た。形どおりの枕経を唱えると、主だったものを集めて葬儀の打ち合せをした。二十四時刻を経なければならないので、出棺は翌日と決められた。通夜は午後七時。告別式、九月一日午前十一時。出棺は午後一時と半紙に記された。

夕刻になって、遺体は納棺して祭壇を設けた。その中央に肖像を掲げたが、まだ八十一歳当時の面影は美しい微笑を湛えていた。花の好きな祖母は、「オラの死ぬときは、花さえあれば何も要らない……」と、よくいっていた。その言葉どおり、棺と祭壇は大小様々の造花で埋めつくされた。

やがて通夜読経もはじまった。遺族は最前列に坐り、私も僧侶のま後に膝を折っていた。七十キロもあろうと思われる僧侶は、金ぴかの衣を着て烏帽子を冠って、汗をだらだら流して読経した。しかしそれが悲しみを誘ったり、故人の冥福を祈らせたりするものではなかった。読経が熱しれば熱するほど、私の心は訳もなくうつろになって行く。昨夜来の疲れなのかと思って、頑なに手を合せていた。が背後で《グワッ》という獣の奇声のような響きが発した。押し殺した笑いが、仏間に漂った。僧侶の読経はなお力んだ。が、それは生きた人間を倦怠に誘い〝眠途〟に送る仕種のような気がしてならなかった。今の奇妙な響きも、誰かの睡魔の咆哮であったのだろう。

鄭重な最後の念仏によって、通夜の読経は納められた。僧侶は緩慢に対き直って、静かに一礼した。そして「ちう夜の義務のようなものとして、これから駄弁を弄しましゅ。わたくすは浜育ちの所為で、言葉に訛りといいましゅか〝アクシエント〟がありましゅから、ひぞうにお聞きぐるすうとは思いましゅが、ごかんべんねがいましゅ……」といった。それから《エ……》という助詞を、矢鱈と加えて寓話めかしの話をした。私は神妙に僧侶の説法に、耳を傾ける風を装っていた。いくら祖母が死んだといい聞かせても、胸中には何も湧かなかった。背後で再び、凄まじい音がした。私は静かに体を捩ったが、温厚な多吉という農夫の諧謔たような眼とかち合った。私は知人の多吉に、何かとても悪いことをしたような気がして、微笑みながら宜いの……というように軽く頭を下げた。五十過ぎの多吉は、昔気質の純朴な農夫であった。意味も通じない読経や、たわいない寓話に眠気を催すのは当然の現象なのである。遺族としての私さえも感慨の湧かない通夜に、多吉農夫の放心を咎めることが出来なかった。それにしても、何故こうも私は空漠としたものを意識してしまうのだろう……。

九時近くになって、通夜法要はすべて終了した。人々は三三五五立ち去ったが、それでも二十名ほどが残って、祖母と共にしてくれた。その人々は茶の間や仏間で屯して雑談していたが、シヌエした三人の老婆は祖母の棺の傍を離れなかった。三人は額を合せるように話し込んでいるが、私はフト幼い頃見た通夜の光景を憶い出した。

薄暗いランプの下に屍があった。額にチパヌプをしたフチ（老婆）たちは、チカルカルペを着てその周りに膝を折っていた。誰かがイソイタクッ（お噺）をして、あとの者はホウ、だとかイヨーハイ(どうしよう)などと、相槌を打っていた。一方茶の間では、焚火の炉を囲んでエカシがユウカラー（詞曲）を唸っていた。他の人たちは火箸や煙管でイヌンぺ(炉縁)を敲いて、フォオ……・フンと囃していた。

フチたちは死人を慰めるイソイタㇰッをし、エカシたちは意気銷沈した人々を高揚させる武勇伝を語るのであった。このような行事を総じて、ポネネウサルカ(死人を慰める)というが、それはうつろな放心を宥すものではなかった。無意識のうちにも、人々はその荘重な雰囲気に収まり霊を弔うのであった。

だが今は整えられた祭壇と、造花で埋めつくされた棺がだだっ広い部屋を占めて、うつろな香華がその周囲に漂っている。生と死の、あまりにも隔てられた現実なのであった。

通夜も明けた翌日、出棺準備などで家の内外ともあわただしかった。私も喪主の長兄として、何かとせわしかった。墓標は古式の物を使用することになったので、直径二十センチ長さ三メーターぐらいのチクベニ(槐)を山から切って来た。その鬼皮を剥いで上部を円く細工するのだが、その部分に巻くウトキアッ（黒縄）の順序が、誰にも判らなかった。そのことで相談を受けたりしたが、謂さえ解らぬ私には識る由もなかった。老婆の一人に訊いて、やっと事は落着したが、ああでもない、こうでもないという議論の中に、下卑た笑いも混っていた。だが私は、怒る気もしなかった。嘲られ蔑まれた古代は影を潜めて、「アイヌもシャモも変りない時代!」になっているからである。

やがて告別式法要も営まれて、私は僧侶の傍で手を合せていた。もうこれで祖母との永久の別れなのだといい聞かせても、別に新たな感慨は湧かなかった。そればかりか、僧侶の読経は張りつめていた神経を和げた。二晩ともほとんど眠っていなかった。その所為か、私は激しい睡魔に襲われてならなかった。何かを考えようとして焦った。が、僧侶の読経はそれを阻んでいた。そのとき、フッと「これ兄さんにって、前からいっていた物ですよ……」と、おふくろから渡された祖母の遺品を憶い出した。小さなコンダシだが、葬儀の混雑にまぎれて内部を改めていなかったのである。私は静かに、僧の傍を離れた。

二階の書斎に来て、私はしばらく机に凭れていた。何かを考えようとしても、意識が散漫になって空漠としてしまう。あまり弔いの経験がない所為かしらん……。それとも心から、祖母の死を悼んでいないのだろうか……とも思ってみた。祖母の臨終を看取って今日の出棺間際まで、私は一と粒の涙も落さなかった。あの女たちが泣いたとき、ちょっぴり眼窩を熱くしたが、それとて悲嘆のそれではなかった。本能の無意識の感傷のようなものであった。

私は緩慢な動作で、コンダシの物をつまみ出そうとした。すぐに触れたのは、赤い巾着であった。次に黒い布切れの包みが出て来たが、中には義歯や古銭が二、三枚あった。私はコンダシを持ち上げて、内部の物を机の上に空けてみた。養老年金手帳や写真などが出て来た。最後に四ッ折りにした書状のような物が、パタッと落ちた。私は上の方から改めようとして、それをとり上げた。二枚の半紙を中折りにして、墨書したものだが、私は漠然としてそれを開いてみた。まず《借用証》という文字が飛び込んで来た。《一金　七阡六百円也　但し右は　契約日当末払い金なるため　本証書を以て借受金の証しとする　こと依如件　昭和三十年七月十九日　本籍　栃木県今市市川室二二一　滝正一　印　平目さた殿》と記されていた。もう一枚には、

支払い保証書
一　金七阡六百円也
一　契約日当不払金
一　支払方法　昭和三十年九月　第二学期の学校開始に伴いこの仕事を開始し　同年十月末日までに　一切を精算する証とする
一　支払地　静岡県
昭和三十年七月十九日

本籍　栃木県今市市川室二二一
滝　正　一　印

平目さた殿

と記されてあった。私は居ずまいを直してもう一度読み返してみた。フッと意識が途切れた。「全然金が出ないもんだから、汽車賃だけで帰って来た……」という言葉が泛んで来た。

憶えば、昭和三十年五月五日に、私たちは祖母を見送ったのであった。それまで何度も話を持ち込まれたが、私たちはそれを断ったのである。関係者は、アイヌの真の姿を理解して

もらうために是非！といった。だが私たちは、祖母を見世物に晒したくなかったのである。しかし祖母の知り合いの老人たちは、続々と旅発って行った。それに刺激されたのか、祖母は自分で事を運んでしまったのであった。そうなれば、もう私たちの制止は聞かなかった。

そして年も暮れようという、十二月三十日にやっと祖母は帰宅したのであった。祖母はとても苦労したと嘆いた。行った当初は、不馴の所為でいろいろと当惑うことがあったらしい。初めは東京周辺を、興業した模様である。それを問えば、「池のある学校……」「松みたいな大きな木が植えてある学校だった」としか答えられなかった。

朝九時頃、祖母たちは旅館を出て任地の学校に着く。そして舞台の上で、古式を形づくって児童に見せるのであった。そのようなことに馴れた者は、おざなりの形態しかしらなかった。が、祖母はあくまでも真実のものを露していた。そのことでよく、酋長格のエカシと衝突した。だが日が経つにしたがって、それも止むを得ぬことと解った。連日の興業は七十歳以上の老人には、とても無理であった。動きの激しい踊りや腹の底から押し出さなければならない声は、祖母を疲れさせた。クタクタになって旅館に戻れば、焼酎の二合瓶が祖母たちを待っていた。他の七人の老人は、皆それに飛びついた。だが祖母は、一滴も飲めなかった。部屋の隅で壁に寄りかかって、じっと眼を閉じている。すると仲間たちは、偉ぶっていると中傷した。が、祖母はそれにかまわなかった。

ある日、老婆の一人が適量をオーバーして喚き出した。他の者たちも一様に酔しびれているので、面白がって噺けたのである。すると老婆は、狂ったように嬌態をとり出した（これは、イムといって一瞬の精神錯乱に陥る状態をいう)。部屋の中は奇声と、爆笑の渦と化した。祖母は嘔吐を催すような嫌厭を感じて、思わず「止めれ！」と叫んでしまった。すると「ナニ！」という怒号が還って来た。「こんなとこまで来て、なにも恥を晒すこともないべさ……」と、また祖母はいった。一瞬声は止んだ。が「帰れ！」と、エカシが怒鳴った。「生意気だ！」と、フチたちがいった。

祖母は荷物をまとめて、部屋を飛び出してしまった。が、どっちへ向けば帰れるのか判らなかった。祖母は憤りと心細さの余り、廊下で泣いていたのである。そのとき旅館のおかみが通りかかって、祖母を別宅に連れて行ってくれた。祖母はおかみに事情を話して、駅までの案内を請うた。だがおかみは、「誰でも酔えば同じですのよ。別にアイヌだから……なんて私は思いません。お婆ちゃんのように、立派な方もいるんですもの……」と、祖母を慰めたのである。それから祖母は、おかみと親しくなった。がそれがまた、白眼視される原因にもなった。しかし祖母は素知らぬ風を装って、皆と行動したのであった。

ある日、興業責任者の男が、「学校の方から金が出ないので、皆に払うことが出来ないから、これを渡しておく。これは金を払う条件になるので、失くさないように……」と、各自に紙切を渡して来た。祖母はそれを、懐深く収めたのであった。

学校を主とした興業も、やがて休学期を迎えてあぶれてしまったのである。祖母たちの興業は街中に変った。が、目に見えて待遇は悪くなって、焼酎の二合瓶も出なくなったのである。老人たちは、あるきりの懐金もはたいてしまった。異郷にある老人たちの疲労を癒すのは、それだけでしかなかった。ある者が書き付けの支払いを要請した。興業主は、支払い期日までは……と受け容れなかった。「なんぼでもいい……」と、彼はいった。「金がない」と、興業主はつっぱねた。「したら、これでなんぼでもいい、貸してくれ……」と、書き付けを差出した。老人たちは、再び喉を潤すことが出来るようになったのである。祖母はその書き付けの支払いが、いつなのか判らなかった。持ってさえいれば、金が入るものと思っていた。

「バカくさい。全然金にならんかった。帰るときに、四阡円くれただけなもんだから、汽車賃にしたらもうなんもない。したから、おみやげも買って来れなかった。それでも、宿屋の奥さんから——これなんだかかんだかいっぱい貰って来た……」と、包みを私たちに差出した。コケシや手造りの人形、菓子などその人柄がしのばれる贈り物であった。祖母はその奥さんの面影を語って、「オラ、ほんとにあの奥さんでもいないば、とっくに帰って来た。すぐ礼状を出してくれよ兄さん……」といった。家族の者たちが、めずらしがってほじくり出しているうち、一冊の文庫本が出て来た。「これは?」と問うと、「あ、それ宿屋の娘さんに貰ったんだ。家の兄さんはとっても本好きだから、読み古した本でもいいからくれ、ったけそれくれたんだ……」といった。S社初版の、阿部知二の『冬の宿』であった。

翌日、私は祖母からいろいろ話を聞きながら奥さんに礼状を認めた。そのとき「これ……」と、書状を差出して来た。「まだお金貰っていなかったの?十月中に精算するって書いてあるよ」。「知らない、何もくれなかったもの……。皆はそれで前借りして飲んでいたらしかったけど、オラは現金で一銭でも持って来たいと思うからそんなことしなかったもの……。しても大丈夫だ、来年また頼みに来るったもの、それまで持っていれば払ってくれるべせ……。滝さんは、とっても立派な人だから、まさかそんな〝不義理〟なことしないべせ……」といって、祖母は大事そうに書状をまた懐にしまい込んだ。

それっきり、私はそのことを忘れていた。祖母が本州方面に旅出たのは、その年一度限りであった。私は、アイヌ……アイヌ……と呟いてみた。だがその言葉の意味が解らなかった。階下から、僧侶の濁声が聞えて来た。ニブイ鐘の音が、ゴーンと脳裡を打った。祖母を古式の習しによって弔えたら、私はどんなに満ちたりたろう……。私と祖母はあの読経によって、隔絶されてしまったのである。そこには私が弔う余地のない、一つの形式に委ねられた空虚な時間を過せばいいのであった。

私の頬は、いつしか熱い涙でぬれていた。虚構も誇張もない八十二歳の生涯に、倫理のない悪たれた寄生虫が棲息していた。その証しの空文が、佳麗な毒蛾の骸のようにパタッと落ちたのであった。

戯曲　仏と人間

登場人物

為　吉（アイヌの少年　小学五年）
為太郎（為吉の父　五十五才）
タ　ケ（為吉の母　和人　五十才）
老　婆（アイヌ人　盲目　七十才）
教　師（為吉の担任　二十七才）
和　夫（為吉の隣の子　小学五年）
　父（和夫の父　四十五才）
　母（同母　幕陰から声だけ）
田　倉（村の店主　五十五才）
上さん（店主の妻　四十八才）
学　童（為吉の同級　四名）
農　夫（村人　二名）

時代　昭和二十五年頃

第一幕

一景

舞台は広々とした秋の田園風景、朝登校する学童　為吉を中心にして横に並んで登場。釣の話をしながら、時折り立ち止まったりして、楽しそうに歩く。列の外にいる和夫は終始沈黙。

為　吉　――ぼく釣ったのなんか、こんなに(指で大きさを示す)大きかったぞ……。

学童一　ほう、どこで釣ったの……

為　吉　家の近くに沼があるだろう、あそこで釣ったんだ。すごく釣れるんだ――和夫ちゃんだって分っているよ(和夫無表情)。――ぼく今日帰ったら、また釣りに行くんだ……。

学童二　うわーいいな、ぼくも連れて行ってよ為ちゃん。

学童三　ぼくもね……。

学童四　ぼくも学校から帰ったらすぐ行くからね……。

為　吉　うん　皆で行こうよ。（調子を強め）ほんとにすごく釣れるんだ、ぼく嘘なんか言わないよ……。

学童達が舞台中央まで来た時、一方の舞台裏から老婆登場。（服装、黒っぽい長着。黒い頬冠り〈口元の入墨を隠すように頬冠りする〉。長靴の切ったのをはいている。背にはサラニップ〈樹皮で編んだ物入れ袋〉を負う）――杖を頼りに緩慢に歩く。先程から無言でいた和夫が、老婆を認めて、頓狂な声をあげる。

和　夫　ア・イヌ来た。

学童たちはびっくりして、和夫の指す方を見る。――為吉が抗議するように言う。

為　吉　イヌなんか来ないじゃないか……

和　夫　ほらあそこに来ているじゃないかアイヌが――。

学童達は為吉の側を離れて、和夫の方に集まる。

為　吉　だって、イヌって言ったじゃないか……。

和　夫　イヌって言わないぜ。ア・イヌ来たと言ったんだ――。

為　吉　ほらやっぱり、イヌ来たって言っているじゃないか……。

学童一　言ったっていいじゃないか、どうせコタンはイヌみたいに臭いんだもの――。

学童二　そうだよ、アイヌなんかイヌのように、あっちこっち歩いて、ブタの腹わたや、馬の骨を拾って食うんだもの――。

為　吉　そんなものなんか拾って食わないよ……。

和　夫　食うんでないか、家の父さんも母さんも言っているぞ、

為　吉　そんなこと嘘だい……

学童三　うわー、顔があかくなったぞ……

学童四　わーっ。ほんとだ――。

学童達は、臭い臭い、イヌ来たイヌ来たと囃したてる。和夫は一歩前に出て、

和　夫　お前、アイヌのくせに少し生意気だぞ。何故あそこの沼で魚釣るんだい。お前家の沼でもないくせに……

為　吉　家の沼でないけど釣ってもいいって、父ちゃんが言ったよ……。

和　夫　父ちゃん!!ほーぅお前家の仏の為やんか、毎日焼酎ばかり呑んで騒いでいる為太郎か――。ああ分った、お前あそこで魚釣って、親父に食わせるんだな――。

為　吉　違うよ……。

和夫　じゃあ、何故釣るんだい。お前家の沼でもないくせに、あそこで魚釣ったら泥棒じゃないか――。やいこの泥棒――。

和夫は為吉の肩を突く。為吉よろめく。学童達は再び「ヤーイ泥棒」「コタン」「イヌ、イヌ」「臭い、臭い」と囃したてる。為吉、和夫を突きとばす。それと同時に、学童達は為吉を撲つ。為吉、カバンを振りまわして応戦。――やがて、学童達は為吉を嘲罵しながら舞台から去る。為吉は脱げた帽子を拾いに舞台中央に戻る。――老婆舞台に現わる。杖を大きく左右に振り道路を確かめながら歩く。舞台背後に突き当り老婆は迷ってしまう。為吉は茫然と突っ立って、その行動をじっと見ている。しばらくそのまま――。やがて、為吉は老婆の側に歩み寄って、杖の先を持ち上げ、舞台中央に引いて来る。為吉は乱暴に杖を投げ出す。――老婆は杖であたりを確かめ、安堵して振り返る――。

老婆　トコノコトモタカ、トモトモアリンカトヨ。イチモオラサイシブチケルコトモパッカシタノニ（懐に手を入れ、キャラメルを一と箱出す）……ホラ、コレヤルカラ……。（為吉の方に差出す）イチモオラサメントミテクレヨ……。

為吉、キャラメルを受取ろうとせず老婆をじっとみつめて動かない。

老婆　ホラ、トコノコトモタカシラナイケント、キタナクナイカラトレ……イマソコテモラッテキタパッカシタカラ……。

為吉やはり動かない。——老婆は失望したように手をひく。

老婆　オヤオカナイコトモタナ、セッカクヤルトイウノニ……（再びキャラメルを懐に入れて）トモトモアリンカトヨ……。

老婆は杖を頼りに静かに舞台を去る。為吉はその後姿をじっとみつめている。——老婆の後姿が見えなくなってから、やっと為吉は気がついたように周囲を見る。そして悄然と道傍に腰を下す。股間にカバンをはさんで、深く考え込む。——教師自転車で登場。為吉を見て、あわててブレーキをかる。

教師　為吉、どうしてこんなとこに坐って……。体具合でも悪いか？……（為吉の動かない様子を見て、自転車を立て側に寄る）為吉、体具合悪いか？……（為吉左右に頭を振る）なんだ、それじゃ早く学校さ行かないば遅れるぞ、——さあ行くべ……（為吉動こうとしない。——再び教師しゃがみこむ。為吉の肩に手をかけ）為吉、どうした。喧嘩でもしたのか……（為吉の顔をのぞきこむ）。

為　吉　先生、ぼく今日学校さ行きたくないです――。

教　師　エ、どうしたんだ、（少し間をおいてうなずく風にする）為吉、元気がないぞ。さあ先生の自転車さ乗せてやる。行こう――（為吉の手を引いて立たせる）さあ、乗ったか、急ぐぞ――。

スタート寸前、前から農夫二人登場。（鎌を手に持つ、あるいは腰にさす。一人は六十過ぎ、一人はまだ四十代）教師を見て、二人共笑顔で挨拶。教師、為吉を乗せた自転車をささえて立ち止る。

農夫一　やあ先生、おはようごぜます。

教　師　おはようございます。おや、もう稲刈りですか……。

農夫一　ぼつぼつ始めるべえと思って……。

教　師　それはご苦労さまですね……。

農夫二　なあにこれが百姓の務めだから。

教　師　今年は豊作のようですね、

農夫一　おかげさまで。去年は凶作だったで、今年とれねば儂達ちゃ、皆で首くらねばならんですよ、ハハハ……。

教　師　全く、よかったですね。じゃあ、学校遅れますので、これで失礼します——ごめん下さい。

農　夫　いやご苦労さまです……。

教師、為吉退場。それを見送って、農夫達は顔を見合す。

農夫一　あれ、為太郎んとこの為吉でないだか……。

農夫二　そうだ。

農夫一　(首をひねり)したば、あの先生だな、いつもなんだかんだて言うのは、

農夫二　ああ、あの人種差別するなってことか……。

農夫一　うんだ。昨日も子どもは紙きれを持って来ていたが、それさも書いてあったな。しかしなんだば、そったらこと言うだべ――。実際アイヌだばアイヌて言われてもいいべや。

農夫二　(うなずきながら)したけど、言われる当人達にすりゃ、馬鹿にされたと思って、腹立てるんだべな。

農夫一　だども、人間のことば、奴等の言葉でアイヌ、て言うだべ。したば言われたからて、腹立てることもあんめえ……。

農夫二　うん。しかし、戦争に負けてから、民主主義とかなんとか言って、教育もずい分変ったからな。――結局差別したようなそんな呼び方をしてはいかんのだろうな……。

農夫一　(憤然として)いや、儂ゃ昔の人間だで、教育だの法律だのむつかしいことは分ん

ねえ。だども明治三十七年、儂が七ッの時、親達とこの土地さ来たが、その当時からアイヌはアイヌだで……。そりゃ、お前達のように、戦後この土地さ来た者には分んめいが……。

農夫二　うん、儂にゃ、その当時のことは分らない。だが引き揚げてこの土地へ来た当時は、全然見分けがつかなかったな。そりゃ、入墨をした人など見れば分ったが……

農夫一　んや、そんなことない。一と目みれば分るだ。――今でこそ、ハダシにもなっていねえし、髭もそんなに醜くのばしていねえが、奴等は、此の頃まで、ハダシになって、髪や髭をぼうぼうのばしていただ。したから側さ寄ったら、臭えニオイがしたもんだ。――よく儂の家さもエカシやハボが来て、いろいろな物をやったもんだ……。今になりゃ、アイヌて言われりゃ腹立てるて……、全く、世の中も変ったもんだや……

農夫二　（うなずきながら）全く、戦争に負けてから、世の中もすっかり変ったからな……

農夫二、歩きかける。農夫一は、再び激しく話しかける。（二人共立ち止って、向い合う）

農夫一　いや、世の中が変ったからて、アイヌばアイヌて呼んで悪いことあんめえ。儂とこの子供もよく先生に怒られるそうだが、勉強のことで怒るだら儂ゃ何も言わね、だども、アイヌさアイヌちうて、怒られるなら、儂ゃ黙っていられねえだ。奴等の生活ばどんなもんであったか、どだい今の先生方には分るめえ、儂ゃ、明治時代からの奴等の生活ばはっきり見て来ているだ。――儂達ゃ、朝から晩まで一生懸命稼いでいるのに、奴等は朝から酒呑んで騒いでいるだ。そしてや、田圃や、畑や、鍋釜までも買ってくれちうて、儂達のとこさ来るだ。こったらことしていて今になりゃ、馬鹿にこくな、とかなんとか言って、アイヌでねえような面あしたって、儂達の眼やごまかされねえだ――。

農夫二、重く複雑にうなずく。

農夫一　そりゃお前は、この土地さ来てまだ新しいから見分けがつかねえかも知らんが、よく見りゃ、奴等は、必ず儂等と違っているだ。――今の先生みてえに、アイヌの子供ば自転車の後さ乗せて、特別あつかいしているのを見れば腹が立ってならないだ……。たくさんいる子供達のうち、四人か五人のアイヌだ。そったら奴等、学校さ来なくてもいいでないか、何のために、学校の先生方は、儂等の子供ばいじめるのだ。……全く（吐き出すように）くそ面白くねえだ……。

二人共歩き出す。

――〈幕〉――

二景

その日の夜、為吉の家庭。（部屋の中央に暖炉〈薪ストーブ〉置く。其の他室内は普通）暖炉の前に為太郎坐る。（服装、青い作業服、乗馬ズボン。髭は少し濃く、顔面やや赤味にする）傍に、一升壜を立てる。（内量、約半分）為太郎は大きなコップで焼酎を呑みながら、大きな声でわめいている。その側に妻タケ坐って、一生懸命為太郎をなだめている。（タケは針仕事中）タケの隣に為吉、怯えて為太郎の顔をじっと見ている。（部屋の照明は少し暗い感じにする）

為太郎　うん、なんだ。――オラな、なんぼ呑んでも、誰からもビタ一文もらっていないぞ。オラの金でオラが呑んで何が悪い。――なんぼ呑んだって、お前達を養って行けば文句がないべ。うん（顎を突き出して、タケを睨む）タケ、どうだ――

タ　ケ　うん分ったよ。したから静かにしてくれ。オラ父ちゃんさ文句言うでないよ。したけど（振り返って為吉を瞬と見て）皆にばかにこかれるから、少し呑むのかげんしてくれて頼むんだ。

為太郎　ナニ、バカにこかれる。フン、言いたい者には言わせておけばいいでないか。なんのために、そったら奴等の言うこと気にかけるんだ。その辺の和人《しゃも》あとみたいに、金のかからない酒ならあびる程喰っても、自分で金出しては、一滴も喰らわねえこきたない根性と違うぞオラ――。そったら奴等のぬかすこと、なんのために気にかけるんだ。

為太郎コップを一気にあおって、片手で壜を取り上げる。父の動作をじっとみつめている為吉は、ピクピク顔面を痙攣さし、自然母親にしがみつくようにする。そして立ち上り、激しく為太郎に言う。

為　吉　父ちゃん、ぼく恥しいでないか。なしてそんなに焼酎ばっかし毎日呑むんだ……ぼく、くやしくって、

為吉嗚咽。為太郎、壜を乱暴に立て、為吉を睨みつける。

為太郎　ナニ、為吉。もう一回言ってみろ。貴様いつから親さ意見するようになったんだ。

（タケは為太郎をなだめている）父ちゃんが焼酎呑んでそんなに恥しいか。フン小生意気に、今から親が恥しい。この野郎――。

タケ　父ちゃん。為は今日学校さ行ってバカにこかれたて、泣いて来たんだ。したからあんなこと言うだ。な、許してくれ。（思いついたように語調を変え）さ、父ちゃん、寝るべ。そんなに呑んだんだもの、また明日にすればいいの。さ、父ちゃん、行って寝るべ――。

タケは為太郎を引き立てようとする。為太郎はその手を乱暴に払いのけて、身をのり出すようにする。

為太郎　為吉、学校さ行って、バカにこかれたて、ほんとか。（問いつめるように）為吉ほんとか。（為吉、怯えて、コックリ頷く）畜生、誰だそれ、そいつの名前言え、為吉……

為太郎が立ち上ろうとする。タケ一生懸命なだめる。為吉、怯えて早口に言う。

為　吉　隣の和夫ちゃん達だよ……

為太郎　ナニ、隣の和夫か。また、あん畜生、為ばいじめやがったな。（歯ぎしりして怒る）為吉、和夫はなんつたんだ――

為　吉　（ためらう風にしてから）ぼくにアイヌ、アイヌって、馬鹿にしたんだ……

為吉、再びすすり上げる。

為太郎　アイヌ――（コップを取り上げグイッと空ける）畜生。よし、オラ今から行って、ドヤキ入れてやる。あの野郎等、アイヌ、アイヌて、いつでもバカにこきやがって、アイヌのどこが悪いんだ。いつでもかつでも……（言葉を濁す。立ち上って靴をはく。タケ引き止める）オラ達バカにこかれる理由はないぞ。アイヌ、アイヌのどこがおかしい。

為太郎はタケの手を振り払って出て行く。タケはすぐ為太郎の後を追おうとするが、為吉に気がついて戻って来る。（幕陰に、為太郎の怒号）

タ　ケ　為吉、お前寝れ、明日学校だべ。さ、床とってやるから……

タケ縫い物をかたづけて、為吉と奥へ引っ込む。内幕から為太郎の声続く。（幕陰に和夫の家での雰囲気を出す）以下幕陰の声。

為太郎　和夫を出せ、畜生、貴様達いつでもオラとこの為吉ばいじめやがって、和夫、

和夫父　為やん相手は子供のことだ、許してくれ。和夫さもよく言って聞かせるから……な、頼む——。

和夫母　為太郎さん、ほんとに済みませんね。家の和夫ったら、もう悪い子で……

為太郎　和夫、貴様アイヌ、アイヌていつでもバカにこきやがって、アイヌのどこがおかしいんだ——この野郎、

和夫の泣き出す声。父母のとりなす声、乱れる。タケ小走りに奥から出て来て、すぐ為太郎の後を追う。一瞬舞台は空白、

為太郎　だいたい親が悪いんだ。普段から貴様達、皆して、バカにこいているからだべ——

—

タ　ケ　父ちゃん、何しているだ。――ほんとに済みませんね。こんなに遅く騒がせて……父ちゃん、さ行くべ。

為太郎の怒号、和夫の泣き声、父母のとりなす声、タケのおろおろした声、入り乱れる。――為太郎、和夫の父に片方の腕をとられ、片方をタケにとられて舞台に戻る。

(為太郎はわめき続けている)

和夫父　為やんは、呑まなけりゃ仏さんなんだが、呑めば気が荒くて……

為太郎を居間に坐らせて、和夫の父は、へへへ……とお世辞笑いをする。タケは、ていねいに、和夫の父に詫びやら、礼を言う。為太郎はコップに焼酎をついで、グイッと空けて、和夫の父に突きつける。

為太郎　オイ、呑め、

和夫父　(拝むようにして) いや、儂ゃ呑めないんで――

為太郎　ナニ、貴様。(和夫の父を睨みつけて) アイヌの呑んだコップだから受取らないか――

――

和夫父　いや、いや違うんだ為やん。儂ゃほんとに呑めねえんで――かんべんしてくれよ。――さ、儂ゃこれで帰るけど、為やん静かに寝れや――

和夫の父は逃げるように出て行こうとする。為太郎は、オイ、コラ、と呼び止める。和夫の父はペコペコ頭を下げて戸外へ出る。そして、わめき続ける家の中に向って、顔を歪め、ペッと、唾を吐く。

為太郎　あの野郎逃げやがったな。畜生、(立ち上ろうとする。タケは一生懸命なだめる)今度為ばいじめたら、ただおかねえからみていろ――

タ　ケ　父ちゃん、頼むから静かにしてくれ、隣さ話あるんなら、また明日にすればいいの、な、父ちゃん、頼む。

為太郎、思い直して坐る。そして壜を取り上げコップに焼酎をつごうとする。だが空になっていることに気がついて、チェッ、と舌うちをする。そして、タケに壜を突きつける。

為太郎　タケ、焼酎買って来い。さ行って来い。――ナニ、金がない。エエイから行って来い。田倉さ行けば、金なんか持たなくてもなんぼでもくれる。さ、タケ、行って来い。

タケは動こうとしない。為太郎は壜を下して、語調を和げ

為太郎　タケ、オラはな、この部落でいちばん信用があるんだぞ。あの田倉の店にある物なら、金なんかなくてもいつでも持ってこれるんだ。――田倉の親父はいつでも言うだ。為やんは仏のように正直な人だから、金はいつでもいいから持って行け、持って行けって――タケ、（睨む。タケ無言）タケ、行って来い。（再び壜を突きつける。タケは、為太郎の剣幕に押されて、壜を受け取って立ち上る）早く行って来い。為太郎からだてな――

タケ悄然として、壜を持って出て行こうとする。

――〈幕〉――

第二幕

一景

場所、為吉の学校。校庭の片隅（樹を植てもよし。また、鉄棒など立ててもよし）一脚の長イス置く。幕陰（校庭の中央）に子供達の遊び声（テープ・レコーダ使用。校庭で遊ぶ子供達の実感を出す）その方を向いて、為吉は樹（または鉄棒の柱）にもたれて、しょんぼり立っている。――やがて、為吉の背後から、担任の教師登場。為吉に近寄って、静かに肩に手をかける。為吉びっくりして振り返る。

教師　為吉、どうして皆と遊ばないの、

為吉、教師の顔を見る。そして、表情を変えずまた俯く。

教師　今日もまた、誰か、なんか言ったの……（為吉、左右に頭を振って、否定）なんだ（微笑んで）それなら元気がないぞ。さあ、為吉、先生と一緒に行って、皆と遊ぼう――

為吉は動こうとしない。教師は再び為吉の肩に手をかけて、ベンチの方に歩む。

教師　為吉、元気がないぞ。――為吉、宮沢賢治って、知っているか。雨ニモマケズと言う詩をつくった人だ。賢治は岩手県に生れたとてもりっぱな人なんだ。

教師は正面を見て、とりひかれたように詩を朗読。

雨ニモマケズ
風ニモマケズ
雪ニモ夏ノ暑サニモマケズ
ジョウブナカラダヲモチ
欲ハナク
ケッシテイカラズ
イツモシズカニ笑ッテイル
一日ニゲンマイ四合ト
ミソト少シノ野菜ヲタベ
アラユルコトヲ
ジブンヲカンジョウニイレズニ
ヨクミキキシワカリ
ソシテワスレズ

野原ノマツノハヤシノカゲノ
小サナカヤブキノ小屋ニイテ
東ニ病気ノコドモアレバ
行ッテカンビョウシテヤリ
西ニツカレタ母アレバ
行ッテソノイネノタバオ負イ
南ニ死ニソウナ人アレバ
行ッテコワガラナクテモイイトイイ
北ニケンカヤソショウガアレバ
ツマラナイカラヤメロトイイ
ヒデリノトキワナミダヲナガシ
サムイナツワオロオロアルキ
ミンナニデクノボウトヨバレ
ホメラレモセズクニモサレズ
ソウイウモノニワタシワナリタイ

教師　為吉、どうだ、いい詩だろう。宮沢賢治は、正しいと思ったことを、すぐ実行にうつしたりっぱな人なんだ。どんなに人から笑われても、自分が正しいと思ったら、賢治はそれを実行し、決して怒らなかったんだ。ね、為吉、だから、賢治のように、雨ニモ、風ニモ、雪ニモ、夏ノ暑サニモ負けない強い人間になるんだ。そして自分が正しいと思ったら、怒ったり、腹を立てたりせず、皆と仲良くして、賢治のように偉い人になるんだ。――さあ、為吉（はずむように立ち上って）行って皆と遊ぼう。先生が皆に言ってやる。仲良く遊んでくれって――

為吉、ピクッと立ち上り、早口に

為吉　先生、だめだよ、そんなこと言ったら。――（校庭の声のする方を見て少し間をおく）先生は昨日《きんの》、和夫ちゃん達を叱ったね。……ぼくのことで――。家の父さんも昨夜《ゆんべ》、和夫ちゃん家へ怒鳴り込んで行ったんです。そしたら、和夫ちゃんは今朝、学校へ来て、それを皆に言ったんです。そして、為吉と遊んだら、先生にも、為吉の親父にも、家の父さんや母さんにも怒られるから、遊ばない方がいいって、言ったんです。だから皆、ぼくを仲間に入れてくれないんです。――先生、ぼく、皆が遊んでくれなくてもいいよ。偉い人にだってならなくたっていいよ……。ただ、皆がぼくのことを、アイヌアイヌ、イヌイヌって言わなきゃ、ぼく怒ったりしょんぼりしたりしないよ。――先生、ぼくの体、臭いかい、イヌのように。先生、ぼく、馬の骨や、豚の腹わたなんか拾って食わないよ（涙を流し、片手で無造作に拭いながら）それなのに、皆、臭い臭いって言うんです。――ぼく風呂にだってはいるよ。それに洗濯だって、いつもお母さんがしてくれるよ。先生、ぼくの体、ほんとに臭いの、ね、先生。ぼくどうすればみんなにアイヌアイヌ、って言われないの……ねえ、先生、

為吉は嗚咽して、教師にしがみつく。教師は衝動的に為吉を抱く。

教師

為吉、ごめんね、先生が悪かった(為吉を静かに離して)昨日、先生は皆に注意したんだ。為吉を前にして言ったら、為吉が苦しむんでないかと思って、和夫達にだけ注意したんだ(二人共ベンチの方に歩み、静かに腰を下す)為吉、先生はね、いつも皆に、アイヌだとかコタンなどと言っては、だめだって、よく言いきかせているんだ。だけど、皆のお父さんや、お母さん達の中に、まだ間違った考えを持っている人がたくさんいるんだ。(つぶやくように)そういう人達の考えが改まらない限り、(少し間をおく)為吉は苦しまなければならないだろう。(為吉を無視して)――過去何十年の昔から、偏見しつづけて来たアイヌへの誤った意識が、彼達の中には、強く根ざしている。(前方を〝キッ〟と見て立ち上る)その根強いかたくななものを、一介の教師にどうすれというのだ……。俺はこの子供も可愛い。他の子供達も可愛い。教師としての、純粋な子供達への愛情だ――。罪のない子供達を、俺はこれ以上叱ることが出来ない。しかし、(語調を強め)しかし、

俺はこの子供をも捨てたくない。（少し早足に二三歩前に出る。そして頭髪をかきむしって）、ああ（切る）、俺は教師として、このような難問に突き当ったことはない。俺は、なんと応えればいいのだ。なんとこの子を励ませばいいのだ。――俺がここでこの子供を見捨れば、……この子供は二度と起き上れないだろう――。（苦悶）アイヌの子供達の欠席は、教育への無理解や、貧困なるが故だけではない。アイヌへの偏見に屈した姿でもあるのだ。おお……。

教師の苦悶つづく。その時授業開始のベルが鳴る。――子供達の声も途絶えて、為吉は教師を気遣いながら立ち上る。

為　吉　先生、もう授業が始まります。

教　師　（放心から醒めたように振りむく。）おお為吉（為吉の手をとる）、君はアイヌと言われても、コタンと言われても、じっとがまんして、一生懸命勉強しなければならない。そして、君達人種を嘲笑する級友や、大人達を見返してやるのだ。（悄然として、為吉の手を離し）そう言うより他、今の為吉を励ます言葉がない。先生がいくら言っても、この人種差別を取りのぞくことが出来ないのだ。為吉を擁護することによって、その人種差別を深める結果にもなる。――なあ、為吉、勉強するんだぞ（為吉コックリうなずく）。よし（再び為吉の手をとって）先生は決して、為吉を見捨てやしない。いつでも為吉の友達になってやる。うんと勉強だって教えてやる。ねえ、為吉、だからアイヌと言われても、コタンと言われても、絶対気にしないことだ、いいね（為吉、再びうなずく）。為吉はどこも変っていない。先生と同じ人間なんだ。ほら、手だって、こんなにきれいじゃないか。体だって、臭いもんか。ねえ、為吉、だから卑屈になっちゃいけない。皆と同じ人間なんだ。（為吉、微笑んでうなずく）為吉、さあ、先生と一緒に、雨ニモマケズを朗読しよう。

二人は、声を合せて、静かに詩を朗読。――朗読が終ると同時に、二人は顔を見合せて、微笑む。

教師　雨にも、風にも、雪にも夏の暑さにも負けない強い人間になるんだぞ――

為吉　（元気に）ハイ。

二人は嬉しそうに、手を握り合って歩きかける。

――〈幕〉――

第三幕

一景

それから、二カ月後の為吉の家庭。(室内は第一幕二景と同じ) 為太郎胡座をかく。その膝に両肘でもたれるようにして、頭をたれている。タケは針仕事をしている。その傍に為吉は、カバンを置いて本(シンデレラ姫の劇台本)を読んでいる。——為吉は、タケに話しかける。

為吉　先生ったらね、「もう少し体を柔くして、——そうそう、シンデレラをしっかり抱いて」、なんていうんだもの、ぼくテレくさくって……。だけどね母ちゃん、ぼく今日とても先生にほめられたよ。だんだん上手になったって。——学芸会まで、ぼくうんと練習して、間違わないようにするんだ。(少し間をおく)母ちゃん、王子さまって、とてもやさしい人だね。びんぼうなシンデレラをお姫さまにするんだもの——(タケは笑顔でうなずく)魔法使いなんかいないって、先生は言ったよ。だけど、シンデレラのお母さんやお姉さん達のように、間違った考えを持っている人は、世の中にいるんだって——。だけど、シンデレラのようにいじめられても、いじわるをされても、心のやさしい人であればきっとしあわせになれるんだって……。(本を閉じて)母ちゃん、学芸会観に来てくれる……

タケは為太郎を見て、一瞬躊躇する。

タケ　……うん、行くよ……

為吉　うわーうれしい。

タケ　それよりお前、学芸会のしたく何もしなくていいのか……

為吉　うん、王子さまの衣装も学校にあるからいいんだって。だから何もしたくしなくてもいいって先生は言ったよ。

タケ　だけど……

為吉　ぼく何もいらないよ。だけど、母ちゃん、お寿しつくってね——皆いっぱいごちそう持って行くんだって——

タケ　うん、それはつくってやるよ……

為吉　うわーうれしい。ぼく先生にもやるんだ。（真顔になって）母ちゃん、ほんとに観に来てくれる。（タケうなずく）ほんとだよ（タケ、為太郎を瞬と見て、再びうなずく）今まで運動会にも、学芸会にも、母ちゃん達は一回も来てくれないんだもの……ぼくつまらないや――。

為太郎、ピクッと顔を上げる。

タケ　うん、今度こそほんとに行くよ。……したけど、お前ほんとに何もしたくしなくてもいいのか……

為吉　（クドイ、というように）ぼく何もいらないよ。

タケ　そうか、そんならいいけど――お前その服しかないべ、新しいの買わなくてもいいか……

為吉　うん、したって、先生何もしたくしなくてもいいったもの――

タケ　（重く）うん。（少し間をおく。為太郎に何か言おうとして、気がついたように）よし分った。為吉、お前明日学校だべ。さあ寝れ、母ちゃん床とってやるから。

タケは先に立って、奥へ行く。為吉は本を整理して、お父ちゃんお休みなさい、と言ってつづく。居間に残された為太郎は、顔を上げて、深く息をつく。そして再び考え込む風に俯く。タケ再び居間に戻り為太郎の前に坐る。

タ　ケ　父ちゃん、なんとかしないば、（為太郎、顔を上げて、タケをちらと見る）父ちゃん、どうしたんだ。為吉があんなに楽しんでいるのに、服の一枚も買ってやらないば、

為太郎　（唸るように）うん……。

タ　ケ　……父ちゃん、何怒っているだ——

為太郎　オラ、何も怒っていねえよ——

タ　ケ　そんだらもう少し笑い顔見せてくれたらどうだべ……。為吉があんなに喜んで話しているのに、父ちゃんは下さ向いたきり何も言わないでないか。——父ちゃんは、呑まないば、いつでもそんなかっこでいるんだから。少しはオラの身にもなっ

てくれ、此の頃呑まなくなってから、何がえんだか悪いんだか、まるっきり分らねえでねえか。……為吉が学芸会さ出るちうから、オラ前から心配していたのに、父ちゃんさ相談してええんだか、なんだか分らんでねえか。服も何もいらねえちうても、寿しこさえてくれの、先生が買わなくてもええったから、いらねとか、言っているでねえか。――オラ達今まで、為吉の学校さ一回も行ったことないでないか。運動会だ学芸会だちうても、行って観てもやらねえ親なんて、どこにあるだ。今度ばっかりはオラどんなことしてでも行ってやる。そんでないば為吉が可哀想だで……。オラも着て行くもんは何もねえ、したどもオラのことはなんとかする。為吉さだけ服の一枚も買ってやってけれ、な父ちゃん……

タケは、為太郎の顔を下からのぞき込むようにして返答を待つ。為太郎は、無言、石のように動かない。――やがて、為太郎は溜息をついて、タケに一瞥をくれて立ち上る。

タケ　父ちゃん……

為太郎黙然と、出て行く。タケ、茫然と見送る。そしてつぶやくように――

タケ　……全く、呑んでええもんだか、悪いもんだか。呑まないば、まるっきり仏みたいに、何も言わね。何言っても知らん顔して……何考えているもんだか——。

タケ再び針仕事をしようとして元の位置に戻る。舞台に、田倉商店のお上さん登場。

上さん　今晩は、為さん居りますか。

タケあわてて立ち上る。

上さん　あら、おタケさん、今晩は。しばらくでございました。毎度いつもいつもお世話になって……。この頃ちっとも顔をみせないじゃございませんか。私ゃまた、体でも悪いのじゃないかと思って、心配でお見舞に上がりましたのよ——。でもよかったわ、お元気そうで、ホホホ……。で為さんはどうしました？

タケ　はあ、それが、今出て行ったばかりです。奥さんが来るちょっと前に……

上さん　あら、そうでしての。どちらへお出かけですの？

タケ　はあ、何も言わねえで出て行ったもんですから……

上さん　まあ、……困りましたね。いえねおタケさん、他でもないのですが、為さんがここ二カ月ばかりちっとも顔をみせないもんですから、主人が私に行って来いと申しまして……。実は、今年も余すところ一と月程ですが、為さんに助けていただきたいと思いまして……。年末になると税金や、問屋の支払いが多くってね——もう私達も困るのですよ。——今までの分はきれいに整理して、また来年、と、こう主人が申して居りますので、なんとかひとつ、おタケさんお願いしますね。為さんは仏のように正直な人だから、私達も信用はしているのですが、何しろ家が苦しくってね。こんなご無理をお願いに上ったような次第でして——おタケさん、どうかお願いします。

タ　ケ　……はあ、あの……

上さん　あ、いいのいいの。じゃね、為さんが帰られたら、主人が相談したいことがあるから、いらして下さい、ってこう申して下さい。お願いしますね。——では、おタケさん、遊びにいらして下さい。何も窮屈がることありませんよ。ちかしい間柄ですもののホホホ……。では、これで失礼します。為さんが帰られましたら宜敷くお伝え下さい——ごめんください。

上さんはお世辞笑いを残して、出て行く。タケは不安そうに、うろうろする。

二景

田倉商店、茶の間。壁にカレンダー。茶ダンス、上にラジオ一台置く。事務机、イス一脚置く。机上に手提げ金庫、売り上げ台帳。室内中央に暖炉（薪ストーブ）。その前にハンテンを着た主人坐る。一方の側に為太郎坐っている。為太郎の横に真白い座ぶとん一枚置く。幕陰に店の雰囲気をつくる。

主人　ところで為やん、今年はひとつ助けてもらいたいと思ってなあ。それで母ちゃんに行ってもらったんだが……。

為太郎　あの、オラとこさか？

主人　うん、お前会わなかったか……

為太郎　オラ、知らね。

主人　え、お前、母ちゃんに会って来たんでないのか、――ああそうか、ハハハ……いや失礼。（立ち上って台帳をとる）実はなあ、為やん。為やんには去年から一銭ももらっていないが、今年ゃなんとかしてもらいたいと思ってなあ。……為やんには儂ゃ無理言いたくねえが、年末になりゃ、税金だとか問屋の支払いで困っているんだ。それで無理は言いたくないが、なんとかひとつ、為やん、頼むてや、な。……お互い困った時は助け合わねばなあ。儂も今までは、相当為やんを助けたつもりだが、今度は、儂が助けられる番だてやハハハ……。為やんとこも、今年や豊作だったたべ。

為太郎　……去年より、なんぼかよかった……。

主　人　うん、そうだべ、今年ゃどこも豊作だからなあ……。だけど去年はあの凶作だったから――。儂も、それを思って、去年ゃ、為やんに請求しなかったんだ。今年ゃ、なんとか頼むてや、な為やん――。

為太郎　なんぼぐれいあるんだべ……

主　人　なあに、たいしたことないてや、全部で四万程だ。

為太郎　……四万……

主　人　何もびっくりすることないさ。為やんは正直だから、あまり借りてくれねえが、他の人達や、五万、十万皆借金しているてや――。

上さん、帰宅する。

上さん　只今、――あら、為さん来ていたのですか、折角行ったのですが、為さんの顔が見られなくて、がっかりして帰って来たのに――（為太郎の前に坐って挨拶）やあ、為さんしばらくでした。いつもいつもお世話ばかりなって、どうもどうもありがとうございます。――為さんどうしたの、二カ月も顔見せないなんて？ 私や心配でお見舞に行ったんですのよ……

主　人　母ちゃんは、毎日為やんのことばかり言っているんだハハハ……。

上さん　そりゃそうですよあなた。いつも来てくれているお客さんが見えなくなれば、淋しいものですよ――ねえ為さん。あ、為さんお坐ぶとんひくといいのに、さ遠慮せず、ひいて下さい。（為太郎は無言で頭を下げるだけで座ぶとんはひかない）それにお父さんたら、為さんにお茶も出すもしないで、上さん、立って茶ダンスから、茶器をとり出す。

主　人　あ、お茶はいい。為やんには色のつかないお茶がいいべや――。

上さん　あ、そうそう、済みません。私ゃ気がきかなくて……

上さん、店の方へ行って焼酎壜を持って来る

主　人　さっきから出すべえと思っていたが、母ちゃんがいなければ、酒肴が分らなくて、それで出さなかったんだ。母ちゃん、為やんがしばらくぶりで来たんだから、うんと酒肴こしらえてやってくれよ――

上さん、お世辞を言いながらお膳を為太郎の前に持って来る。上さんはコップを為太郎に差出す。

上さん　さ、為さん、しばらくぶりで私にお酌をさせて下さい。

為太郎、もじもじしてコップを受取らない。

主　人　為やん、呑めや。何も遠慮することあるまい。

上さん　ほんとよ、家へ来て遠慮するなんて、為さんも水くさくなったわね。さ、為さん……

為太郎に無理にコップを突きつける。為太郎はコップを受けて酌してもらう。だが口をつけずに、前にコップを置く。上さん立って、主人の側へ坐る。

主　人　さ、為やん呑めや、呑みながら話するべ。――それで、話だが、どうだべ為やん、今年は、なんとか全部払ってもらいたいんだがなあ――。米でもなんでもいいんだ、

為太郎、顔あげて〝キッ〟と主人を見る。そして何か言おうとして、また俯く。店に来客の声、上さん立ってお世辞笑いをしながら、店（幕陰）に出る。

主　人　為やん、儂ゃ無理言っていないつもりだがなあ。――去年からの品代を催促もしないで、今まで待ってやったんだからなあ、儂の気持も分ってくれるべなあ――

為太郎コックリうなずいて、溜息。

主　人　ま、豊作だっても、去年の凶作がこたえているからな……。為やん、したらどうだべ相談なんだが……あの上《かみ》の田圃一反、儂に来年から耕らせてくれないか――。そしたら、その前年貢として、この四万円はもらわなくてもいいけど――

為太郎　オラはいいが、そんなことしたら、親方達困るべえ……

主　人　いやかまわん、かまわん。為やんのことだし、また来年ということもあるんだし――まあ呑まないか、

為太郎、やはりコップを取り上げない。

為太郎　だども、親方さばっかし、そんなに迷惑かけてもよくないべし……

主　人　うん、儂も苦しいことは苦しいが、仏の為やんだからな、儂は無理言いたくないんだ……。永のつき合いで、為やんの正直なことは分っているから……。ま、それでこの話は、どうだべ……。

為太郎　オラは、エ（うなずくようにして重く、エ、と発声）

主　人　……それで、何年ぐらい耕させてくれるべ、……儂達も苦しいから、一年四万円の前年貢もゆるくなくてな……

為太郎、考える風にして、

為太郎　したら、あの田圃、買ってくれないべか……

主人、一瞬微笑。為太郎の視線を感じ、あわてて真顔になる。

主　人　だけど、そんなことしたら――儂は、無理言わないぞ為やん……。

為太郎無言でうなずく。主人と上さんは、顔を見合す。

主　人　うーん、どうするべ母ちゃん。

上さん　全く、為さんは固い人だからね……

主　人　うん。仏の為やん言われている人だからなあ……。

上さん　家もなるべくなら、そんなことしたくないけど、為さんも折角ああ言うし……

主　人　そうだなあ――儂達も苦しいことは苦しいが、――で為やん、もし売ってくれるとしたら、なんぼぐらいで売ってくれるべ……（為太郎の返事も聞かず）……まあ世間では、一反六万円が相場だけどなあ……

為太郎、顔を上げて口をもぐもぐさす。しかし、

為太郎　そんでええ……。

主　人　まあ、これが世間相場だと思うけどなあ。そりゃ、土地のいいところなら七万だ八万だと、言っているけど、値段ばっかしで、実際買った人がいないからなあ……。それで為やん、あの土地は、お前の名義になっているんだべな……（為太郎、無言でうなずく）……そうか、それならいいけど、給与地のまだ登記なっていない土地は登記変更がむつかしくって――。土人保護法とか、給与法とかいうやっかいな法律があるからな……なかなかめんどうなもんだ。そんなら母ちゃん、紙

と筆持って来い、為やんに契約書一枚書いてもらうべ――。あ、それと、金、二万円出してくれ。土地の差額金、為やんに払うから――。ま、為やん、呑めや、なして呑まないんだ……。

為太郎、コップを取り上げない。主人の顔をキッ、と見て、

為太郎　オラに焼酎一本売ってくれないか、金は払う。

主　人　エ……

主人と為太郎は、キッと顔を見合す。

三景

再び一景の為太郎の居間。タケ起て針仕事をしている。時折り戸外の様子をうかがう風にして、為太郎の帰宅を待っている。――やがて、為太郎は、大きな包みをかかえて、酔って帰って来る。為太郎は大声でタケを呼ぶ。

為太郎　タケ、オイ、今帰ったぞ。タケ、ココ開けれ――

　　タケあわてて立ちあがり、戸を開ける。

タ　ケ　まあ、父ちゃん……

為太郎　オウ、なんだ、オラ呑んだぞ、オラが呑んで悪いか――（包みをかかえたまま坐る）オラさ呑むなて言うのか――。タケ、オラはな、焼酎を、自分で買って呑んで来たぞ。……そっちくったら酒なんか、一滴だって呑むか、畜生、何が仏の為やんだ。何が正直者の為やんだ。てめえ達、なんだかんだ下心があって、催促もしねぇでから、今になって……畜生、タケ、オラくやしいぞ。――そりゃ、オラ借りたのも悪い。去年払わないのも悪い。したけんど、金はいつでもいいから持って行け、持って行けって、品物押つけてよこすべ、なタケ。去年だって、なんぼか払うっても、無理するな、いつでもええから、てぬかしていやがったくせに、オラが呑まなくなってから、いっぺんに全部払ってくれの、そんでないば田圃耕らせてくれの、て、なんの話だ……。畜生（怒り悶える）あいつらさ、来年一年耕らせたら、もう売ったも当然だべ。タケ、オラ上の田圃一反売って来たぞ（タケ何か言おうとして為太郎と顔を合す）いや、タケ、オラさ怒るな。オラは、今日まで二カ月、呑まねえでしんぼして来た。お前達さ、肩身の狭い思いさせねえべと思って、オラ呑みたいのもがまんして、一滴も呑まねえで来たんだ。けんどな、タケ、オラ今日は呑まないば死んでしまうほどくやしかったんだ。……家にいれば、お前には笑い顔せの、なんので言われるべし、外さ出はれば、オヤ為やん、今日は呑まねえのか、今に天気変るぞ、今日の為やんは仏さんだな、てその辺のシャモあとは、オラさバカにこくべし、オラどうすればええんだ。為吉さも何とかしてやるべえと思っていた時、お前にあんなこと言われて、尚、オラ気がむしゃくしゃして、田倉の親方さでも相談に行くべえと、思って出はって行ったんだ。そしたけ、今までの借金全部払えて、ぬかしやがったんだ。為吉のまかない物こさえるだけなら、米の一俵も売ればええと思っていたが、四万もある借金、オラ、どうやって、今いっぺんに払えるんだ。あの野郎ら、オラの首ば、まわたでしめるみてえに、言いたいこともぬかしやがらんで、オラが売るちうの待っていやがるんだ。タケ、オラ、今日はじめて、あいつらの気持ば分った。（涙ぐみ）くやしい、全く、全く、オラは情けない。オラ、呑まないでいられなかったんだ。オラお前達のことも考えた。けんどな、タケ、オラ、あの時呑まないば、ほんとに仏になるんだ。オラはじめて、アイヌと言われるわけが分ったような気がした。四万もある借金も、みんなオラが呑んだ借金だ。あげくのはてに、バカにこかれながら、田圃もとられ、言いたいことも言われないようにされてしまっているんだ。——オラ、お前達さ申訳ね。焼酎呑まないば、何か怒っているみていに、お前達さ気拙い思いさることも、悪いと、いつでも思っているだ。したけんど、字も読まれない俺に、本の話したって、学校の話したって、何分るだ。為吉も大きくなってくれば、だんだんオラには、親として、どうしたらええのか分らなくなってくる――。せば、オラ、焼酎でも呑まないば、子供さも、思っていることも言えね……気違いでもありまし、おかしくもないのに、何して笑えるんだ。その辺のシャモは、オラの顔見れば、おかしな眼こしてバカにこくべし、タケ、オラ、焼酎でも呑まないば、生きて行くことも出来ないだ。――タケ、オラもう田圃なんかいらない。そったらものあるから、皆して、オラさ、仏の為やん、正直者の為やんて、おだてやがるんだ。オラ焼酎やめね、オラ、何もいない。為吉さ、どこまでも学校さやって、オラみていな、バカな人間にしないんだ。田圃全部売っても、オラ為吉さ学校にやる(力を入れて)、きっと、きっとやる。オラは、ハボあとに育てられて、学問も何も教えてもらわなかった。人の中さ出たこともない。シャモあとにバカにこかれれば泣きながらくってかかるか、逃げるかするだけだった。そのオラの気持ば忘れさし、オラも人間だと思うのは、焼酎呑んで酔っぱらった時だけだ。――タケ、オラ為吉さ、アイヌてバカにこくやつがいれば、そいつばぶっ殺してしまうぞ。……オラの気持ば、為吉さ味わせたくない。こんな気持はオラだけでたくさんだ――。オラ今までみてぇに、バカな呑み方はもう、絶対しない。オラは今日、為吉の話ば聞いて、嬉しくて、嬉しくて……オラの為吉は、王子さんになるんだ。（涙を流し）偉い偉い王子さんになるんだ……。タケ、タケ、お前為吉の学芸会さ行ってやれ、ほんとに行ってやれ。そしてうんと手はたいてやれ――ほら（かかえている包みを差出す）この中さ、為吉の服も、お前の着物もはいっているぞ、行け行け、行ってやれ。学芸会観に行ってやれ。オラ、今日はじめて人間の気持ば分ったぞ。そして、あの田倉の気持ば見抜いたぞ。アイヌよりこきたないシャモの気持ば見抜いたぞ！オラ、あの焼酎呑まないで帰って来たぞ。タケ、オラ今日からきっと、人間になる。畜生、オラ今日から、仏の為やんでないぞ。為吉、しっかり勉強せよ。うんとうんとがんばれよ。為吉――。

為太郎は、為吉の名を呼びながらそのまま横になる。そしてやがて、いびきをかいて眠ってしまう。タケは、為太郎の持って来た包みを開いて一品ずつ出して見る。為吉の服、セータ、靴下、上靴。タケの着物、オビ、白タビ、ゲタ……。タケは、その品々を抱いて、嗚咽。

（完）

雪の精

小止みなく降りつづく現象に、すべてが朦朧としていた。時折り農家の黒い建物が、画紙に薄墨をぼかしたように現われるだけで、私の視界は白の淀みの中をひきずられて行く。そこには、語る自然も、唄う自然もなく、寒威の荒狂う乱舞と、潔癖な茵だけであった。病弱な私は、その中に置去られたような錯覚にとらわれ、寒々として身を縮めバスでT町に向っていた。病弱な故か、私は冬の季節がいちばん嫌いであった。先程から車窓に顔をつけていた私は、バスがとある停留所に停車するまで、全く放心したようになっていた。

そこはS村N停留所であった。

バスは一人の小柄な女性を乗せて、再び動き出したが、私はその律動に揺がされたように、恟々《きょうきょう》としてその女性をみつめてしまった。私の瞳は摂理のない全意識を集中し異様に輝いて、近寄って来るその女性に注がれていた。その女性は五尺に満たない小柄な体をグレイのオーバーに包み、淡紅色の頬を黒いスカーフが、きっちりしめていた。彼女は、私と並ぶ片側の座席に、静かに腰を下したが、私はそれまで、無意識のうちに貪婪に、彼女をみつめていたのであった。席についた彼女の瞳が動きかけたが、私はあわてて自分の懐に戻って、再び車窓に顔を寄せていた。

しかし今度そこに映るものは、殺伐とした雪の降りしきる風景でなく、額のほつれ髪に粉雪をからませた、子供子供した清らかなT子の表情であった。——やがて二十年になろうとしているのに、T子の面影は少しも変っていなかった。私の全身はふるえていた。

私がT子を知ったのは、昭和十七年四月三日、小学校入学の日であった。

第二次大戦最中の入学式は、正面に天皇夫妻の写真を飾り、それに黙祷を棒げ、威儀を正し厳かな勅語によって始められていた。全校生百二十名、来賓父兄など多数列席する講堂は、鼻をすする者さえなく、水をうったように静まり、校長の勅語朗読の異常な声が、ながながと響いていた。

私達新入生二十名も男女二列に並ばされて、この荘重な雰囲気になんとなく頭を垂れていたのだが、そのとき床に落された私の眼は、横に並ぶ見知らぬ女の子の脚元に据えられて、威厳のある校長の声も耳にはいらなかったのである。

その女の子は、黒い布製の真新しい上靴をはいていた。そしてネーム板にT子と記されていた。その当時上靴などはく者はほとんどいなく、お袋のつぐってくれた足袋をはく私は、羨望してじっとその脚元を見つづけていたのである。やがて勅語朗読も終り校長の言葉や、来賓の祝辞などで、式場もいくらかなごんで来たが、真新しい上靴と、入学して初めて知った人の名前、T子の映像が私を離さなかった。T子は美しい黒髪に包まれた、まるい小さな白い顔に、ガラスのような澄んだ瞳をパッチリ輝かせていた。そして口元を固く結んでいた。

それから私は、T子と教室を同じくしたのである。

学校へ入ったひとりっ子の私は、手のつけられない腕白坊主でありまたクラス内のピエロでもあった。しかしそんな腕白坊主にも、不可思議にしおらしい可憐なものがあった。それはT子を意識することである。T子の前では意識的にふるまったり、また勇ましいナイト振りを発揮したこともあった。

ある日、級友の一人がT子にいじわるをしていた。それを見た私は、柄にもなくその男の子をたしなめたのだが、彼はヤーイT子、T子と囃したてて、それを嘲笑した。正義感?に燃える我の強い私は、俄然猛勇を発揮して、その男の子を難なく捩じ伏せてしまったのである。だがその男の子は泣き出してしまったので、私は英雄気取りで組み離してやった。戦慄さめやらぬ私の全身は、心地よく燃えていたが、次の刹那再度襲って来る級友を知った。しかも彼の手には小さなナイフが握られていた。だが先程の凌駕に自負する私は、最早そんなものは怖くなかった。再び組み伏して、その凶器を取り上げようとしたのだが、級友の必死の抵抗に、それは仲々容易ではなかった。私は級友の上に馬乗りになって、両腕を押えつけギュウギュウ痛めつけていたが、そのとき、何物かに喰いつかれたような激痛を耳に感じた。私は必然的に釣り上げられるような恰好で立ち上ったが、そこには担任の教師が立っていた。私と級友は、そのまま教員室まで引き立てられ、さんざん油をしぼられたことがあった。

そんな乱暴なことには勝る私だが、肝心の勉強のほうはさっぱりいけなかった。

四年生のある日、机の下でいたずらをしていた私は、突然黒板の問題を指名されてしまった。だが私は元気に答えていた。がんらいの負けん気がそうさせたのだ。いたずらっ子の私の解答は、突拍子もない程元気なものであったが、それがまた的外れのとんでもない解答でもあった。一瞬クラス内は爆笑の渦と化した。だが次の刹那、私は猛然として再び答えていた。しかしその衝動がいつものように剽軽な態度であったのかも知れない。一層私への嘲笑は止まなかった。その中にT子の笑声も混っていた。私は差恥のあまり俯いて泣いてしまった。何よりT子の嘲笑が悲しかったのである。

そんな日送りの中に、私はT子を違ったものとして意識するようになっていた。我の強い私には不似合のしおらしいものである。

私達の学校は、小学クラスだけで、隣部落のT子はT中学校、私はB中学校と、それぞれ学校も変わったが、虚弱な私は、中学一年のとき病臥してしまったのであった。それからT子との連りはフッツリ切れていた。

苦痛と倦怠の灰色の病床はながかった。その中に芽生えた煩しい異性愛は、T子の面影だけであった。やがて、私の脳裏には、T子の美しい表情が、偶像のように凝固してしまったのである。

そのT子が現われたのである。しかも雪の精のように……。S市の女学院へ行ったとも聞いていた。病弱であるとも聞いていた。だが、私はそれを誰にも確かめなかった。私の脳裏には、真新しい上靴をはいた、あのT子が生きていた。私はそれを誰にも見せたくなかったのである。

定員に満たないバスは、二人掛けのシートに一人ずつしか掛けていなかった。私が、T子に話しかけてゆくことは容易であった。だが私にはそれが出来なかった。ただ喉の乾きを覚えるだけであった。私がT子に話しかけてゆくことは容易でも、異常なまでに刻印されたT子の面影を語ることは難しかった。

やがてバスは、T町市街にさしかかった。

T子への思慕に憔悴する私は、少し早目に席を立とうとした。しかしT子も同じように立ち上った。T子は降車口の方に歩んで行く。私は気の抜けたように再び腰を下した。T子の後姿は、あまりにあど気なく、両肩にも力な微弱に年歳を感じさせなかった。

病弱、その故なのだろうか。しかし、私のイメージのT子と、現実のT子はちっとも変っていない。……そんな、そんなことってあり得るだろうか。――やがて二十年になろうとしているのに、信じられない。私は妄想に陥っている。そうだ、きっと、そうなんだ……。

茫然としてT子の後姿を見送っていた私は、バスが停車してからあわてて、席を立ち上った。私が降車すると同時に、バスは排気音を残して発って行く。私より先に降車したT子も、その後を追うように歩んで行く。雪は小止みなく降っていた。その中にT子の後姿は、一歩一歩溶けて……やがて、フッツリ消えてしまった。放心したように、雪の中に突っ立っていた私は、やっと気がついたように、T子とは反対の方角に歩き出していた。

一九六二年、ある雪の降る日。

折り鶴

春雨がアスファルトの舗道を洗って、待合所内は重く沈んでおりました。ビヤ樽のような小母さんも、セーラーの少女も、紳士然とした中年男も、鼻をたらした小僧までもが、皆神妙に無骨な木椅子にかけているのです。その合間を百姓ふうのオッサンの吹かすいがらっぽい煙が、ゆっくり縫っておりました。

私は入口側の木椅子にかけて、定まりもなく軒下を敲く雨脚を見ていたのですが、ピチッピチッという音階を伴って凹みを打っては、溜るでもなくすーっと流れてしまうのです。私は無意識にそれを追ったりしているうち、その瞳に一羽の鶴が映って、そこから動かなくなってしまったのです。

バス待ち合せの乗客が気まぐれに折って捨てて行ったのでしょうか。何かの包み紙で折った鶴が一羽、泥水の中に横たわっているのです。その微弱な羽根は、今にも折れそうに打ちつづく雨にヒクヒク抵抗していました。そして泣いているようにも見えたのです。私は訳もなく取り憑かれたように折り鶴をみつめていたのですが——久しく忘れていた《光ちゃん》を憶い出してしまったのです。

口元の大きいのを気にして、笑う時手で口を覆い、特徴のある笑声をあげる光ちゃんでしたが——今ごろ、どこでどうしていることでしょう。路傍に捨てられた折り鶴のように、雨に打たれて泣いているのではないでしょうか……。光ちゃんの神が創りし宿命のために、どこまで流されて行ってしまったのでしょう。可哀想な光ちゃん……。私はその面影を浮べて、感慨に重く深く沈むのです。

私は地元の総合病院で、長く療養しておりました。

地元でもあるだけに、友人や知人が時折り見舞ってくれたりしていたのですが、ある日、私の女友達が一人の同性を連れて来たのです。私に紹介するふうでもなかったので、別に相手にもならなかったのですが、その女性は無遠慮に話しかけて来たり、あたりかまわず快活な笑声をあげたりするのです。そのうち、私はなんとなく疎しいものをその女性に感じてしまいました。長く病臥せば、人の笑いや、言葉までもが、卑屈に感じてしまう時があるのです。

しかしその女性は、そんな私の気持も知らないで勝手に喋くっていました。私の女友達は、そのことを気遣ってか控え目にしているので、猶その女性一人だけのように感じてしまうのです。私の女友達からでも聞いたのか、私の病弱な境遇を哀れむようなことも、その女性はいっていましたが、千羽鶴を折って上げますから、早く快くなってください、といって立ち去りました。だが私は、それを聞く風にもしなかったのです。長い病臥にすっかり疲れはてて、その女性の言葉が、嘲笑にも似た腹立たしいものと感じていたからです。

初対面でありながら、気安く話しかけてくるその女性が、どのような職柄の人なのか見当がつきませんでした。年齢は二十二、三でしょうか。化粧もしておりません。別に服装も派手ではなかったのです。女性平常の夏姿で、半袖のブラウスから露呈された二の腕が、病人の私からはたくましくすら感じました。

それから二、三日過ぎ去って、私はその女性のことなどすっかり忘れていたのですが、私の女友達から次のような意味の手紙が来たのです。

その女性の名は光ちゃん(本名光子)といいました。

光ちゃんは幼くして孤児であったのです。その素性は全く判りませんでした。そんな光ちゃんは、樺太である子供のない夫婦の子として育てられていたのですが、昭和二十年の敗戦と共に、養父母の郷里北海道に引き揚げて来たのです。しかしその時、まだ七、八歳の光ちゃんは、H港の桟橋で養父母から逸れてしまったのです。多分、養父母の名も、その他手がかりになるような証言もできなかったのでしょう。そこからS市の精薄児養護院に送られてしまったのです。そして十年ぐらいの歳月が流れました。そのうちA新聞社の《この子達の親を探そう》運動がはじまったのです。《本名光子、本籍、姓、両親不詳。年齢推定十九、特徴、丸顔で色白く、右眼下にホクロ。口元は少し大きい》。こうして光ちゃんは、養父母との連絡がとれたのです。そして夢に描いていた養父母の許に引きとられたのですが、光ちゃんの養母は引き揚げ後まもなくこの世を去って、養父は若い女を妻にしていたのです。そんな家庭になじめなかったのか、光ちゃんはすぐ家をとび出してしまったのです。そして三年振りにひょっこり舞い戻って来たのですが、光ちゃんを迎える家庭はつめたく、今はこの街の呑屋で働いているとのことでした。

私は不可解なその女性の態度が、この文面によって、やっと判ったような気がしました。でも、私はそれを理解しようとはしなかったのです。

それから幾日かして光ちゃんが一人で訪ねて来ました。

今度も馴れ馴れしく話しかけてくるのですが、私は横臥したまま表情も変えませんでした。そんなことに気がついてか、《あの……これ折り鶴ですけど……。これから出来ただけずつ持って来ます》といって、小さな紙袋を私の枕元に置いて、そそくさと部屋を出て行きました。その日から光ちゃんは度々私の病室を訪れるようになったのです。ある時は、折り鶴の袋といっしょに、リンゴ一個や、ブドウ一と房なども持って来てくれました。そのようなことが度重なると、私の卑屈な心も、やっと光ちゃんの誠意を認めようという気になったのです。

ある日昼食の終った病室に光ちゃんが来て、《神社の方に散歩に行きませんか……》と私を誘うのです。私は素直に応じて神社境内に向ったのです。そのときの光ちゃんはとてもうれしそうに、青菜畠を舞う蝶のようにはしゃいでいました。

《私は〝あなたさま〟を見ると、なんでも言えるような気がするの――。あなたさまって養護院の先生みたいな感じ。私ね、S市の養護院にいたのよ……。その時養老院や孤児院に千羽鶴をいっぱい作って上げたの……。よく裏の林を散歩したわ……。私の好きな人ね、あっちの方にいるのよ……。ずうっとずうっと遠くに……フフフ……》

光ちゃんは私のことをあなたさまと称んで、歩きながらとりとめもないことを喋るのです。私たちは境内のベンチに並んで坐りました。

《私ね、今働いている所が厭なの……。ママさんたらねとても酷しいの。今日も怒られた……。だからとび出して来ちゃったの……》

《家へ帰らないの？》
《家、——帰らないわ。家へ帰るぐらいならママさんの所の方がいいも……。今にね、役場からお金が出たら、それでふとんを買って、どこか別のとこへ行くの……》
《役場からお金が出るって？》
《うん、引き揚げの……ほら、あの……引き揚げの人達にくれるでしょう。あれよ。この間部長さんが全部手続きをとってくれたの》
《部長って、警察？》
《うん。——フフフ……部長さんたらね、お前誰にでも〝させる〟っていうんでないか、なんて、いやらしいこというんだから。フフフ……バカみたいに……》
光ちゃんはさもおかしそうに笑ってから、唐突として真顔になって、
《あのね、私の躰本当の女でないの。だから、ほら小さいでしょう……》
と薄いブラウスの胸部を両手で押えました。私は《エッ》というような声にならない驚きを示しておずおずしてしまいました。
《養護院でいた時ね、手術してとってしまったの。子供が出来たら困るでしょう。だから……》
光ちゃんはそういって、ベンチの前に立っている大木の梢を見上げるようにして口を閉じてしまいました。
《お友達いないの？》

《うん、だからあなたさまにお友達になっていただきたいの……。お使いの帰りなど寄ってもいいでしょう……》
《ああ、いいよ。だけどママさんに叱られるんでない》
《いいわ、あんなとこ。怒られたらどっかへ行くも……》
《今までどこにいたの？》
《うーんとね……あっちのほうよ。いっぱい家があって、とても賑かなところ……》
光ちゃんは真面目な顔をしてそういうのです。
私は呆然として光ちゃんの顔をみつめてしまいました。
光ちゃんのいくらかの経歴は判っておりましたが、別にそのことにこだわっていなかったのです。私の女友達と来た時も、また一人で度々訪れるようになってからも、光ちゃんの人柄に解せないものがありましたが、それは安っぽい呑屋住いの故かと思っていたのです。だが光ちゃんの話を聞いているうち、私はS市の精薄児養護院という施設を思い出してしまったのです。
私は意識的にいろいろなことを訊ねてみました。
それを総合すると、光ちゃんは自分の名前も書けないのです。周囲にいくらか顔見知りの者がいれば、それに頼って流れ歩いていたようです。各地の記憶を話すのですが、どこにいたのかさっぱり見当がつきません。どこか港街にいたことも間違いなさそうです。そこで何か男というイメージを造り上げたようですが、そのこと自体があいまいなのです。名前も住所も年齢も判らない男なのです。とにかく肝心なところに行くと記憶があいまいになってくるのです。普段話すときは、それ程極端でもないのですが、つきつめて行くと、精薄施設のそれを感じてしまうのです。光ちゃんは、楽しそうに、こだわりなく話してくれるのですが、私はそのことがだんだん苦しくなって、光ちゃんに抱いていた下賤な感覚を、謝罪したいような気持になっていたのです。

それから幾日かしたある夕刻、光ちゃんは、シクシク泣きながら私の病室を訪ねたのです。《ママさんに叱られた》というのですが、夜分でもあり、私にはどうしていいのか分りませんでした。なだめて帰そうとするのですが、光ちゃんは《もうあんなところへ戻らない》というのです。私はその身の処置に窮して《じゃ、お店の前まで送って行って上げる。だから戻ろう……》と、いったのです。そうすると光ちゃんは、いがいにも快く承諾してくれました。そのときも光ちゃんは《どこか別の所へ行きたい》といっておりましたが、私は送り届けることばかりを考えて、その事情を訊かなかったのです。

その頃、退院も近いまでに健康に復していた私は、週末に一度帰宅したことがありましたが、その晩九時ごろ、光ちゃんがまた泣いて来た、と同室の者がいうのです。そして私が留守だと知ると、しばらく闇をみつめて泣いていてから、黙って出て行ったというのです。

私はフト、光ちゃんにはもう会えないのではないかと思いました。

その日、私は客を装ってその呑屋を訪ねたのです。

内部には丸い小さなテーブルが二ツあって、それぞれ椅子二脚添えてありました。カウンターも飾り棚もないまるで狭い待合所といった感じですが、それでも壁にいろいろな呑物の値段表がぶらさがっておりました。
磨ガラス戸が開いて、五十近い女が《いらっしゃい》と、前垂で手を拭き拭き出て来ました。
《あの、何をおあげしましょう》
《ジュース》
《済みません、ジュースは今ちょっと切れておりますが……》
《じゃ、サイダーは？》
《ハァ……それも切れておりますの……。今あるのは、酒と焼酎だけなんですの》
女はそういって、瞳から媚を消してしまいました。
《そう、じゃいいよ。ちょっと話があって来たんだから》
女は口元を引き締めて私に対しました。
《光ちゃんいないの？……》
《ああ、光子ですか。光子は今ちょっと使いに出ていますけど》
《えっ、じゃ……どこへも行かなかったの？》
私は迂闊にもそういってしまったのです。女は急に身構えるようになって、
《あなたは？……》
《あ、ぼくですか。ぼくはちょっとした光ちゃんの知り合いなんです》
《じゃ入院していらっしゃる方じゃ……》

《ええそうです》
《まあそうでしたの。光子がよく鶴を折っていましたけどあなたのところへ……》
私がうなずくと、女はつんとして横を向いてしまいました。
《光子はおりませんよ。――夕べ出て行ったきり戻って来ないんです。だから私もあなたのところへでも行ってみようかなと思っていたところなんです》
《ぼくは夕べ病院にはいなかったのですよ。光ちゃんが泣いて来たといいましたので……》
《あんなバカな娘に変な知恵をつけないでくださいよ》
《ぼくは別に……》
《何もとり得のない娘だけど、行くところがないというから可哀想だと思って家に置いてやったのに、……大切なお客さんに、とんでもないそそうをしてしまって……。その挙句、私までも突きとばすんだからね……。腹立たしいったらありゃしない》
《……》
《この前のことだけでも腹立たしいのに、また夕べもお客さんの顔を引っ掻いて突きとばすんだから……、しようもないったらありゃしない。だいたいね、こんなところにいたら、手を握られたりお尻をなでられたりするのはあたりまえでしょう。それをなにさ、まるで生娘みたいに怒ったりして……》
《……》
《前にもね、お客さんがお酒を呑まそうとすると、その猪口をとりあげて、お客さんにぶつけてしまったんですよ。その時も私は、じっと我慢してたんです。それなのにまた夕べもなんだから……。私はとうとう我慢できなくって――注意しようとしたんです。そしたらいきなり私を突きとばしてそのまま出て行ってしまったんですよ……》

《……》

《私ゃね、ああいう娘だと思うから、なんとか一人前にしてあげようと、いろいろ親切にしてやったんです。それを、なにさ。その恩を仇で返したりして。――黙っていると思って、いい気になって、言うことは聞かないし、買物にやればつり銭はごまかして、リンゴやブドウなんか買って食べたりするし……。あんたもよかったですよ、あんな娘にひっかからなくって……》

女は私のテーブルの横に突っ立ったまま、語気激しくいって、賤しく私を見下すのです。その化粧した表情は、まるで化けそこないの狐のような感じでした。私は黙って女に一礼して病室に戻って来ました。

光ちゃんの届けてくれた折り鶴を全部ベッドの上に開けて、一羽二羽と数えてみました。数うことのできない光ちゃんは、持って来る度に「まだ千羽にならないの」と、訊いていましたが、最後の袋を加えていなかったのです。たばこの空箱や、ガムの包み紙で折った鶴は、八百六十一羽しかありませんでした。

――つり銭をごまかして、リンゴやブドウを買って食べたりして――。理路整然とした女の言葉が、汚物のように私の嫌厭を駆りたてるのです。

あれから二年の歳月が経ちました。

光ちゃんは何をいいに来たのでしょう。さよならとだろうか。それとも、ただ泣きに来ただけなのでしょうか……。

折り目も形もくずれそうに、折り鶴は雨に打たれて、泣いているのです。私は無意識に拾い上げようとして、立ちました。だが、私はフッと、待合所の人々を意識してしまったのです。私の行動はそれまででした。来合せたバスに身を潜めるように乗り込んでしまったからです。私には、折り鶴を拾い上げる勇気がなかったのです。そんな自分の気持を否定も、肯定もしません。ただ自分だけが生きるのに精いっぱいの病弱な人間だからです。いえ、軽蔑すべき、エゴイストというべきかも知れません。

F病院にて

頭髪が白く眼の鋭い感じの滝川は、A県生れの鉄筋技術者であった。滝川が北海道へ赴任したときは、歳も若く相当の羽振りも利かせていた。それから三十数年が流れ去って、今ではとある田舎街の総合病院に滝川は病臥する身となっていた。

滝川は、河梁工事を主とした土建会社に所属して、六十歳頃このH地方に来ていたのであった。それから一年程後に、持病の喘息に肋膜炎を併発して病臥したのである。それと同時のように、臨時雇の滝川は会社との縁も切れてしまっていた。

滝川はその当時、B町の町立病院F村分院で療養していた。だが一年程すると、小銭にも窮するようになって、医師の制止も聞かず退院してしまったのである。退院した滝川は知人の斡旋で近くの鉄道延長工事現場で働くようになった。それから二、三カ月働いて、また倒れてしまった。再び滝川は、F病院に入院したが、今度は肺結核と診断されたのであった。

このF村分院には、結核患者の収容施設がなかった。結核患者たちは、みなB町にある本院の方に移らなければならなかった。そのことが滝川にはとても気の進まぬことであった。F病院には十名程のベッド数しかなかった。それだけに入院患者たちの待遇は家族並みであった。それに医師や看護婦たちとも顔見知りになれば、なお滝川はこのF病院を離れたくなかった。しかし十月のある日、滝川はF病院の患者輸送車に乗らなければならなかった。その日の滝川の心は、重く暗いものであった。

車に揺られた滝川は、やがてB町の本院の前に到着した。眼の細い小柄な看護婦が出迎えて、滝川は結核病棟の六号室に案内されていた。滝川は、看護婦につづいて一歩その病室に踏み入った。が、刹那的にピクッと立ち停ってしまった。寝ている患者たちの頭が、ピョコンピョコンと上っていた。その顔を見た滝川は、嘔吐を催すような嫌悪を感じていたのであった。同時に圧迫感のようなものにも、襲われていた。彼たちの眼が異様な程、鋭く滝川は感じたのであった。

案内の看護婦が「この方新しく入室する滝川さんです」といった。彼たちは無言で肯いただけだった。滝川は一人一人の表情を窺った。どの顔も黒い感じであった。その中にただ一人色白の同胞のいることを知った。滝川は、思わずその者の方に歩み寄ろうとした。そのとき「滝川さんこちらです」と、寝具をしき終えた看護婦がいった。自分のベッドは、黒い顔の歳若い男の傍であった。滝川は頑なに看護婦の顔を見たが、彼女は療養上の注意を二、三して、「寝んでいて下さい」といって立ち去った。滝川は、茫然としてその後姿を見送っていた。滝川は再び、気配を窺う風に病室を見回した。何か暗い、穴蔵のような感じであった。

滝川は傍の男に一瞥をくれただけで、自分のベッドに横臥した。だが、罵倒したいような苛立ちを覚えて眼を瞑れなかった。自分がこの者たちと同様に扱われたことが、腹立しかった。またこれから生活を共にしなければならないのかと思うと、滝川はじっとしていることが出来なかった。計温に来た看護婦をつかまえて、「他の病室はないか」と訊いてみた。が看護婦は「塞っている」と答えた。滝川は早々にF分院に立ち戻りたかった。その日、滝川はそのことばかり考えて、自分の病気のことなどすっかり忘れていたのであった。

この病院のベッド数は、約百床であった。病院は四ツに分けられていたが、掃除婦は二人しかいなかった。二人の掃除婦では、各病室の掃除までは手が回らなかった。それだけに元気な患者たちは、自発的に自分の居室の掃除をしていた。それが習慣のようになって、午後の安静時間が済むと、結核病棟の患者たちもそれぞれ自室の掃除をしていた。

滝川清が入院した翌る日であった。六号室の患者たちも、箒や雑巾を持って病室の掃除にとりかかった。彼たちは、体に無理のかからぬ程度に各処を分担して、機敏に箒や雑巾を動かしていた。それを見た滝川は、自分も手伝おうとしてベッドの周りを拭いてみた。だが意外な程息切れがして苦しかった。すると滝川の傍に寝ている若い男が、「滝川さん無理をしなくても良いですよ……」といった。滝川は、何オッ！と思った。だが激しい咳込みに襲われて、とうとう雑巾を投げ出してしまった。若い男はニコリと微笑んだが、滝川は「アイヌ！」と罵倒したいような衝動に駆られて睨み返していた。彼たちは、ほとんど健康体のようであった。そのせいか、滝川には、勝ち誇ったそれのようにも、彼の微笑を感じていたのであった。そして滝川は、衰弱した自分を識って悄然としてしまった。

滝川は二、三日彼たちと口を利かなかった。傍に寝ている若い男は、気味の悪い笑を浮べてときどき話しかけて来ようとする。だが滝川は払い退けたいような苛立ちを覚えて横を向いていた。同室のたった一人の同胞も、彼たちと対等に振る舞っていて、滝川には話しかけてくれなかった。そんなことが、なお滝川を苛立たせていたのであった。

この病院の結核病棟のベッド数は、三十床であった。主侍医は毎日のように顔を見せるが、容態の変化のない限り、週一回しか患者の体に触れなかった。滝川が入院してから、初めての診察日であった。その日に彼たちは腰から上を露した。

滝川は見るともなくその肌を観察していた。そこにはいつか工事現場で見た毛虫が映っていた。滝川がとある工事場で働いているときだった。朝出勤すると、その日加工予定の鉄筋の上に五センチほどの黒い毛がへばりついていた。滝川は瞬間、持っていたハンマーを力いっぱい打ち降した。カーンという接触音を発したと同時に、黒い毛虫は四散してしまっていた。だが滝川は何故か苛立っていた。そしてその日一日、滝川は訳もなく塞ぎ込んでいた。滝川はただ理由もなく、その毛虫が嫌悪されたのであった。

滝川は彼たちの肌を見ているうち、そのとき不快な光景を思い出していた。だが意外な程肌色が白いことにも、滝川は気がついていた。

背丈のずんぐりした医師は、滝川の診察を終えて傍の男に移っていった。滝川はその結果を聞きもらすまいとした。医師はその男の胸部フォルムを明りに透すようにしてみていたが、次に「近々手術します」といった。男は怯えたように医師の顔を見ながら頑なに肯いていた。次の男は、四十歳ぐらいだろうか……面長のせいか輪郭がゴツゴツした感じだった。その男は「もう少し化学療法をつづけましょう。多分手術しなくても大丈夫だと思いますが……」と言われた。男は気味悪くニッと笑った。次の男からは、滝川のベッドと対い合せになっていた。いちばん外れの三十七、八の男は「外科処置も可能性が薄いし、化学療法だけで、気永に療養するんですね……」と診断されていた。次は日本人の林であった。滝川は林の診断結果は聞かなかった。最後は頭の禿げ上った五十がらみの男であった。彼は比較的病状が軽いのか「近々退院出来るでしょう……」と言われていた。その男もニッと笑ったが、そのとき磨いたことのない黄色い歯を見せた。滝川は背筋に厭感の走るような嫌悪を感じていた。

診察を終えた医師は、ガッツガッツと靴音を残して次の病室に移っていった。

滝川は一人一人のベッドを改める風に見た。どのベッドも動く気配がなかった。傍の若い男も手術を聞いて憂いに沈むのか、薄汚れた天井を見据えたまま身じろぎもしなかった。滝川は、その横顔を観察した。顎から頬にかけて、髭の剃りあとが青く淀んで、眼窩が抉られたようにへこんでいた。その中に小さな眼玉が、敏捷な獣のそれのような鋭い光を放っていた。年齢は二十七、八だろうが、男は矢鱈と老けて見えた。滝川は思わず自分の頬をなでてみた。しかしその手は、ツルリとすべった。滝川はふっと、彼に哀れを催した。肺に穴が開いたり、切ったりしなければならないようであったら、もう廃人だろうに、と思った。すると何故か、話しかけてみたくなった。滝川は、

「手術しなければならないのですか……」と訊いた。男は緩慢に顔を向けてから、重くいった。

「右肺に空洞があるんです……」

「肺を切るんですか……」

「……」

「切ったらもう廃人だろうにね……」

男の頭がピクッと動いた。

「入院してから永いのですか……」とまた滝川は訊いた。男は返辞をせず、ただ重く息をついた。

滝川は彼たちより早く退院出来るような気がして、思わず北叟笑んだ。Ｆ病院の医師は、結核も初期のうちに治せば、一年ぐらいで完全に治るといった。滝川はその言葉が、自分の病気に当て嵌ると思った。今日の診断も比較的明るいものとして、滝川は受けとっていた。医師は、滝川の病状について、多くを語らないで立ち去ったのであった。

滝川は、入院当初のあの常人と変らない彼たちを見たとき、衰弱した自分を意識して悄然としていた。しかし今日の診断結果では、彼たちの病気は四期にも五期にもなっているように思ったのであった。そして、滝川は饒舌になりたがっていた。その日の夕刻、ベッドの上に坐っている林に、滝川は話しかけたのであった。

「毎日退屈ですね……」と滝川は一人言のようにいってから、

「お宅は近くなんですか？」

と訊いた。林は何かを考え込む風にしていたが、「うん」といった。

「いつ頃入院したんです」

「一昨年…」

林は無愛想に答えた。滝川はそれからアイヌ人たちと一緒なんですか？と訊きたかったが

「最初からこの部屋なんですか……」と、訊いた。林は再び「うん」と、こだわりのない返辞

をした。

「皆永いんですね……。俺はF病院の先生に一年で癒くなると言われましたよ」

「フフ、最初は皆そう言われるんだ。俺も一年って言われたけどね……」

「いや、俺の病気は初期なんです。それに菌も出ていないし、空洞もないって言うからな……。多分喘息が主なんでしょう……」

林は何かを言おうとした。しかし滝川はすぐ言葉をつづけた。

「空洞がある人なんか可哀想ですね……。切ったらもうおしまいでしょうにね……」

林は、ジロリと滝川を見てから、口をつぐんでしまった。滝川はまた口を開こうとした。そのとき滝川の口は別の声に封じられてしまった。

「空洞があったって、何も心配することないさ。手術すればもう完全なんだもの……」

その声は、気永に療養するより仕方がありません、と診断されていたKであった。Kは昼間滝川の傍に寝ているSの手術のことでも不快に思っていた。それだけに、今の滝川の言葉が無性に腹立たしく感じたのであった。

「でも肺を切るんだから……」

滝川はまたいった。

「フン、そんなことなんか心配することないんだ。現代医学は進歩しているからね……」

Kは寝て本を読んでいたが、起き上って吐き棄てるようにいった。滝川は、糞アイヌ奴！何が現代医学だ、と思った。

「Sさんなんか若いんだし、手術したらまた勤務出来るさ……」と、またKがいった。

「手術して半年もすれば元通りだからな……」顔のゴツゴツした感じのHが、相槌を打った。滝川は一人一人の表情を窺った。が皆自分と違っていた。傍のSは寝たまま、先程から本を読んでいた。Mも横になっていたが、誰かが何かを言う度に、ゴソゴソ体を動していた。滝川は肺を切るということは、切断と考えていた。また空洞は、文字通りポッカリ開いた穴だと思っていた。KとHは、手術は何も恐れることはない、と話しつづけていた。滝川の口はぴったりつぐんだままだった。林は、腕組みをしてじっと考え込む風にしていたが、

「俺も手術するかな……」

とポツリと言った。滝川には、林の言葉の意味が呑み込めなかった。

「そうさ、林さんなんか手術すればもうとっくに退院出来るんだもの……。何も恐れることなんかないさ。現に手術した人たちが元気で働いているからね……。俺も手術でも出来ればこんな七年も療養していなくても良いのに……、全く手術出来る人たちが羨しいよ……」

と、Kは悄然としていった。

Kは杣夫として働いていたが、七年前に山で喀血して倒れたのであった。病院へ来たときには両肺とも冒されていて、手術も不可能という診断であった。七年も療養しながら、Kはまだ退院のメドさえたっていなかった。そればかりか、少しでも無理をすると、血痰など出て来ていた。

Kの励ますような言葉に、林は無言で肯いていた。

林はこの病院から十キロぐらい離れた村で、農業を営んでいた。二年前に発病して病院へ来たが、右上葉の空洞が手術しなければならないと、言われていた。しかし切るというのは、とても勇気の要ることであった。Kが読んでいる療養雑誌などを借りて読んだりしたが、踏ん切りがつかないでいた。だが、Sが近く手術するというので、林もその気になったのであった。

滝川は黙って彼たちの話を聞いていた。どこにも滝川が口を挿む場がなかった。それでいて滝川は、やっぱりこ奴等と俺は違うのだという優越感を持った。それは、自分は日本人だという、漠然とした意識によるものだった。何より滝川は、林のほか他の患者たちの名を一人一人覚えていなかった。ただ胸にアイヌという称名を持っていただけであった。滝川は林にもっと別途なものを期待していた。つまり同胞としての観念であった。しかし林には裏切られたような気がして、滝川はもうこんな奴等と口を利くまい、と思ったのであった。

そんなある日、同室のMの処に五十ぐらいの男が見舞に来た。彼も一と目でアイヌ人という風貌をしていた。その男は「どうした」とMに声をかけた。Mは「うん、もうすぐ退院だ」といって起き上った。見舞の男は「したら少しぐらい良いべ……」といって、着ているジャンパーのポケットから焼酎の二合瓶を出した。Mはニッと笑って、「薬だからな」と答えた。見舞の男は、Mのベッドの側に椅子を寄せてコップを傾けた。

滝川は異様なこの光景を凝視した。どこにも病人態のない頑丈な感じのMだが、結核患者とコップを酌み交すその男の気が知れなかった。滝川が発病前には、結核患者と聞いただけで側に寄るのも厭だった。それなのに、この見舞の男は世間話をしながら、なんのためらいもなく、Mのコップを口にもっていった。この病棟の三分の一ぐらいはアイヌ人たちであった。このような無知なことをする結果だと滝川は思った。

見舞の男は、Mと二合瓶を空けてしまってから「したらまた来るからな…」といって、立ち去った。滝川は「あんたいつでも飲んでいるんですか…」とMに訊いた。Mははにかむようにニッと笑ってから「ウン」と答えた。滝川は「バカ奴！」と怒鳴りたかった。が「止めた方が良いですよ。俺も飲むことだけが生き甲斐のように思っていた男だが、飲めばやっぱり体に悪いですよ……」といった。Mはツンとして横を向いた。滝川は勝手にしやがれ、と思った。

滝川は住居も定めずに酒にのみ活路を開いて来たようなものだが、再度の病臥はその酒が原因であった。退院間近なMであっても、熱性のこの疾患に、アルコール質の良い訳がなかった。滝川は忠告したつもりであったが、聞き容れる風のないMを見ると、こ奴等は何も解らない、と思った。

滝川は彼たちの一挙一動が疎しく感じるようになった。否彼たちの存在そのものさえ嫌悪されたのであった。気分の優れないとき、どうかすると彼たちの髭面を見ただけで、食欲さえなくなっていた。

滝川は一時、S市に住居をかまえたこともあった。それ以外はほとんど、工事現場で寝泊りしていた。そんな滝川は、北海道が永いといっても、アイヌ人に直接触れたことがなかった。滝川はいつか、N町の温泉街に行ったとき、みやげ店先に坐っているアイヌの老婆を見たことがあった。その老婆は何故か落着なく、絶えず周囲に眼を配っていた。滝川はそれを見たとき、ふと、サーカス小屋の軒先などに繋いである猿を思い出していた。

しかもその夜、行われた熊祭りを見たとき、滝川は形容し難い凶暴な獣をその老婆に感じていた。そして滝川は彼たちのすべてを軽蔑し、嫌悪するようになっていた。それまでの漠然としていたものが、あの仔熊を生贄として、踊りくるうアイヌ人たちを見たとき、恐怖心を伴って憤りとなり嫌悪となったのであった。彼たちの残虐でない、真の宗教的な儀式だ、という説明も、滝川にはただの方便だとしか思えなかった。

滝川は一日も早くこの病院を抜け出たかった。回診のとき滝川は「F分院に移して下さい」と医師に頼んだ。医師は「今向うの病院に病室がないから……」と言葉を濁して、滝川の病気そのものを仄めかせた。だが滝川は「病室が空いたらすぐ移して下さい」と、頼んでいた。

独身の滝川の置き忘れたような境遇からみると、彼たちの療養はずい分恵まれていた。時折り肉親なども訪れていたし、季節の野菜や果物なども持って来ていた。それ等は全部病室内に適当に分けて食べている。それが一ツの習しのようであった。滝川もあるときは、つきたての餅をもらったり、またこの地方の河で漁れたという鮭の切身なども分けてもらった。そんなとき滝川は、自分の境遇を泌々と意識した。滝川は日常の小銭にも窮していたのであった。滝川の内部には、日が経つにつれ新たな羨望のような嫉妬も加わって苛々した日を送るようになっていた。

滝川が入院した当時は、まだ青かった樹間にも秋の気配がしのび寄って来て、やがて、一と葉一と葉落ちていった。時節の移りゆくその光景を病室の窓辺に寄りかかって見たりすると、滝川は無性に物淋しくなって来た。滝川が入院してからはや二カ月になろうとしていた。しかし朝夕の咳込みは依然として衰えていなかった。ともすれば発狂するような息苦しさを伴うこともあった。日に三度の食膳の上げ下げと、便所までの歩行が滝川の日課であった。だが少しも恢復の兆しが見られなかった。

滝川は、自分の病気は初期なんだと思った。来年秋頃にはきっと治ると堅く信じていた。また治らないまでもF病院に移してもらえると思っていた。滝川はそのことにだけに励まされていたのであった。

やがて冬の季節も来た。各病室には暖房用の石炭ストーブも取り据えられて石油罐に五、六パイの石炭が一週間分の燃料として配られていた。火の焚きつけは、患者たちが交代でやっていた。節約しなければ一週間の石炭が五日ぐらいで無くなってしまうこともあった。朝なども七時半の食事時間を見計って患者たちは起きて火を焚きつけるが、滝川には何故かそのことがもどかしく思えてならなかった。他の患者たちと違って昼もほとんど寝てばかりいるせいか、朝晩など眼覚めたら滝川はそのまま眠ることが出来なかった。そんなとき起きて火を焚きつけようと思うのだが、滝川はなんとなく自分の体に何時しか不安を感じていた。

だが滝川はある朝起きて火を焚きつけてみた。が別段そのことは、苦にする程のことでもなかった。かえって煩しい彼たちを意識せず、朝の澄んだ部屋の中で、滝川は思った通り事を運ぶことが出来た。そのことは、滝川にはとても満ちたりたものとして感じたのであった。滝川は二、三日つづけて起きてみたが、別に体に障るようでもなかった。すると滝川は朝の来るのが楽しみになった。毎朝のようにKの枕元にある置時計を何度となく眺めてその時刻の来るのを待っていたが、滝川は日毎に起きる時間が早くなっていた。

そんなある朝、いつものように滝川が起きて火を焚きつけていると、Kが何事かを言った。滝川は別段そのことにこだわらなかった。翌朝も滝川は五時頃起きて、火を焚きつけようとした。Kがまたブツブツ口の中で何事かを言った。滝川は要を得ないまま、一瞬デレッキを持ったままストーブの側に突立ってしまった。と、眠っていると思った林が、「滝川さん、石炭が無くなるから、もう少し寝ていた方が良いよ……」といった。滝川は持っていたデレッキを危く落しそうであった。が次に昨日からのKの言葉がやっと解った。滝川はデレッキを力いっぱい敲きつけたかった。が、ストーブ台の上にポイと捨てた。トタン製のストーブ台の上に、滝川の胸部の苛立ちがけたたましく発した。

滝川は久しく忘れていたあの子供時代の、餓鬼大将に刃向うことの出来なかった胸の疼きのようなものに襲われていた。滝川はこ奴等は本当に何も解らない、と思った。石炭が無くなりゃ寝ていれば良いでないか、と滝川は言いたかった。だが、こんな奴等に逆うだけ損だ、と滝川は思った。しかし林の言葉がくやしかった。滝川は林も彼たちの仲間のような気がして悲しくなった。滝川はそのまま床に這入った。そして、呪詛するように、アイヌ奴、アイヌ奴と心の中で罵倒していた。計温の看護婦が来て、七時近くになっても誰も起きる気配がなかった。滝川は何度か頭を上げてみたが、みな狸寝入りを決め込んでいるような気がしてならなかった。そのうちやっと林が起きて火を焚きつけた。食事まで、あといくらもないのに、KもHもMもSも動こうとしなかった。滝川は、アイヌ人は怠け者が多いと聞いたが、やっぱり嘘ではないなと思った。

滝川は隣室の者たちに、彼たちへの憤りを語ったりした。しかしそれはすぐ、HやKたちの耳に入っていたのであった。また滝川は屢々口実を設けては、病棟の詰所を訪れるようにもなっていた。詰所には隣接の病棟と合せて、二人の看護婦がいた。滝川はそのうちの年増の方をつかまえて、彼たちへの鬱憤を晴らしていた。そのことはたいして彼たちに影響を及ぼすようなことでもなかった。だがMは縷々そのとばっちりを蒙っていた。

Mの自宅は病院の近くであった。そのせいか看護婦たちの虚を衝いては外出して飲んで来た。そのことでMはよく看護婦たちから注意を受けていた。

Mは素面のときは、自分の思っていることも満足に言うことの出来ないような人物であった。だが一旦アルコールに浸ると、北海道の皆さん！という形容を使って、演説調の熱弁を揮っていた。そのことは、別段Mが弁説家だという意味でもなく普段は温和な人物なのだが、酔うと思慮を失って酔漢特有の模糊とした言葉を弄する癖がでるのであった。恐らくMが、演説か何かで感銘を受けたときの北海道の皆さん！という言葉であったろう。

そのMがあるときもう就寝近くになってから、泥酔して病室に戻って来た。普段から赤ら顔のMだが、酔ったとなると、まるで金時のような感じであった。Mは病室に立ち入るなり仁王立ちになって「北海道の皆さん！よく聞いてくれ」といった。

「この滝川は、俺たちのことをアイヌ、アイヌてバカにこく。俺たちはアイヌだからそう言われても良い。しかし、北海道の皆さん！よく聞いてくれ。この滝川には嗅や子供があるかってんだ——。ルンペンのような態アしているくせに、生意気に俺たちのことをアイヌ、アイヌってバカにこく。このミツタクナシデッチヨ——」と、Mは日頃の鬱憤を一気にまくしたてた。このミツタクナシデッチヨ——というのは、醜いおデコという意味らしかった。額の禿げ上ったMは、あるいは誰かにそう言われたことでもあるのだろう。Mが人を罵るときの最大の罵詈雑言であった。

Mは顔を歪めて——ミツタクナシデッチヨ——と言い終ると、滝川のベッドの傍に寄って板間の上にどっかと趺坐を組んだ。そして「滝川貴様はなんのために、看護婦さだの、隣りの部屋の奴等さ俺たちのあっこ(悪口)を言うんだ……」と、やり出した。滝川は怯えたようにベッドの端に身を寄せた。それを見た同室の者たちは、Mを窘めた。が意外な程Mは素直に鋒先を収めて、自分のベッドにもぐり込んだのであった。Mは滝川以外の他の患者たちには逆うような人物ではなかったのである。

そんなMであったが、しばらく経ったある日また泥酔して病室に戻って来た。そしてやっぱり「北海道の皆さん！」と唱え出した。Mの眼は血走って異様に光っていた。それを見たKとHに「Mさんそんなことをするから俺たちは、アイヌ、アイヌってバカにされるんだ。言いたいことがあるのなら酔わないで言えば良いでないか……」と注意された。Mは不服そうに、ベッドにもぐり込んだのであった。だが夜半近くになっても、ぐずぐず言って皆を寝かせなかった。Kは劇しくMを咎めた。がHはやさしくMを悟した。しかしMは間をおいては、ぐずぐず言っていた。そんなことに業を煮した林は、「曳ずり出すぞ!」と、一喝した。いつものMなら「ウンウン」と小さくなるのだが、その日は昼間の憤りもあってか、「オ、出させるものなら出せ!」と力んだ。林は「ナニ!」というなりとび起きて、どっかと趺坐を組むMをベッドから曳ずり降そうとした。だが七十キロはあろうというMを容易にあつかうことが出来なかった。Mはベッドにしがみついて、「オラなんか悪いことしたか……」といって、キョトンと林を見上げた。林は「そんなに騒いでばかりいたら皆眠られないでないか。眼を醒してやるか」というなり、口に水を含んでプーッとMの顔に吹きかけた。Mは怒るかに見えた。がニッと笑って、「ウン眼が醒めた」といった。

このMはいくら酔っても憎めないと、M県生れのある女患者がいった。病棟にはもう一人、酒好きの梅野という患者がいた。この梅野は中年で、金銭的にも恵まれていた。そのせいか、酒を買って来てはちびりちびり病室で飲んでいた。その梅野は酔うと、打算的に女患者たちの側に寄って来る。そしてすべて〝酒〟という落ちのつく行動をとった。そのことは、とても女患者たちに嫌われていた。だがMは酔うと、磨いたことのない黄色い歯を見せて、とても朗らかそうであった。普段のMは怖い感じで側にも寄れない。が酔ったときは愛らしい、とさえこの女患者はいっていた。この女患者は相当の教育を受けた人物であった。

Mはよく、近くの屠場から一本十五円で豚の足を買って来ていた。それを毛焼してタワシでゴシゴシ洗ってから、煮て食べる。その日もMは、七輪を外に持ち出して毛焼きしていたのであった。Mは毛焼きするときの動物性の毛の臭いを懸念して外でやっていた。そのとき便所に起きた滝川が、廊下の窓からそれを見たのである。滝川は顔を歪めて、「あんた、それを食べるのかね……」と訊いた。Mは一瞬狼狽したようであった。しかし次に何かを言おうとした。が口唇をピクピク痙攣させただけで言葉にはならなかった。Mの側にいたHが「滝川さん、あんたはラーメンを食べませんか」といった。滝川は「フン……」といって、窓辺を離れていた。

Mはそのときの憤懣をぶちまけていたのであった。Mは「人を小馬鹿にしたようなことを吐しやがって、今は日本全国で、ホルモン焼だとか朝鮮料理だとかいて、豚の臓物だとか、馬の臓物を食っているんだないか。骨だって、スープだとか、タレだとかいって、結局貴様たちだって、食らっているべ……」というようなことを、言いつづけていたのであった。

水をあびせかけられたMを見て、滝川は態ア見ろ！と言いたかった。滝川の脳裡には、あの熊祭りの夜に、仔熊の肉をあさっていたアイヌが映っていたのであった。アイヌは、動物の臓物だとか骨を拾い集めても食う、と聞いていたがやっぱり本当だな、と滝川は思った。そして滝川は「ああ、厭だ厭だ」と、心の中で呟いていた。Mといい、Kといい、H、Sと、どの奴もこ奴もやっぱりアイヌだ、と思った。滝川は早くこんな病院から抜け出たかった。こ奴等らといたら、俺の病気はなお悪くなるぞ、と思った。

以前にKが、夜半に起きて、病室中に塩をまき散らしていた。聞くと、「今病室のドアーがスーッと開いた。昼間上の病棟で死んだ奴がいるが、どうも気にかかってならない」といった。その死人は、まるでKと関係のない者であった。滝川は、アイヌ人は信心深いと聞いていたが、それはほとんど無知に近い結果だ、と思った。それでいて、現代医学は！などと、口はばったいことを吐すのだから笑止千万、彼たちには、そんな言葉など不似合いだと――滝川はただ、そんな彼たちをいまいましくも思った。

滝川はF病院のことを思うようになった。滝川のいた部屋は、三人部屋であった。温和な大原と、滝川と同年配の宮田が一緒であった。三人はよく話し合った。そして飽きたら他の病室にあるテレビを観にいった。だがこのB町の本院にはテレビ一台ついていなかった。そして朝から晩まで陽が射さなかった。F病院は一日中陽が当っていた。だからとても燃料が節約出来た。それに第一こんな厭な患者は、一人もいなかった。それなのに……滝川はまた、アイヌと罵りたくなった。

F病院当時の療友宮田は、滝川ととても気が合った。宮田は滝川より数年早くに来道して、F村で農業を営んでいた。滝川と宮田はA県の憶い出などを話したりした。そして滝川は自らの境遇も語って、血気盛んな若い時代を懐しんだりした。滝川は今まで、妻と定めた女を持たなかった。金があれば酒と女とお太陽さまはついて回ると、滝川は思っていた。そんな性格が派手に金を使わせた。身の回りも、作業着と良質の服一着と、簡素な寝具一組だけであった。それで充分こと足りた若い時代であった。

滝川はＦ病院当時のことを思うと、無性に話しかける者が欲しくなった。だが滝川は同室の者たちに、話しする気がしなかった。滝川は、こ奴等と俺は違うのだと思っていた。またこ奴等に話したって、解ってくれまいと思っていた。だが滝川は、ふっと、淋しいものに時折襲われていたのであった。

やがて雪もちらちら降って、滝川が入院してから三カ月目になった。年の瀬も間近に迫っていた。滝川の病気は少しも恢復の兆しが見られなかった。少しでも動くと、滝川は咳込んでガーッと痰を吐いていた。食膳をとりに行くのも億劫なようであった。滝川は下痢をするといって、よく注射をうってもらっていた。朝の計温のとき、前日の尿便の回数を訊かれるが、滝川は尿三回、便七回などと看護婦に答えていた。滝川は、パスを服用する結果、胃腸を悪くして下痢をする、と考えた。滝川はパスの服薬を中止して、同添の胃腸薬だけを頓用するようになった。しかしそのことは、滝川の病状を一段と悪化させる原因になったのであった。

年も改まると、滝川の病気は一層悪化した。朝夕の咳込みは激しく食欲もなくなっていた。食膳をとりにも、便所にも滝川は歩くことが出来なくなった。食膳は同室の者たちが運んでやっていたが、排泄はベッドの傍に便器を置いて、それに用を足した。看護婦が回って来ると、滝川は黙って便器を差出して捨ててもらうのである。小さな田舎街では、結核患者の付添いをおいそれと引き受ける者がいなかった。

滝川はある日、「これをベッドの後の金具に結んで下さい」と、Sに寝巻の紐を差出した。Sがその紐を結んでやると、滝川はそれを両手でたぐって、やっと起き上った。そしてSたちの運んでくれた食事を摂ったが、三分ほど食べると、パタンと倒れるように横臥してしまった。それ以来、滝川は連日、薄汚れた天井を見上げて過すようになった。

若いときA県を飛び出すようにして北海道に渡った滝川には、肉親の安否も不明であった。F病院に入院していたとき、滝川はA県に書状を宛ててみた。しかしそれは宛名不明の付箋が貼られて戻って来た。A県には、確か七十近い姉がいる筈であった。滝川はこの北海道にいる弟たちにも手紙を宛ててみた。二人とも、もう五十過ぎだが、O市とS市に、それぞれ家庭を持っていた。だがその手紙も、空しく返送されて来た。連絡をとらなかった自分が悪いのだ、と滝川は思う一方、が、宛名不明の弟たちが無性に怨めしくなった。弟たちは滝川より遅れて北海道に来ていたが、二人とも会社に勤めて堅実に歩んでいた。滝川は各地流転の職業であった。そして、気の荒い労務者たちの中で働いて来た。時には大金を握ったこともあった。しかし次の仕事までその金は使い果した。滝川は仕事を求めて、また他の会社に移っていった。そんなことの繰返しが、だんだん弟たちを疎縁にしていたのであった。だが四、五年前までは、確かにO市とS市に弟たちは住んでいたのであった。

滝川は、その弟たちのことばかりを考えて過していた。そんなある日、滝川は放心したように、「Sさん」と、傍のSを呼んでいた。Sは寝て本を読んでいたが「うむ」といって、眼を離した。

「四、五年前までは、O市とS市に弟たちはいたんですよ。それなのに、手紙が戻って来るっていうのは、どうしたことなんでしょうね……」と、滝川は呟くようにいった。Sは事の次第が呑み込めなかった。

「俺も悪いですよ。しばらく連絡をとっていなかったからね……。各地を転々としていたのがいけなかったんですよ……」

滝川は天上に眼を据えたまま、独り言のようにいった。Sはやっと、滝川の言葉を理解した。そして新聞社の投書欄を思い出していた。

「新聞社に投書してみたら……」と、Sは滝川の方を見ていった。だがやっぱり滝川はSの方を向かなかった。

「金がかかりますよ……」

滝川は力なくいった。

「いえ無料で扱ってくれる欄があるんです」

Sは軽く身を起した。

「ぼくの方から投書して上げましょうか……」

滝川は、奈落に落ちて行くような気がして返辞が出来なかった。Sは、

「弟さんたちの住所と名前を教えて下さい」といった。滝川は天井を見たまま、肯くように顎を動かした。

「それに滝川さん、……こんなこと言って良いかどうか分りませんが、生活保護を受けたら

どうですか……」

滝川はギリリとしてSを睨んだ。しかし滝川は自ら眼を外してしまった。

滝川はF病院側で手続きをとって、B町の本院に送られて来たのであった。そんな滝川は自分の入院がどんな形なのかも、考えてはいなかった。いずれにしても滝川の負担でないことだけは確かであった。入院するとき、一万余りの金は持っていたが、冬の寝具などを買って、とうに使い果していた。

生活保護というSの言葉は、滝川の胸をグサリと抉った。

「前からそう思っていたんですが……」

Sは滝川を気遣う風にいった。

「なんなら、ぼくの方から役場に連絡をとって上げましょうか……」

滝川は入院当初、あの雑巾を投げ出したとき見せたSの微笑を思い出した。糞アイヌ奴！と滝川は思った。が滝川は再び肯きを示していた。

滝川は食膳の上げ下げはもとより、今日この頃何かと彼たちに世話を焼せていた。しかしそれは滝川が依頼したものではなかった。滝川が食膳をとりに行くのも億劫だと見ると、彼たちは黙って運んでくれた。ときには、ありがとう、という言葉も滝川はかけたかった。が滝川は何故かそれを素直に言い出せなかった。滝川の中には、頑なある優越感があったのである。それは彼たちをアイヌ人と思うことにあった。

しかし見舞に持って来たものを彼たちから分けてもらうことが度かさなると、その滝川の優越感は自と揺らいでいた。ときには施しを受けたような、惨めな屈辱を意識したりもする。そんなことが、一層滝川を卑屈にして、頑なにアイヌアイヌと、呪詛するように運ばせていたともいえる。

だが今のSの生活保護という言葉に、滝川の優越意識は崩壊していった。滝川には、最早彼たちに逆らうだけの勇気が出なかった。Sに、弟たちの住所と名前を訊かれたり、自分の本籍や生年月日などを問われたが、滝川は検事の審問を受けるような、苦痛と屈辱を味っていた。しかし、そのことは以前のように不快感の伴うものではなかった。滝川には、何かさっぱりしたような気持であった。

二、三日して生活保護調査のため、役場から係員が滝川を訪れて来た。係員は極度に滝川の病軀を怯れるように、離れたところから声をかけた。そのせいか滝川の言葉を二度も三度も訊き返した。そのことが一層滝川を疲れさせた。要を得ない係員は、傍のSに訊いてくれといった。滝川はアウアウという赤児の言葉のように、今までの住民登録地と、寄り辺のない境遇をSに語った。Sはそのことを、係員に報告した。係員は「扶助料の支給は半月後になります」と、事務的な言葉を残して逃げるように立ち去った。この病院には、看護婦を呼ぶベルもついていなかった。滝川は歩けるときはよく、詰所まで応急の注射をしてもらいに行った。また滝川は氷も持っていなかった。咳込みの発作などで、胸の苦しいようなときなど、滝川はタオルを冷して胸部に置いていた。だが今では、滝川にはそのようなことすら出来なくなっていた。

　滝川は「看護婦を呼んで来て下さい」「タオルを絞って下さい」と、彼たちに哀願するように物を頼むようになった。それまでの滝川の憑物は完全に落ちていた。看護婦は再三巡回して来るのだが、滝川はその間待っていることが不安であった。また厳冬の季節に、滝川は提燈の少ししぼんだような胸部を出して、その上にタオルをのせていた。そのタオルもそれ程熱くもならないのに、滝川は「絞って下さい」と、誰彼になく差出した。そんなことが度重なると、昼間のうちは言われた者が絞って与えたが、夜間は素知らぬ風を装う者が多くなった。それも以前の滝川に対しての反感からのようであった。中でもMとHは「アイヌアイヌって俺たちのことをバカにしていたくせに、日本人なら日本人の世話になりゃ良いでないか」と、彼等は不貞腐れていた。が、Sだけは、呼ばれる度に起きてやった。しかしSもだんだん三回に一度ぐらいしか、起きないようになった。滝川はSが起きるまで「SさんSさん」と、呻くように呼びつづけていた。それを聞きつけて、林が起きることもあった。滝川が人を呼ぶときは、体直接の苦痛からばかりではなかった。譫言のようにただ誰かの名を呼ぶことによって、滝川はいくらかの安らぎを覚えるらしかった。

　林は「病院側では、一体このことをどう思っているんだ」と、看護の不備を詰った。またKやHやMたちは「お互い病人なんだもの、自分の体を悪くしてまで、人の看護をする必要はない」というようなことをいった。それは、暗にSの行為を指すものであった。しかしSには、傍の滝川の苦しみを黙視することが出来なかった。

痰や汚物の処理は看護婦たちがやるが、あとはほとんどSの手を煩せていた。滝川の汗と垢の染み込んだタオルは、鼻孔を塞ぐ悪臭を放ったが、Sは黙って冷して与えた。だが滝川には、少しも感謝の表情が窺えなかった。そればかりか、当然のようにSが外出するというと、滝川は甘えるように何かをねだった。そんなときSは、滝川の要求を満す程ではなかったが、果物だとか喉を潤す飴などを買って来てやった。そんなことを見たりすると、Hは「何もそれ程までしなくても良いだろうに……。俺たちをアイヌってバカにした奴だぜ……」とSに云うこともあった。

Hは酒も煙草も飲まなかった。見た感じはどこか弱そうだが、アイヌという偏見意識には異常な程反感を示した。時折りラジオなどで、アイヌ云々などと聴けば、あとの言葉を聴かないで、糞奴！何がアイヌだ、と劇しく怒った。Hには和人の妻との間に二人の子供があるが、それだけに差別視されることには極端な怒りを現すのであった。だがSは、

「その問題と、これは別なんだ」といった。

Hは憤然として

「なにも別でないさ、俺たちは現に軽蔑されていたんでないか」といった。

しかしSには衰えた滝川への報復は考えられなかった。

「俺たちは今まで人間扱いされなかったんだぜ……。また現に俺たちは日本人という言葉の中にいないんだ。あたかもそれが外国人のように、しかも下賤に扱われているんでないか……。俺たちが認めてもらえるのは、観光地の見世物小屋にいるときだけなんだ」と、Hは劇

しくSに詰め寄った。

Sは、それは何も滝川直接の問題でないだろうに、と言いたかった。が口を閉じてしまった。そこには、Hの卑屈な過去を意識したからだった。

Hは別に悪い人物ではなかった。青年学校（第二次大戦当時の特殊学級）時代を経て、一年程軍隊にも行って来た。特に戦前の教育を受けたHの屈辱的経験は、推してあまりあった。戦後の教育を受けたSにも、「アイヌ」と嘲けられたことが幾度かあった。

Sが小学校時代、学友たちと並んで歩いているときなど突然「ア・犬来た！」という声が飛んだ。遠くに入墨をした老婆などを見つけた学童の頓狂な声であった。そんなときSは、そういった級友が死んでしまえば良い、と思った。しかも今も、時折りその暗い翳りに襲われることがあった。

Sは近くのT市にある工業高校を出ていた。T高といえばこの地方では少しは知られていた。T高に入学したSは、小学校時代ほど卑屈な意識に苛まれなかった。それだけ周囲もまた、S自身も成長していたのであった。T高を出たSは、町役場の産業土木課に勤務するようになった。だが、高校時代無意識でいたことが、時折りSを襲っていた。それは同じ役場内の厚生課を訪れる、生活保護世帯の人々を見たりしたときだった。その六、七十％は、アイヌ人家庭であった。それを見ると、Sは何故か暗い気持になっていた。

Sは、Hの怒りに出合うとそれも解るような気がした。幼い時代からの鬱積が、いわば腐爛しかけてHを苛立たせているように思った。それがこのように、一ツのきっかけをつかむと、漏斗を通るように集中させてしまうらしかった。

Sにも、滝川に向けた憤りのようなものはあった。親しい微笑を送っても、冷酷にそっぽを向く滝川に、Sは腹立たしいものを覚えたこともあった。だが富もなさず、このように寄り処もない滝川を思うと、Sは何故か、その人柄が憎めなかった。Sの憤りは衰えた滝川に向ったものではなかった。滝川の中にある、日本人という意識にであった。そこには体毛が少い方がより、高等だという観念があった。

Sはいつか、次のような新聞記事を読んだことがあった。それは、――二十歳の男子ですが胸毛が生えなくて悩んでいる――という相談記事であった。それにT大の生理学専攻の博士のSという教授が解答したものである。S教授は、――二十歳で体毛が薄いのが普通で、三十歳ぐらいまでは発達してゆくものです。また進化論から言えば、体毛が少い方がより高等なわけです。〝胸毛の魅力〟などというのは動物的なもので、本当の人間的魅力（教養と人格）の前では、問題にならないのです――、といっている。Sはその記事を読んだとき、複雑なものを覚えてならなかった。〝体毛が薄い方がより高等だ〟という、S教授の独断がSには不可解であった。S自身も自分の体毛の濃さということに、少からず卑屈なものを持っていた。しかしそのことによって、劣等だ、という意識は持たなかった。Sの毛深いことの卑屈感は、ただ美容面からの羞恥心のようなものであった。しかしS教授の解答を読んだとき、Sはこれは見逃すことの出来ない問題だと思った。Sはいつか、テレビでツンツルテンの蛸入道のようなプロレスラーを見たことがあった。〝進化論〟から見れば、あの無毛の大男など、差詰め〝高等〟な人間の最たるものであったろう。

しかし、あの無毛の大男は、愚かにもリング上で殴り合うだけしか取り得ないつまらない人間だとSは思った。また〝胸毛の魅力は動物的だ〟ということもSには、無視することが出来なかった。

Sは高校時代、動物の体毛について教わったことがあった。そのときの教諭は細縁の眼鏡をかけたOであったが、その顔は今もはっきりSは覚えている。

O教諭は、――毛、つまり体毛は、頭髪のように毛束をなさないものと、三本から五本の毛群とに分れている――といった。そして毛根は――哺乳類動物の皮下細胞の、いわば核のようなものの分化生長したものだ――といった。それが表面に露れて体毛と呼ばれるのであった。またその毛根は、毛玉というものからなるが、それは皮下細胞のかたまりのようなもので、皮脂腺と、汗腺から分れて、毛嚢というものの中に潜んでいる、とO教諭はいった。

Sは表面に露れるか露れないかで、その毛玉（または毛乳頭）は哺乳類動物の人間の皮下内に潜んでいるものだ、と思っていた。だが、S教授の〝動物的だ〟という言葉の響きが、Sには単なる形容詞として受けとることが出来なかった。

つまりこのように体毛が薄い方がより高等だ、ということと、濃いのは動物的だという観念が、アイヌ人を軽蔑視する日本人的意識になっているように、Sは思ったのであった。また日本人という言葉そのものにも、Sは問題がある、と思っていた。Sは町役場の図書室で次のような記録を読んだことがあった。

――一四、五歳の労働に堪ふる者は、皆強制的に漁場に連れ行かれ、大人一人一日玄米五合を食料として給せられ、仕事を終えた後各自之をつきて食す。強壮にして能く労働に服するものにて、給料は一漁期金一両を最多とし、労働の少しく足らざるものは、木綿衣服又は鍋一枚を得、弱きものは一物も得ずして襤褸を纏いて悄然として其の部落に帰りきたる有様なりき。宝物とするケマウシペ（高さ二尺直径一尺五寸位の円筒型の容器にして内外を漆にて塗りたるもの）は強健なるもの二漁期の給料の代りに得たるものなり。和人語は禁ぜられる――。

これは寛政（一七八九～一八〇一）時代のアイヌ人の姿を記録した村史であった。

Sはこれを読んだとき、悲しみだとか怒りなどというものには襲われなかった。ただ一ツの日本人的意識をそこに見るような気がした。

つまり遠く寛政時代からアイヌ人を虐げ搾取した〝日本人〟その優越感が、今も本能として残っているようにSは思ったのだ。その当時は、アイヌ人という特殊呼称をしなければならないようなことも確かにあった。それに明治時代からの天皇崇拝思想が輪をかけて、アイヌ人を軽蔑視する〝日本人的〟意識をつくり上げたようにSは思った。これは新法に――人種性別信条によって、差別されない（第一四条）――という一文を見ても、Sには解るような気がした。今も日本人、アイヌ人と分別したような呼称をしているのは、いけないことだとSは思った。そのような軽蔑的呼び方が、アイヌ人をより卑屈にしてしまうのであった。

Sの滝川に対けた憤りは、このような日本人という意識にであった。

しかしHの劇しい言葉に、Sは何か釈然としないものを感じ出していた。Sは、滝川に対する憤りと、世話することとは別問題だと、Hにいった。だが、それはS自身のエゴイズムのなせるものでなかったろうか。滝川の内部（意識）にむけたものだといいながら、S自身にも複雑なものがあった。Sの滝川に対する気持が宗教的なものであれば、肯定されるのであった。しかし滝川の内部に対けたものだといいながらも、Hたちと同様の観念（本能）がSにもないわけではない。それが偽善的に〝世話する〟という形に変って、Sは無意識のうちに、Hたち以上の非道な復讐を滝川にしていたのでないだろうか……。と、Sは自らの傲慢さに愕然としてしまった。そこには当然、否定し抹消してしまうことの出来ないSの本能というものがあった。滝川の頑なな観念に触れることによって、Sは〝日本人〟という意識を感じていたからであった。Sは無性に物淋しいものに襲われてならなかった。滝川にもHたちにも、またSにもこのことは不幸なことであった。

滝川は日に日に衰えて、もう以前程SさんSさんとも呼ばなくなった。宙に浮した滝川の瞳には、薄汚れた天井さえ映らないようであった。その頃になって、やっと一人の老婆が、滝川の付添いとして来た。老婆はもう七十近いせいか、動きも緩慢で看護人としては不適格のようであった。

その老婆は食事どき、あんぐり開けた滝川の口に無雑作に粥を流し込んだ。しかし滝川はそれを呑み込む力さえなく、呼吸といっしょに吸い込んでいた。そしてゴホンゴホンという咳込みに悶えていた。それは断末魔の呻きにも似た悲愴なのを感じさせた。老婆は再び腕をのばしたが、滝川は転すように頭を動して口を閉じていた。そこには抗然とした、以前の滝川が感じられなかった。そして避け難い何かが迫りつつあるようであった。

Sはそんな滝川を見ると、何故か複雑に沈んでしまった。そしてただ、自分の無力さが腹立たしかった。Sは結局、Hたちの頑な態度の前に、自分は驕っていたのだ、という気がしてならなかった。Sは、Hたちに謝罪し何かを呪いたいような焦燥に駆られて、滝川の衰えを悲しく見守っていた。

滝川が個室に移される日であった。Sの投書した新聞記事を見て、弟たちから連絡が来た。「明日行く」というものであった。Sがそのことを告げると、滝川はパクパクと口を動した。それは何を意味するのか解らなかった。滝川は、患者たちが死病室と恐れている個室に運ばれていったのであった。

Sは置去られたような気がして、周囲を見回した。HもKも林もMもベッドの上にいた。だが誰もが重く口を閉じたままであった。Sは今まで張りつめていたものが急に緩んで来るような気がした。そしてただ、淋しく物悲しいものに襲われてならなかった。Sは素直に滝川に触れて行きたかった。しかしそこには無視することの出来ない、大きな問題が横たわっていた。そのことによって滝川の病気は一層悪化したような気がして苦しかった。Sは滝川に苛立たせた、アイヌ人という問題は、なんだろうと、もう一度考えてみた。

「俺たちが認められるのは、観光地の見世物小屋にいるときだけだ」という、Hの言葉が浮んで来た。そしてあの厚生課を訪れる人々のことを、Sは思い出していた。これは滝川の偏見視に怒る前に、Sたち自身考えねばならない問題であった。生活が貧しいため、自らの蛮性を売り物にしなければならない現状がSには悲しかった。それは極く一部の者たちであった。しかしそのことによってSたちは、いつまでもアイヌという固陋な感覚に突き当らなければならなかった。そこには創造性のない、いわばメルヘンの中の人種しか想定させなかった。初めてアイヌ人というものに触れた場合、木熊を彫ったり樹皮を編んだりする生活に何を感じたろう。そして残虐な熊殺しがどのように映るだろう。Sはいつか、熊祭りの熊を殺さないで、と叫ぶ婦人の新聞記事を読んだことがあった。そのときの婦人の心痛が、Sには解るような気がした。そしてその後に来る婦人の観念が、Sには悲しく意識されてならなかった。そのような問題を無視して、アイヌ人という偏見視に頑なな抵抗を試みても、そこには感情のしこりがあるばかりであった。

北国の旅情を詩う、ある大学のポプラ並木さえ、学園が荒されるといって、観光団の入園を差し止めているのに、人道上からも、何故このような問題を放任してあるのだろう。今まで何故、誰もが黙っていたのだろう……。やっぱりアイヌは劣等な人種なのだろうか……。

Sの瞳にキラリと光るものがあふれて来た。しかしそれはSの感傷ではなかった。一生懸命生きようとしても、その宿命に蹴落とされる若者も多かった。Sは一人の青年を思い出していた。それはかつてSの友人でもあったYというアイヌ人であった。Yは今K市の刑務所独房に繋れていた。そこには、傷害という罪名が冠せられていたが、そうしなければならなかったYの気持をSは見逃すことが出来なかった。しかしSにもその問題をどう解決して良いのか解らなかった。ただ何かに祈る思いだけであった。

Sは「Sさん」と呼ばれたような気がして、一瞬滝川のベッドを見た。しかしそこには白いマットが横たわっているだけであった。滝川の険しい瞳が浮んで来た。そしてHやMたちの劇しい怒りがSを襲って来た。しかしそのどれもが、Sには咎めたり責めたりすることは出来なかった。Sはもう一度、病室を見回した。病室には、死のような静寂が漂っていて、誰もが重く口を閉じたままであった。

Sは何かを払い退けるように、頭を揺りながら病室を出た。そこには、二月の陽光に輝く白雲の樹間が映っていた。Sはしばらく廊下の窓辺に佇んで、その侘びしい風景を見やっていた。それはただ冷酷な、潔癖すぎる一色の風景であった。だが急斜面の一角に、Sは黒い山肌を発見していた。Sは何かすがすがしいものを見たような気がした。そこにはやがて訪れるだろう、新鮮な春の息吹きをSは感じていたからであった。

Sは何かに急きたてられるような数日を送って、手術しなければならない自分の病気のことを忘れていた。だが来るべき手術に、感情を整えなければならないのだとSは思っていた。

ある老婆たちの幻想　第一話　赤い木の実

私はその日も、薪を取りに裏山へ行った。二人いる姉たちは、隣部落などへ嫁いでしまい、たった一人の兄も〝親方〟と呼ばれている和人に連れられて、どこか遠くの漁場へ雇われ奉公――。私は、父と母の三人で暮していた。が、その父親も、若い頃こそ、部落でも一、二と騒がれた狩猟の腕前。しかし寄る年波には勝てないかして、家に引籠ることの方が多い。一方に母親は、どちらかというと口のうるさい質――。それに私が、年頃のせいもあってか、何かにつけてさしでがましくなってくる。それでも私は、母を助けて、稗や粟を作ったり、山菜や薪を取って生活を樹てていた。

が、その日に限って、どうしたわけか、薪を取りに行かなくともいい、と母が言いだす。薪は夕餉の支度にも足りるか、足りないかぐらい――そればかりか、薪取りは、ほとんど私の仕事のようになっている。出来たらいくらかずつでも、蓄えたいとさえ思っていたのに……、母の分らず屋、また何を言うか――と、私はぷりぷりして家を出た。が、その頃は、真上の太陽がもう西側に傾きかけていた。

山に着いた私は、出がけの母とのいさかいの痼りがとれず、手当次第に枯木を折ったり拾って一ヵ所に集めていた。が、小鳥たちののどかな囀りや、穏かな日差しをあびて、だんだんといつものような気持になっていった。

私は、どこからか声が、どこからか足音が……と、胸をときめかせて、辺りの木陰に耳を澄まし窪地に目をやる。そんな時ボーッとなって、知らずのうちに、手にした薪を取落したりする。と、どこかで羽ばたくような物音や、何か鋭い声などがあがる。私は、大事な秘密を見破られたような気がして、一瞬ドキッとなる。が見やればいたずらもののカラスやカケスだったりする。そんな自分に気がついて、私は思わず独り笑――。

とにかく、それは神の国での出来事のようだった。「――貧しい家柄の娘が、くじけずに真心をもって、神さまを敬い、親に孝行を尽す。が、やがてその善心が報いられて、娘は神の化身と熱い恋に陥る。そして子宝にも恵まれて、部落一番の幸福者になってゆく――」

私はいい気に、自分の無信心や親不孝振りを棚に上げ、まるで神話の世界の女王さま気どり。あるいは何か小虫でも、私の胸底に棲みついていたのかもしれない。胸のあたりがむずがゆいような感じになると、全身がほてったり、堅くなったり、時には仕事のことさえも忘れる。が、私はどうやらこうやら一と抱えほどの束を作った。やれやれと気づいてみれば、森の木影が長い尾をひいていた。私は樹間を透すようにした。と、太陽はもうすこしで、森の向うにポロリと転り落ちそう。

瞬間、私はいつもの母の癇癪声を思い出す。やれ、帰りが遅いの、薪が生木で燃えそうにない、しょって来た量が少いの、と必ずといっていいほどごたくを並べたてる。そうなると、折角苦労して取って来た私だもの、つい腹立しまぎれ、

「じゃ、自分でやればいいのに……」

と、口返しの一つもする。

それが悪いとて、母は、

「親に向かってなんてこと！」

と、手を振り上げてくる。

以前なら、そんな時は逃げてはならないものと考えて、二ッ三ッぶたれたこともある。が、もう誰が待ってなどいるものか。小鳥が小枝を渡るように、ひょいひょいと、身を躱す。すると、母は決って、父の所へ飛んで行く。が、父は、その訴えを聞いたのか聞かないのか。黙んまりとしたまま、囲炉裏の焚火を見つめてとり合わない。母の焦立ちは、父にとも、私にともつかずに向けられて、益々高まっていく。

密かな期待に胸をときめかせたりして、私はうかつにも、太陽の落ち具合を忘れていた。さあ一刻も早く帰らなければ、また一騒動——。私だって、出来ることなら、母とそうそういがみ合ってばかりもいたくない。急いで帰り支度とばかりに背負縄で薪を縛って、頭にかけようとした。が、その仰ぎ見るような恰好の力が抜けてしまった。

赤い粒の木の実が、今にも降ってきそうに枝々に群がっている。母たちは、何か病気の薬だともいっていた。が、そんなことに関わり合いはない。ただ、私は昨日のあの男が持っていたのはこれではないかと思った。私はしょいかけの薪を放り出して、その手頃の小枝を折りにかかった。——きっと、あの男はこの赤い木の実が好きなんだ……と、小枝を胸に抱きしめるように、私は山を下って茅原の辺りに出た。

と、部落の方から、誰かがやってくる。そこから道路は一本道——。そのまま行くと、私たちの部落を通り抜けて、河原に出てしまう。が、私が立止ったほうに向ってくると、和人部落に通じていた。一瞬、私は時々みかける和人かな、と思った。日頃から、私たち子供は、和人部落に近寄ってはならないと注意されている。私は戸惑い、薪をしょいこんだまま突立った。が、その人は、何か相当に急いでいる様子。ぐいぐい近づいてくるのを見れば、それは意外にも、友だちのアニパでないか……。私は一層におろおろとしてしまった。

以前には、よく誘い合って、薪や山菜を取りに行ったりしたもの。部落で十五、六の娘といえば、このアニパと私だけ。私たち二人は、部落の人たちが羨むほどの仲良しだった。が、此の頃、私はアニパを避けるようになっていた。もちろん、家も同じ部落内——。なるべく顔を合わせないようにと、アニパの家の前を素知らぬふりで通り過ぎていた。

が、そのことを怒ってでもいるように、アニパは黒っぽい着物の裾をひらひらさせて向ってくる。私は身構えるように、心を堅くした。が、アニパは、下唇を噛みしめて、やや顔を伏せ気味に、私の前をすーっと通り抜けた。私は全く拍子抜け……。呼び止めようと思っても声さえ出ない。アニパは振り向くどころか、そのままの急ぎ足で遠のいて行く。私はただ、呆気にとられて見送るのみ——。そういえば、数日前に、ここら辺りで、部落の若者のエテカルも見かけた。きっと、何か用でもあるのだろう、と、家のことばかり考えている私は、いつもと違うアニパの素振りを、一瞬気にかけながらも、あまりこだわらずに帰りを急いだ。

私たちの部落は十戸ばかりの戸数だった。私の家をつっかけに、モンニ婆さん、ヤエレス老人、そしてエテカル父子、少し離れて、アニパの家と続いていた。その私の家が見えたが、ゆっくりと、煙が夕空にのぼっている。私は観念した。きっと今ごろ母は、怒り怒り夕餉の支度だろう……。こんなに遅く山から帰ったことがない。私は、言遁れを考え考え、忍び足で家の前にたどり着いた。

と、中から何やら人の話声——。父と二人きりでは、どうも様子がおかしい。あるいはまた話好きのモンニ婆さんが遊びに来て、母と話込んでいるのか知らん。私は、何気なく聞き耳を立てた。が、ひそひそ声などで、よく聞きとれない。しかし、モンニ婆さんなどでなく、誰か若いような女の声。と、——そうだ、そうだ——と、また別な声だった。

私は、姉さんたちだ……と、思った。

姉たちの嫁ぎ先は、いくらも離れていない隣部落。何かの折りなど、よく訪れてくる。が、その度に、母はあれもこれもと、私の強情さを語って聞かせる。すると姉たちは、私ばかりが悪いような意見をして帰る。私はそれが腹立たしかった。

——ああ、どうせまた、私の悪口でしょう……。

と、私はしょっている薪を、どすん！と地べたに投げ降そうとした。が、瞬間、ハッ！とある考えが浮んだ。

確かに、嫁ぎ先は隣部落——。訪れたからといって不思議なことではない。が、姉たち二人が揃うのはめずらしい。しかも、去年の暮に嫁いだサオップ姉さんは身重だと聞いていた。

——もしや……という懸念が湧いた。

いつもなら、母の話声はもっと声高——。それがときどき声を低めている。姉たちが、夕暮だというのに。まだ帰らないのと考え合わせると……、あるいは！っと——。

私は、薪をそーっと、物音を立てないように降した。そして、そのまま裏手の物置小屋のほうへ急ごうとした。

が……、

「これ、シュモン！」

と、後へぐいっ！と引戻すような母の声。

私は、振向きもしないで突立った。

が、意外にも、

「これを……」

と何かを、くれるとでもいうような気配で母が寄ってくる。

警戒心を強めている私だ――。が、母の穏かな感じに、一瞬、気をゆるめた。しかしそうなると今度は意地が悪く、――何よ、さんざん人の悪口を言っていたくせに……。

と、私は、不貞腐れて、母を見ようともしなかった。

その瞬間だった。私は大木でも倒れてきたのかと思った。ガクン！という衝撃とともに、もんどり打って私は引き倒された。

同時に、

「サオップ！

アンテカ！」

と耳をつんざくような声で母が叫ぶ。バタバタと、家の中から駆け出る様子。

私は必死になった。恋しいあの男の面影を秘めた赤い木の実の小枝もなんのその、まだ手にしていたことを幸いに、振回して、母を放そうとする。が胴腹にくらいついた母は、もがけばもがくほど力をこめる。そうこうするうちに、思ったとおり姉たちが、母の加勢に駆けつけた。もうそうなると、私は半狂乱——。手足といわず、ありとあらゆる力をふりしぼって抵抗を試みた。

が、母ほどの図体の私でも、やはりまだ十四、五才の小娘だった。いくら暴れてみても限度がある。母や姉たちに、手足を押えつけられて、地面に張りつけにされてしまった。

私は、

「ヒオーッ！」

と、吠えるような声をあげて泣きじゃくった。

「なして暴れる！」

「母さんの言うことを聞きなさい！」

横合いのアンテカ姉と、サオップ姉が同時に言う。

私は、くそ奴！殺してくれ、と叫びたかった。

「なんぼ言っても、言うこと聞かないから、その罰なんだ！」

よほど、腹に据えかねていたのか、母の言葉は荒い。

「ほら——お前にばっかりあるんでなく、私たちだって……」

「そうよ、年頃になれば、アニパだって、まだ十ぐらいのチョコマさえかしているんでしょう……」

と、姉たちは、自分の唇を突出すような表情をこさえて、私に顔を近づける。泣きじゃくっていた私だ。が、姉たちの何の入墨を見たとき、怯えて、その声さえもつまってしまう。

「逃げられるなよ――」

と、私の両足を押えこんでいた母が、姉たちに身柄をあずける。

「なあに、シュモンだって、いまに分ってくれるさ……」

「初めての時は、誰でも恐しいもんだ――」

二人の姉たちは、分ったようなことを言って、私をとりなしてくる。

「そうしないば、嫁の貰い手もないし、親や兄弟も見られないような遠いとこさ、連れて行かれるんだと……」

「そうよ、そんなところへお前が連れられて行ったら、私たちだって、淋しくって……」

私は、またか……と、うんざりした。何度も同じことを聞いている。その度ごとに、私はあれこれ、口実をもうけて体を躱してきた。

が、今日ばかりは、もうどうにもならない。姉二人が、両傍から私を押えている。密かに姉たちを呼び寄せて、母は昼間から準備していたのだろう。少し離れた所で、しゃがみこんで、入墨に使う消炭や刃物の支度でもしているようだ。薪を取りに行かなくても良い、と言った理由も、ようやくのみこめた。

私は、

——勝手にしやがれ！——と、いう気持になってきた。逃れられないと分れば、もう泣くのも馬鹿馬鹿しい。

なるほど、私より一ッ年上のアニパは入墨をしている。アニパどころか、サオップ姉が言ったように、十才を出たか出ないかのチョコマさえが、上唇に墨を入れた。が、そのことで、チョコマの両親が〝親方〟と呼ばれている和人に怒られた、とか聞いている。それが女の資格だとか、嫁入りの条件だとか……。そんなことで、入墨を早くして欲しいなどと、私はこれっぽっちも考えたためしがない。姉たちは、まだごたごたと何かを言っている。が、私はもうそんなことなど、聞きたくもない。わざとに、ぷいっと、ふくれっ面をこしらえて、私は目を瞑った。

が、それを待っていたかのように、あの男の面影だった。

「あかん、あかんえ！あんなんしてしもたら、わて、あんたはんとは、もう口もきけへん——。ええか、あんたはんはな、他のアイヌさんと、違うのや……。な、違うのや……な——」

私は、母や姉たちなんか、死んでしまえばいい、と思った。

「入墨をした女、嫌いや——。第一、野蛮なのや……」

半ば、独言のように、遠くを見つめて、顔を顰めるあの男……。

傍に坐るだけでも、爪先から頭の先まで、しびれるような感じ。肩にちょっとでも、手をかけられた時など、体が縮んででもしまいそう……。私はふっ！とそんなことを考えた。

と、私の裾のほうに誰かが手をかけている。びっくりして目を開けてみると、私をとり押えているサオップ姉だ。無我夢中で暴れただけに、長着に細帯一本という私の形りは、相当に乱れていたようだ。あの男のことを考えているうち、私は知らずに身を硬くしたらしい。それが、着物の乱れを恥らったものとして、サオップ姉は受取ったようだ。

アンテカ姉も、私の両前を合わせるように、サオップ姉に手伝い始めた。私は刹那、今だッ！——という気が起った。母は私に背を向けて、何か支度に気をとられている。姉たちは、片手を使って疎か——。

力いっぱいに、両傍の姉たちを突飛した。と、同時に曲げておいた細木が、勢いよく跳ねあがるときのように私は起上った。

「あ！——」

「これッ！——」

「シュモン！」

後で一斉に声が挙る。

が、かまうものではない。兎が、草原を目指すように、私は走り始めた。気が急げば急ぐほど、後へ引戻されるような感じで足がもつれたりする。が、私は裏山の方角に向かって懸命だった。

そして……どれくらい走り回ったろうか……。

私は、と、ある谷底にうずくまっていた。呼吸をする度に、ひりひりと喉が痛む。唾を呑込もうとしても、口の中は火でも入れられたようにカラカラだ。それでも、腹底から押上げてくる泣声は、肩をも震わす。すぐ目の前には、きれいな湧水が流れている。そこまで立上って歩み寄る気力さえもなくなった。私はにじり寄るように、せせらぎの淵に進んだ。片手をのばして、泉を掬いあげた。一気に飲み下すと、ゴクリッと喉が鳴った。が、一瞬、目眩でもしたような感じ。私は、腹這いになって、流れに口をつけた。

飲み終った私は、また元のように立膝に顎をのせるような恰好――。体のそこここに、飲み下したばかりの清水がしみ透ってゆく。が、それは大粒の涙となって、私の両眼からあふれ始めた。

私は、今日ほど、母たちが怨めしく、恐しいと思ったことがない。私だって、十四、五才といえばそろそろ大人たちへの仲間入。ある程度のことは、私なりに理解出来るつもり。が、どうして、私たち女だけが入墨をしなければならないのか……。

私が、まだ六ッか七ッ頃だったろう。家の物陰から呻くような声……。何事かと、子供なりに気を配りながら、そーっと見やった。が油汗をにじませて、歯を喰いしばる、アンテカ姉――。そのまん前に、被いかぶさるような恰好の母。……いまにして思うと、為損じないようにと、ねがう母の眼差だったかも知れない。が、アンテカ姉の唇に当てる鋭い刃物――、私はあやうく悲鳴をあげるところだったが、母の血走るような眼は、私の喉を塞いだ……。

先ほど、暴れまくる私をとりなそうとして、姉たちが、自分の唇を突出すようにした。が、私は息も詰るほど恐しかった。それはまるで、大きな魔鳥の、黒い嘴のような感じだったから……。

私は、泉の淵にうずくまったまま、夕闇のせまるのも知らずに、深く深く考え沈んでいった。私が入墨を嫌うようになった原因は、あの家の物陰から見た情景ばかりでない。それは物心つくようになった、二年ばかり前の出来事だった。

その頃から、父たちの噂話に出てくる、和人の女を時々見かけるようになった。が、女たちは、誰一人として入墨をしている者がいない。私はお嫁にいかなければ、子供は産めないものと考えていた。が、和人の女で、子供をおぶったのを見かけると、不思議でならなかった。入墨もしていないのに、どうして子供が産めるのだろう……と。

そんなある日、私は和人の女の真似をして、髪を束ねてうしろで丸めたことがある。苦心してやっと出来上っただけに、私は内心、得意だった。が、意外にも、母に咎められて、こっぴどい折檻をされた。それからというもの、私は完全に母を嫌うようになった。何か用事を言いつけられたりすると、逆らわないまでも腹底では必ずといっていいほど小理屈を並べ立てる。それが、年とともに表に出て、母といさかいを起してしまう。

が、私はまだ自分の意見というものはもっていなかった。それだけに、時によると、自分の不良ッぽさにどうにもならないほどの嫌気がさす。私はアニパの他には、樹木や小鳥たちにしか話しかけられないからだ。が、そのアニパだって、入墨をしてしまっているだけにそんな悩みは打ち明けられなかった。

が、神の引合わせのように、私はバッタリあの男に出会った。それは秋風もそろそろ立とうかという、つい最近の出来事である。

私は木の皮で編んだ物入袋をぶら下げて、茸を取りに森へ行っていた。が、いきなり何か人の気配――。私はびっくりして顔を上げた。と、私を食入るように見ている一人の男……。咄嵯に、和人だ……と悟った。が、普段から父たちに、和人部落へ近寄ってはならないし、何か物を無断で貰ったり、言葉を交してもいけない、と注意されている。出合頭に、私は気も動転する逃げ腰か……と思いの外、どうした訳か、二度と相手を見られないほど顔を赤らめている。胸はドキドキするし、それにつれて、全身の力さえも抜けて行くような感じ。私は立っていることが精いっぱいだった。なのにその男は、俯いている私の顔をわざとにのぞきこむようなことをする。私は走り出そうかと思うのだが走り出すどころか、一と足を踏み出すとたんに、体はばらばらになるような感じで動けなかった。が、その和人の男の姿が、すーっと消えるようにいなくなる。気づいたとき、私は、自分が立っていることさえ分らずにいたのだった。が、それからというもの、私は夢現にその出来事にとりつかれてしまった。部落にはエテカルという、私の兄と同じ年の若者がいた。そのエテカルと、山で出会ったからといって、私は別段、何も感じない。が、自分でもよく分らないほど思いつめてしまった。

そんな私の打萎れ方を見て、父は、物怪に祟られたのだろう、と、モンニ婆さんや、ヤエレス老人たちを集めて祈禱をし始める。私は、違います。実はこうこう、こうなのです、とあの日の出来事を話してやりたいほど。が、例え口が腐っても、そんなことなどおくびにも出せない。常日頃、親不孝者で、罰当奴と、私のことを罵ってばかりいる母までも、さすがに心配したのか、血の道に効くという何か薬草を煎じて枕元に持って来たりする。が、私の塞ぎは、一向に癒されなかった。

それもその筈、一日中寝てばかりいるようになれば、尚更のこと、思うのはあのことばかり。なんとかして、もう一度だけでも逢ってみたい。せめても、あの森の辺りまででも行きたい……とそればかり考えていた。が、何せ事が大袈裟になってゆくばかり。私の両親だけでなく、部落の人たちまでも。——あの御転婆娘が寝込むとは、只事でない……と。入代り立代り見舞に訪れる。が、どうしたことか、友だちのアニパだけは顔を見せてくれなかった。が、それはどうでもいい。

痺をきらした私は、とうとうある企みごとを決意した。日頃の私の不良ッ娘振りを、見て見ぬ振りをする父が、一人でいる機会を見計って、私はそーっと耳打ちした。すると父は、一瞬、皺の寄った表情をきっとする。が、ちょうどいい案配に、私の眼にはあふれようとする涙だった。父は、戸惑ったように丸い目をパチクリする。が、立上って東方の神窓の方へ行った。そして何かを持ってきて、呪い事を唱えながら、私の背中に差込んだ。

「さあ、行っておいで。あまり遠くまで行っては駄目だよ。この神様がお前を護っている。きっと気分はよくなるだろう。そしたら、早く戻って来るのだよ——。また、うるさいから——」

と、父は私の背をさすりながら、暗に母の焦立ちをほのめかす。

私の頬には、本当に父への感謝の涙が伝っていた。もし物怪にとりつかれたりしたら、例え私のように昼間であっても、一人での出歩きは許してもらえない。が、それを十分に計算しての、私の企はまんまと図に当った。

久し振りで外に出た私は、まばゆいばかりの陽をいっぱいにあびてよろめいた。いくら元気者の私でも、三日も寝込むと、さすがに足元がふらつく。それ幸いに、私の行手を不安気に見守っている父を撒くため、ゆっくり歩んで森陰に身を隠した。そうなると、もうしめたもの――。それまでのおぼつかない重病人の足どりはどこへやら、私はあの男と出会った場所へと急いでいた。

二、三日も見ぬ間に、森の木の葉はほとんど色づいている。辺りには、木の実や草の実の甘ずっぱい薫りがいっぱい――。小鳥たちは、チチ、チチと喜んでいた。

私は腐りかけの大木の根ッ子を見つけて立止った。――確かにこの辺り……。私は茸を取って……と、その日の出来事を思い描きながら、何か跡でもないか、と俯いて歩き回っていた。

と、「ゴホン！」と呟払い。

私は、意表を衝かれたようにドキリッとした。瞬間的に父か母でないか、と思ったのだった。が、私は……生唾を嚥込んで、眼を皿にする。

顔色が矢鱈と白かった。頭の髪も薄気味悪いぐらいに短い。前をはだけるように、腰の辺りまでのものを着て、腹から二本の足にかけては、真ッ黒い物を着けている。細い目が、ニタッと笑んだようだった。

私は、少し離れたところにいるその男を見やったまま……。

が、男はすっとんで私の前に来た。

「あんたはんや、あんたはんやな——。そうや、此処でこないして、逢うたんや、な——。わてトオキチいうねん……」

前に立つか立たないかのうちに言葉が並べられた。

私は、孤につままれたような感じ。

「ほんま、ほんまに素晴しいわ！　あんたはん、わての顔おぼえていまんな。ほら——わてや……」

と、男は自分の鼻の頭に指を立てるような仕種——。のっぺりとした感じの顔が、ぐしゃっ！　とつぶれたように私は思った。

「どないした……。わて、ほらあそこの親方に雇われているトオキチ、いうねん。此処でこないして、わては待っていたねん、あんたはんの来やはるのを……」

男は細っこい目をいっぱいに見開いて、私を見つめる。

私は逆に、眼を閉じたいような気持……。どうしたことか、胸にためていた熱いものがいっぺんに冷めていく。

「あの……あんたはん……」

と、男は、この前に出会った時のように、疑り深く私の顔をのぞき込んでくる。

「ほんまに、そこのアイヌさんでっしゃろな……」

と、真っ白い腕が、私の肩のあたりにニューッとのびてきた。

私は思わずのけぞった。それはまるで、幽雲噺の死人の腕のようだからだ。

相手の男も、怯えたように顔をこわばらせた。

私は、父親の顔を思い出した。獣か何かから身を守るように、相手を睨みつけて二、三歩ほど後退する。そしてくるりと背を向けて、心の中で叫びながら走り出していた。――お父さーん、……と。

谷底の私は、父を呼んでいたような気がして吾れに返った。が、目に映るものは、何もなかった。私は、明るい森の中を、駆けていた筈なのに、やっぱり、夢の中に今いるのか知ら……。眠っていたような、あるいは何か考え事をしていたような、訳の分らない気持――。両眼をこすってから、私はまばたきをしてみた。が、辺りは同じように暗がりだった。体の節々が、ゴキゴキと痛む。水の流れるような微細い音が耳についてきた。私はようやく、谷底にうずくまっている自分を感じた。日は、もうとうに暮れてしまったようだ。

その暗闇の中から、

「コーン！コーン！」

と、獣の遠吠え。それに怯えてか、枝々が折れるような音や、触れ合うような音……。まだ秋といいながら、夜風は私にきびしく冷やかだった。

私は思わず、襟をかき合わせるようにして立上った。暗闇を透すと、影のような黒い木立が見える。私は歩き出そうとした。が、足元の岩にけつまずき、危うくころびそう。辺りを手でさぐれば、荒々しいむき出しの岩肌だった。瞬間、私は母たちの仕打を思い出す。すると、腹立たしさが、むらむらっとまたこみあげてくる。

——帰るもんか、帰ってなんかやるものか！——

私は捨鉢な気持になって、再びその場にしゃがみこんだ。入墨のことを思うと、もう二度と家になど戻りたくない。いつか私が寝込んでからというもの、分らず屋の母が一層に口うるさくなってきた。それればかりか、私のことを、一番理解してくれていると思った父までも、気のせいか、以前のようなやさしさがなくなった。そんな家へ、誰がっ！と……。

少しの間は、勇んではみたものの、谷底の暗闇は獣の鳴声や、岩を流れる水音などを混えて、私を落着かなくする。同じようなことを何度も考えているうち、しまいに、私はすっかり途方に暮れた。

と、辺りの暗闇が、ボーッと明るみかけて……あの魔の崖の情景が浮んで来る。

私は、思わずぶるぶるっと身震いした。

ある者は恋の悩みで、またある者は産後の煩いで、と、何人もその崖から身を投げたとか——。しかも、どの人もまだ若い女の自殺話ばかりだった。父たちは、よく、その場所へ行くと魔が差して死ぬのだという。勿論、私たち子供は、絶対に近づくことは許されない。が、私とアニパはある日その掟を破っていた。

魔の崖は、私たちの部落から河原へ下る道をはずれて、峰伝いに上流へ登るらしい。私とアニパはしめし合わせて家を出た。河淵の峰の辺りで落合った私たちは、そのまま上流めざして歩き出す。が、やがて木々の茂みが切れてくる。もうそこから先へは、深い谷などがあって難しい。が、対岸の切立った山々と、高さが同じように見えるだけ。私たちは、特別に魔性を感じさす辺りが、あるのかと思っていた。が、何の変哲もない平な草原に出てしまった。意外の感に打たれた私たちは、一瞬顔を見合わす。が、何気なく河底を見降そうとして、岸辺まで歩み寄った。

と、一と足ばかり先にのぞきこんだアニパが、

「ヒイーッ」と、顔色を変えて、私にしがみついて来た。私はアニパの驚き振りにむしろ、興味がそそられる。息も荒げて、声さえも出ないアニパをのけて、私は充分に用心して淵から下をのぞきかけた。が、足元がぐらぐらっと揺れたような気がした。と同時に、体がふわっと浮いていくような感じ――。私は雲の上かと思った。それほど青く、ゆったりとした水面だった。それがねばっこい大きな渦を巻いて泡をただよわせていた。

「シュモン……」

アニパの気遣う声が後でする。

が、私の足がぴたっとすいついたまま。絶壁の淵が欠けそうな気がして動けなかった。もしもあの時、アニパが手をかしてくれなければ、私は魔の崖の餌食になっていたかも知れない。

その魔の崖が、ふいっ！と、私を招いていた。私は一瞬、その恐怖に襲われた。が、どうしても家へ帰る気が起らなかった。辺りはまた、水音だけの闇夜となる。私はその場にも居た堪れなくなって来た。もう考えるのも七面倒――。えい！とばかりに、私はある大胆な思いを胸にして立上った。

何はともあれ、この谷を上らなければ……と、私は岩場を確かめてから、足をかけ始めた。無我夢中で降りたので、谷の様子がよく分らない。が、私のいる辺りは、和人部落との境いになる小川のほとりのようである。いくら闇夜といっても、いつも歩き回っている山の中——行こうと思えば、手さぐりででも、方角ぐらいは当てられるだろう……。私は岩肌にしがみついたり、爪を立てたりしながら、ようやく谷底から這い上った。

が呼吸を整えて、辺りの気配を窺う。獣の声は、より猛猛しく森を突切っている。が、闇に目がいくらかなれてきた。私は手元の木を伝って、歩み出そうとした。が、落葉の群が一斉に騒ぎ始めた。私はドキッ！としてまた耳を澄す。が、闇の森は、息づいているかのようにざわついていた。私は、その不安と躊躇を押しのけるように、あの茅原に向って第二歩を踏出した。

ある時は木陰で、またの日は、森の窪地でと、私は人目を忍んであの男に逢うようになっていた。一旦はその前から逃げ出してはみたものの、私はどうしても、あの出会った場所が忘れられない。胸をときめかせて来てみれば、不思議なことに、どこからかあの男が現われる。が、時によると、何かひどく怯えたような素振りを見せたりする。短く感じるひと時だが、私たちは木の根方などに並んで坐った。が、おおかたあの男が一人で喋りまくる。どこから聞き覚えたのか、私たちが日常使う言葉を混えて、目先や手当り次第の物事を譬えとして持出したりする。

何よりも面白く感じるのは、花魁とかいう女の話——。

大工の家柄に生まれたあの男が、いつしか花魁と仲良しになる。が、頑固者の父親の反対で家を飛出す。ところが、あれほど親切だった花魁とかいう女の人が、急につめたくなった。それならば、と腹立しまぎれ、今の親方に、蝦夷行きの船が出るが乗らないかと、持かけられたのを幸いにして海を渡って来た。が、それが何日も何日もかかったようなことを言う。ところが着いてみれば、草と木ばかりの山の中――。が、大恩ある親方の頼み。毎日のように木を切ったり削って家を建てている。と男は言った。

が……

「忘れられんや、しまへんね……。豆千代はんはな、そら、そこに木の葉がおまんな、あないな赤い模様の着物着て、小鳥のような声で……丸藤はんのぼんぼん……そないわてのこと呼びおりまんねん。そりゃ、えろう親切おまっせ――」

そうでなくても、和人の女の髪形を真似したりして叱られた私だ。花魁の声色から、身振り手振りの髪の恰好や歩く姿――色づいた木の葉を持出しての着物の色模様まで、並べ立てられると、いつのまにかボーッとなってしまう。あげくのはてに、あの細っこい眼で見つめられるから尚更にたまらない。体中が、ぽっぽと熱くなる。

すると決って、あの男の手が、私の肩にかかってくる。

「な、向うへ行けへんか」

と、和人の部落のほうを顎で指す。

その言葉で、どんなに現をぬかしている私でも、ちょっぴり自分を取戻した。

それをあの男は、私が恥らい、ためらっているものと受取ってか、

「恐いことおまへんね。こないしているとこ、人はんに見られたら、どないする……。ヘタ、パエアンロ――（さ、行こう）」

と、今度は哀っぽい表情をこしらえる。

私はよほど、その誘いかけに何度のろうと思ったか知れない。男と女の関係が深まると、具体的にどうなるのか、私にはよく分からなかった。が、いくら母親に楯つく不良少女の私でも、和人部落に近づくことだけは決心できない。それを口にする時の、父のどことなく厳しい態度を思い出すからだ。

なのにあの男は、

「あんたはんは、違うのや。普通の土人はんとは違いまんね。ピリカメノコ（美しい女性）はんや」

と、熱っぽく、どこまでもやさしかった。

私は、もう完全にまいりかける。

が……、

「シエメノコ（入墨女）はん嫌いや――。そないなことしてしもたら、わて、あんたはんも嫌いになりますせ。あんたはんは、ただのアイヌはんやおまへんね……。野蛮な蝦夷と違うねん――」

と、あの男は、人柄が変ったように真顔になる。

私はドキッ！として戸惑う。体のどこからか、それまでの熱いものがすーっと抜け出ていく。私は自分でも、どうしてそうなるのか分らなかった。が、ただ土人はんだとか、アイヌ、野蛮——という言葉が重くのしかかってくる。そうなると、あの男の誘いかけは、尚一層に私の心を堅くするばかり。しまいにあの男は、怒ったような素振りを見せて、立去って行く。後に残された私は、髪をひっつかまえられて、振回されたような混乱に陥って考えこむのだった。

その何度目かの出会いなどを思い出しながら、私は暗い森の中を歩いていた。が、いつの間にか、立木の群れがなくなり、茅原に足を突込んでいる。

——おや、もう和人部落かな……、

と、闇の中に、何かを見定めようとした。が、背丈以上もある茅原に、私はうずまっていたのだった。

そこまで行き着けば、きっと何か手がかりがつかめる。例えあの男に会えないまでも、部落の何か明りでも見えるだろう……と、ただ一念——。が、私は、和人部落の様子が、全く分っていないことに気がついた。どれだけの戸数があり、またどれぐらいの人々が住んでいるのか、あの男にも訊ねたことがない。私たちの部落によく顔を見せるのは、私の兄などを連れて行った〝親方〟という人だけ。その親方にだって、私は直接会ったこともなければ、話したこともない。親方の乗った馬の鈴の音が近づいてくると、父や部落の大人たちは、私たち子供に隠れろ！とおどかすからだ。

私は、何か物音でもしないかと、耳を澄した。が、森の中の重々しい感じとは別に、カサカサとくすぐるような茅の葉ずれの音だけ――。あとは小虫一匹、這いずる風でもなかった。

が、私は、

――待てよ……、

と、私たちの部落からいつも見ている茅原の状況を考えた。

和人部落の家々はもとより、煙だって今まで見たことがない。私が源でうずくまっていた小川を境いにして、どこまでも茅原の広がり。が、父たちの話によると、もう一本小沢があり、和人部落の辺りは、いくらか窪地のように聞いている。

――そうだ！確か私たちの部落から続いている道路がある筈……。

と、佇んでいた私は、急に勇み立った。

腰を曲げて、茅の茂みをかき分けたり、踏み折って進み始める。辺りは大風のとき、さながらのざわつき――。私は父や母、姉たちのことなど、――我不関焉――。ただあの男の許にと心が走る。が、行けども、行けども道路のようなものに出なかった――。おかしいぞ？どこか別の茅原に踏入ったのではないだろうか……と、立止った。

が、何か人声のようなものが、風もないのに聞えてくる。私は一瞬、自分の耳を疑った。が、背のびして見やれば、心なしか、和人部落と思う方角に、薄すらと明り。喜ぶどころか、私は父たちがよく話している、化物のいたずらではないかと、一瞬たじろぐ。が、ぐずぐずしてその場にいることの方が恐しくなった。今度は、出来るだけ、物音を立てないように茅原をくぐり続ける。

と、ほどなく、私の思った通り道路に出た。が、聞き耳を立てると、やはり人の話声がする。しかもその辺りだけが、ぼやっと明るみがち——。私は、定まりのない胸を高鳴らせて、忍ぶように歩み出した。が、道路の曲がりくねりを過ぎると、明りに浮出された人影……。それが大勢のように揺れ動く。私は、和人部落にたどり着けた！と思った。

が……、

「答えろッ！」

と、怒鳴り散らす声が耳に飛込んでくる。

うっ……と私は声をのむ。

「恐しいことだ——」

「許してはならない——」

等々、誰かを咎立てるような人々の言葉。

「なぜ、嘘をついた！」

「シュモンのところへ行くと、家を出た筈なのに……」

聞き覚えのある、男と女の声。

「こらッ！アニパ！」

私は、吾れを忘れて駆け寄ろうとした。

と……、

私の体が、ガチッと後から抱きかかえられた。怯む間もない。

「帰れ！

家へ戻るんだ！

早く！早く！」

と、ほうり出されるように、向きを変えられた。

私は、魔術にかけられたように、あわててしまう。

その声の主が誰なのか、なぜそう急がせるのか……考えるどころの騒ぎでなかった。私は、自分の部落を目指して一所懸命に走り出していたからだ――。

私が、家に飛込んでから、ほどなくして、ガヤガヤと人々の声が近づいてくる。幸いに、父や母、それにまだ里へは戻っていない様子の姉たちも留守――。私は、自分の寝床にもぐり込んで、寝た振りを決めこむ。

と、誰かが、ばたばたと一と足に駆けてくる気配――。入口に吊ってあるゴザがいきなりめくられる。が、私は全く素知らぬふり。誰かが、そこで立っている様子だが、家の中を透してでもいるのか物音もない。

が、

「居る！居る！寝ているわ！」

と、ひっこむと同時に、外で声がした。

「え？」

「なに……」

と、人々の声が静まった。

「シュモンがいた！」

と、その声は、アンテカ姉だった。

「起せ！こんなに、皆さ心配かけておいて……」

「あ、父さん、待って。眠っているようだから明日にして……」

と、とりすがるような姉たちの声。

どうしたことか、私の父が相当に気色ばんでいるようだ。

「そうだ、そうだ。いるのさえ分ったら。そう咎立てなくても……」

「そうよ、きっと暗くなれば戻ってくると思っていたもの」

「なんといっても、まだ小娘だからな」

人々の声が和んでくる。

息さえも殺している私は、まるで余所事のような気持でそれを聞いていた。

「本当によかったな……」

「じゃ、俺たちはこれで帰るてや」

「まあ、あんまり怒りなさんな――」

と、人々の足音が家の前を離れてゆく。

「どうも済まんこって……」

「明日になったら、よく言い聞かせますから――」

「ご苦労さまでした——」

父や母たちが、おろおろとしている様子。

私には、まだ何事が起ったのか、分らなかった。

人々が立去ってしまうと、父たちが物音もなく家の中に入ってくる。囲炉裏の焚火に薪がくべられたのか、パチパチと爆ねあがる。父や母たちが、その周りに坐っている筈——。が話声はおろか、身動きの気配さえもない。私は頭をあげて、その様子を窺いたかった。が、囲炉裏の方に頭を向けて寝ているだけに、小指一本だって動かせるものではない。固く握りしめている手の中は、汗をかいてびっしょりだった。

「よかった……」

溜息のように、姉たちのうち、どっちかが一言だけ漏す。が、受ける者もなく、また焚火の爆ねあがる音が高くなる。私は、片目からそーっと明けてみた。焚火に照らされた母の影なのか、茅囲いの壁いっぱいにゆらゆらと広がっていた。が、何かのきっかけで、それが私の上にのしかかってきそうなきがして、恐しかった。

「人がいたのを見たとき……、てっきり、シュモンだと思って……」

「そうよな、足がガタガタ震えてしまって側さも寄れない。顔なんか、とても見られなかった……」

姉たちが、しみじみとした口調で話し始める。

「それにしても、男ってずるいもんだな……。自分だけさっさと逃げてしまうんだもの……」

母も、やおら口を開く。

「可哀想に……」

サオップ姉が、プッリと言う。

私は、次の誰かの言葉を待った。

「本当によ……。きっといまごろは、親たちにヤキでも入れられているべ……」

と、アンテカ姉だった。

「仕方ないさ、アニパが悪いんだもの……」

私は——アニパ！という名で、ハッ！として気がついた。

そういえば、先程も、アニパが、どうのこうのと、人びとがののしるようなことを言っていた。大声をはりあげたのは、確かアニパの両親——。アニパが悪いんだもの……。そのアニパは、利巧者で愛敬者という評判の娘である……。が、何かをしでかしたとでも、いうのであろうか？

私には、何がなんだか、姉たちの話が、さっぱり分らなくなってきた。

「もしか。いい、例えばの話よ——。私たちが、シュモンを捜していたでしょう、あのときいきなり出会った和人の男の相手が、アニパでなくて、あれがシュモンだったら、どうする……」

サオップ姉が、念を押して、問いかけるようにして言った。

「うん……」

母と、アンテカ姉が、言葉を続けようとした。

が……、

「殺す！――。もしシュモンなら、生かしておかない！」

私は思わず、手足を固くした。まるで囲炉裏の焚火が爆発でも起したような、父の言葉遣い。姉たちの話に気をとられ、私は父がいることを一瞬忘れていた。先程、私がいたことを喜ぶ人々とは別に、父だけ相当に気色ばむ様子であった。何か重大な出来ごとに遭遇したようだ。

姉たちは、それっきり口を噤んでしまう。また焚火の燃えたつ音だけの家の中になった。

私は、父の怒りは只事でないと思った。普段の父からは、あのような言葉がとても想像さえつかないからだ。それが、アニパと私をとり違えたあたりに原因があるらしい。先ほど家の前に集った人々の様子では、山へ逃げ込んだ私を、捜し回ったようである。が、その時に皆は、全く予期していない。何か現場に出会った。……それが……アニパ、という――。

が、私は、今日の出来事を思い出した。薪をしょって来たとき、私は、部落の入口あたりでアニパに出会う。確かにいつものアニパとは、違うような素振り。が、私自身、此の頃なんとなくアニパを避け気味であった。母たちが、あまりにもひつっこく、アニパも入墨をしたのだから、お前も――というから、またそれ以上に、あの男と、会うようになってから、アニパにその心がのぞかれそうな気がして不安だった。それだけに、不自然だと一瞬思いながらも、帰りを急いでいたせいもあって、アニパのことはあまり気にかけなかった。

それにしても、和人の男……。私には思い当る者がいない。部落によく現われる和人の男とは、あの親方ぐらい……。あとの人たちは、二、三人が連れだって、なにしにか、河原へ降りるのを見かけるだけ。それも、ほんに物めずらしいほど。が、例え、あの親方にしたって、馬から降りて話込んでいたというのを、一度も見たこともないし、聞いたこともない。相当に偉い人なのか、父たちがやたらとぺこぺこ頭を下げる。私たち子供は、それを物陰などから、盗み見るだけ――。

……それなのに、和…人…男――。

あっ！――

私は声をのむ。

あの男……。

そういえば、昨日も一昨日も、否、考えてみればそれ以前にも、私たちの部落から、そうほど遠くない辺りで、あの男を見かけている。あの男は決って、大工道具を手に持つか、材木を担いでいた。それが、極端に不機嫌な時と、そうでない時がある。が、私は、それはすべて、自分のせいだと思っていた。昨日なども、材木を担いだあの男が、赤い木の実の小枝を持って通り過ぎた。私は、よほど声をかけようかと思った。が、誰かにつけ狙われてでもいるように、顔を強張らせて、森陰の方を見たりする。辺りは、私たちの部落の近くでもあった。私は、

「わてらが、こないして逢うているとこ、人はんに見られたら、どないする――」

と、顔を曇らせるあの男の言葉を思い出した。あの男は、父や、私たちの部落の大人たちに

相当気を遣っているようだ。

ある時など、

「殺はれへんか？――」

と、真顔で訊ねてきたりした。

そんなあの男の心の中を思って、私は高鳴る胸を押え言葉をのんだ。が、何か人影のようなものが、私の目をかすめたようにも思う。

アニパ――

私はドキリッ！とした。

――まさか、そんな馬鹿気たことって……。アニパは入墨をしているじゃない。そんな女は、大嫌いだ――って、あの男が言っていた。それに……。アニパの欠点を拾いあげようとした私は、フッと詰った。

いつも微笑を絶さないアニパ……、
そのふっくらとした頬……、
そして……、
小肥りのアニパは、よくコロコロと笑いこける。幼い頃から、なんとなく思いやりがあって、年下の私が、例え強情を言い張っても、決して怒るようなこともなかった。ある時など、私の兄や、その友だちのエテカルなどを混えて遊んでいるうち、私はいきなり、アニパの頭から泥水をひっかけた。が、アニパは怒り出すどころか、泣きもしない。ごく普通の仕種で、顔の泥を拭い、着物の汚れを落していた。それを見ていた兄が、あまりのひどさに、妹の私の悪さを罰しようとして、拳を振り上げた。

が、

「シュモン、あっちへ行こう——」

と、アニパは、私の袖を引いた。

そんな私たちは、大きくなるにしたがって、何かにつけて、部落の人々に比べられる。が、女らしさ、とかでは、いつもアニパの方が上だった。

「ああ……」

私は知らずのうちに、溜息の声を漏してしまった。

「フフ、何か夢を見ているわ——」

「やっぱり疲れたんだべ」

姉たちが、重苦しい雰囲気を解きほぐすようにしていった。

「さ、したら、お前たちも、明日は早く帰るんだべ。さ、寝よう——」

と、皆をうながすように、母が囲炉裏の縁を立上った。うかつにも出してしまった声に、どうなることかと身をすくめていた私だ。が、意外の穏かな落着きに、張りつめていた緊張が、ぐーんと緩んできた。

「シュモン——シュモン……」

体が、心地よく揺られているような気がした。が、今度は、

「シュモン、てば――」

いきなり耳元で声がする。

びっくりして目覚めた私は、飛起きようとした。が、誰かの顔が、私の上に重なるようになっている。

「あ、あんね……」

と、サオップ姉だった。

「アニパが……」

と、声を押殺していう。

「え?――」

「アニパが死んだ……」

私は上半身を起し、サオップ姉の顔を、正面からのぞきこんだ。が、夢ではない。家の中の薄暗さにもかかわらず、サオップ姉の顔色が蒼ざめている。

「なに……」

「大河さ入って、死んだと」

「アニパが?……」

「……」

サオップ姉が、大きくうなずく。

私は、あまりの驚きに、サオップ姉の顔をみつめたまま――。

「あのポンシサンクル（若い和人の男）の子を孕んでいたんだと……」

「なんて？――」

「ゆんべ、親たちに怒られたけ、いなくなって、今朝あの《魔の崖》の下の方で死んでいて見つけたと――」

サオップ姉の声は、震え気味。

私は、思わず両耳を塞いだ。

――アニパが死んだ……。

私は、まだ自分が夢の中にいるのでないかと疑った。

何かを考えようとする。が、サオップ姉の言葉は悪魔に魘されるように次から次へと私をあがかせる。

――アニパが死んだ……。

《魔の崖》から……。

私とアニパが、あの掟を破った時、

「死ぬなんて、馬鹿くさいわね……」

と、話しながら帰って来た。そして、もう二度と、あんな《魔の崖》へなど、行かないことを約束した。

が、私は家の中を見回した。もう明方なのか、窓の隙間から、薄明りが差込んできている。

父や母の姿がない。私は、傍にサオップ姉のいることを感じた。が、一方のアンテカ姉の姿も見当らなかった。

刹那、昨夜の情景が浮んだ――。

誰なのだろう……私を背後から抱止めたのは……。

女……、それとも男……。何か、体臭のようなものが、一瞬鼻についた。が、声を押殺して、姿は闇に包まれ……、私に有無を言わせなかった。

私は、サオップ姉の顔を、何気なく見やった。が、二つの眼がギラッと光っている。

私はドキッ！として吾れに返った。アニパの死から、まるでかけ離れた考え事――。その胸に、厳しく突刺さってくるようなサオップ姉の眼差し……。死んだということの、重大な意味を、ようやくにして私はのみこんだ。

「父さんたちは？――」

「河原へ行った……」

と、サオップ姉は涙声。

私は、着たまま寝込んでいたことを幸いに、床を蹴立てた。

「あ、駄目、行くな！」

サオップ姉は行手を遮る。

が、その手を払いのけて、私は表に飛出した。待かまえていたように、辺りのつめたい空気が、どっと押寄せてきた。それもその筈、地面を白くするほど、霜の降った朝だった。私は、一気に、河原への降口まで駆けて行く。が、辺りの澄み渡る空気に、河音ばかりがむやみに高い。足を止めた私は、見霽かすように河原を眺めた。が、水際まで茂っている柳で、物影は認められない。サオップ姉の話ぶりでは、確か河の下手の方角――、と、私は、手で風音を遮るようにして、聞き耳を立てた。

と、河の音に混って、しみいるような声が漂っていた。私は、もうすべての力を無くしてしまう。

――アニパが死んだ……。

母や姉たちとの格闘……。黒い嘴から逃れようとして必死に駆けずり回った森の中……。気がつけば、暗闇の中で、むせび泣くような谷底の水の音――。そして、突然、あの茅原に浮び上がった明りと、人々のどよめき……。

河下から聞えてきた声で、私はまた、昨夜の出来事にまきこまれてしまった。

「フオーイ、フオーイッ！

フオーイ、フオーイッ！」

母たち、女の人の声は物悲しく……。

「フオ、ホ・ホ・ウ、ホイッ！

フオ、ホ・ホ・ウ、ホイッ！」

父たちの声は、怒ったように。

モンニ婆さんや、長老のヤエレス老人、エテカル青年の父親など、部落の主だった人びとが集っている。その儀式の中央に、私はうずくまっていた。が、フラフラッと立上って、あの《魔の崖》の淵。

が、何物かがいきなり、私を抱止める。

「帰れ！

家へ戻るんだ！

早く！早く！」

っと……。ありもしない事を考えてしまう。私は、その声の主を捜すように、周囲を見回す。が、昇りかけた朝日に照された森の影――。いつもなら、賑やかな筈の小鳥の囀りもない。私は、何か寒気のようなものを感じてきた。

私たち子供は、事故で亡くなった者の傍に寄ってはならないと注意されている。病弱者や、子供など、五体満足でない者ほど、悪霊にたたられると、言い伝わっているからだ。身重のサオップ姉も、おそらくそんなことを気にして、家に残っていたものと思う。

が、私自身が、その事故死者のような気がしてならなかった。いくら考えても、あのアニパが、《魔の崖》から、身を投げるとは、思えない。が、儀式の物悲しい声は、佇む私を落着かせなかった。

私は、河原への降口を逸れて、嶺を伝いに河下へ向い始めた。切立った対岸の岩石に、叩きつけるような波しぶき。それが、ゆったりとして、こちら側の、柳の茂る岸辺にせまってきている。普段の私は、これほど、河幅が広く、不気味だと思ったことがない。が、立止り、河原を窺い窺い進んで行った。

　と、人々の声が、間近にと迫る。私は、尚一層に忍ぶような足どりになった。柳のまばらな辺りから、人影も見られる。が、私は、咄嗟に近くの木陰に身を隠した。

「フオーイ、フオーイッ！」

「フオ、ホ・ホ・ウ、ホイッ！」

と、その河原の儀式を、食入るように見降す一人の姿――。

私は、息をのんだ。

その人物は、崖から身をのり出すようにしていたからだ。私は木陰から、そーっと顔を出した。横顔に目を当てたとき、私は、エテカル青年だ……と、悟った。が、その表情に、あまりにも意外なものを見てしまった。

「フオーイ、フオーイッ！」

「フオ、ホ・ホ・ウ、ホイッ！」

儀式の声は一層に熱を帯びてくる。父や男の人たちは、神さまに、不意の出来事を訴える。そうして、もう二度と、このような魔事がないように、と、お祈りをするらしい。私は、幼い時から何度も、その情景を見て来た。が、儀式の内容よりも、大人たちの真剣な素振りが恐しいほど……。

　が、それにしても、エテカル青年の姿は只事でない。固めた拳で、流れる涙を時々、拭ったりしている。それは何か、怒りを現わしてでもいるように……。

母親を亡くしたエテカル青年は、父親との二人暮しだった。そんなで、私の兄たちが、雇われ奉公に出た時も、エテカル青年だけが残されたようだ。が、別に目だつような若者でもない。幼いときから、私の兄だけは大の仲良し――。それ以外には、友という友もなく、一人でコツコツと、何かをしているといったような性質。

私は、気にかければ、毎日のように顔を合わせているようにも思う。が、忘れようとすれば、幼なじみだとか、年頃の青年だということも忘れられる。ただ一度だけ、それは数日前の出来事――。もう夕方だというのに、和人部落の方向へ急足で行くエテカルを覚えている。それも、こんなに遅くなってから、どこへ行くのかな……と思った程度――。

私は、身を隠した立木に、背中をつけてもたれかかり、エテカル青年の素振りをあれこれと考えていた。が、その立木の小枝が折れて、落ちてでもきた時のように、ドキリッとなって向き変った。

毛皮の袖無を着て、頬鬚をたくわえたエテカル青年――。もう立派に、父たちと同じ大人の感じ。盛上った両肩からの二つの腕は、スッポリと私を包んでしまいそう。

昨夜の出来事が閃めいた。

エテカル……

エテカル――

私は、

――エテカル！だった……。

と、つぶやいた。

そういえば、声そのものにも、思い当るものがある。見かけのおとなしいエテカルは、どことなく女のような声だった。が、私は、何故か、あの男のことばかり考えていた。気づけば、言葉そのものも、

「アルパ（帰れ）！

アウニウンホシピ（家へ戻れ）！

ホクレ（早く）！ホクレ！」

っと、私たちが、日常に使っている言葉……。が、私は、エテカルの着ている毛皮の嗅いをも、あの男のものではないかと、結びつけようとしていた。

が、私は、どうしてエテカルがあそこでいたのか分らない。

私の後をつけていたのだろうか……。

それとも、私の父や母たち、部落の皆と一緒だったろうか……。

それにしては、私に組みついて、帰れ！と急かせたのは……なぜ……。

河原での儀式は、神々へのお祈りが済んだのか、女の人たちの泣声に変っている。辺りの柳原や、対岸の岩石にも、その物悲しい声はしみ込んでゆきそう。

エテカルは、それを睨みつけて、今度は突立ったまま。が、両手を胸に当てて、まるで何か呪文でも唱えているような恰好——。

私は、いよいよそのエテカル青年が分らなくなった。

——アニパが死んだ……。

が、そのアニパと、エテカルが、特別な関係であったとは思えない。少なくとも、私の知る範囲内では、そのような素振りが、アニパにはなかったからだ。ただ一度だけ、いつごろか忘れてしまったが——。赤い細帯を、エテカルから貰ったと、アニパが言っていた。私たちは、一年に一枚の着物が当たれば、手のいい方。それも色物や柄物など、見たくてもない。なのにアニパは、一度その話をしたっきりで、特別に喜んでいたふうでもなかった。とにかく、私とアニパは、エテカルのことをあまり話題にしない。私たちの前に立つときのエテカルは、俯いて、もじもじしていることの方が多いからだ。

が、私は、数日前に和人部落へ向って行くようなエテカルを見かけている。それは何用があって……。しかも、昨日のアニパもそうだった。二人を見かけた日に、数日のずれがある。それだけに、そこら辺りから、二人とも、戻っていたものと思い、不審を抱きながらも、あまりそのことにこだわっていなかった。

が……、

私は、急に空恐しくなってきた。

赤い木の実の小枝を持って通り過ぎた昨日の、あの男の怯えているような素振り……。何か物影が、一瞬、ゆれ動いたようにも思う。が、私は、あの男に声をかけようか、かけまいか、とためらっていた時——。ろくすっぽ、その辺りの樹間も見なかった。

が、昨夜の茅原でのあの騒ぎ……

父の、爆発的な言葉の使い方……

そして……

今、目の前でくり広げられている儀式と、エテカルの様子……。

私の膝頭が、ガクガクとしてきた。自分では、よく説明はできないが、何か言葉では言い現わせないようなことが感じられる。

逃げよう……。

私は、後退りし始めた。

弔い儀式の泣声は、河床いっぱいに広がっている。エテカルの姿は、腕組みなどして、益々きびしくなってゆく。私はエテカルに目を当てたまま、後手で立木を躱しながら、側を離れていった。

それから、私はあの《魔の崖》の辺りに行っていた。自分でも、どうしてそんな所に来たのか分らない。ただ、アニパとエテカルに追われるような気がして無我夢中――。気づいた時は、枯草の原っぱに、突伏して泣きじゃくっていたのだった……。

――アニパは、死んだ……。

その夜から、和人のあの男の姿も、ふっつりと消えてしまった。


〈この話おわり〉

休耕

茶の間と隔っていた台所を、リビング・キチン風に改善してから、君代は食べた後片付などが、そう億劫でなくなった。以前は、夫と一緒に野良から上って来ても、一人、台所で立ち働かなければならない女の役割の空しさをフッと感じたりした。が、最近はテレビを観ながらか、また茶の間にいる夫の伸吉や子供たちに話しかけなどして、知らずのうちに仕事が終っている。

君代はさきほどから、夕餉の後仕舞をしながら、今日一日の出来事を、伸吉に報告を兼ねて話しかけていた。が、伸吉は、子供たちとテレビに観入ったまま一向に聞いてくれている風ではなかった。いつもと違って、今日の君代は、内容のある話をしているつもりだった。君代は無視されたような気がして、幾分か苛立ち気味であった。一応、明朝の炊飯器の仕込みも整えてから、君代はストーブの傍に膝を折った。伸吉と子供たちは、キックボクシングに夢中である。君代は仕方なく、ストーブ台の小箒を取上げて、埃を拭うように、台の上を掃いたりした。が、やはり話さなければならないことが胸につかえているような気がして落着かなかった。

「あんた……、明日、会社休んで行ってこいばいいのに……」

テレビの方に少し横向きの伸吉だが、君代は充分に聞えるように言った。と、同時である。

「うわっ!やった、やったぞ!」

と、次男の康夫が踊り上った。

「ノックアウトだ!かっこいい!」

長男の健男が喝采する。

「やっぱり強いな、川村は――」

伸吉も、我が意を得たりとばかりにうなずいている。

「父さん、これで川村、百二十五勝目だよね」

「あら観ろ、あの外人、まだ起れないぞ」

子供たちは、父親の膝ににじり寄っていく。

「跳び蹴をまともにくらったからな」

と、伸吉は、まるで君代の存在さえも関知しないような素振りである。君代は一瞬、農協で受けた屈辱を思い出す。

「あんた――」

君代は小箒を少し乱暴に置いた。

「聞いているの?」

伸吉は、やっと気づいたように顔を向けた。が、表情には、キックボクサーの勝利をたたえる微笑が浮かんでいる。

君代は立ち上っていって、テレビのスイッチをパチンと切った。

「あ、母さん――」

と、子供たちは一斎に口をとがらす。

「あんた――」

君代は詰問気味になって来た。

「母さんたら……」

と、子供たちが再びテレビのスイッチに手をかけようとした。

「駄目――。お前たちはもう寝なさい。母さんたちはちょっと話があるんだから」

君代は強引に許さなかった。その見幕に、小学校六年の長男と、次男で、四年生の康男は不承不承に従った。

君代は、関係書類を出して来て、伸吉の前に置いた。

「どうするのさ……」

伸吉はデレキを取上げて、ストーブの灰落し金具を音を立て動かした。粉炭と籾殻を混ぜ合わせた貯炭式のストーブは、時々灰落しの金具を動かさなければならなかった。

「うん……」

伸吉はやっと間の抜けたような返事をした。

「農協だって困るんだとさ」

君代は、再び小箒を取上げて、ストーブ台を掃くような仕草をした。

〈昭和四十六年度・営農計画書〉〈昭和四十五年度・組合員勘定書〉〈昭和四十五年度・納税告知書〉等々、伸吉は仕方なさそうに手に取っている。

「今年は馬鹿に農協も急ぐんでないか」

気のりのしない伸吉の言い方である。

「うん……。これを早く取纏めて、政府さ要求するんだとさ」

君代は誰かの言葉を代弁するように言った。君代の脳裏には、日笠生産部長の傲岸そうな顔が焼ついている。伸吉の代理を果されなかった君代は、少くともそう受止めた。

「いや、奥さんでもいいんだけどね、できたらご主人に来てもらいたかったんですよ。休耕するにしても、今年はだいぶ条件が悪そうなのでね……。加瀬さんの考えも聞きたかったんですよ……」

暗に拒絶されると、君代は黙って日笠部長の前を引き去らなければならなかった。

昨年までの経営内容については、すべて夫の伸吉がとりしきってきた。が、会社勤めをするようになってから、君代は時折り、伸吉の代理などで農協を訪れている。しかし昭和四十六年度・営農計画書という内容について訊ねられると、君代はいささか自信がなくなってくる。単に営農計画書というが、冷害資金、営農資金、農拡貯金、農業近代化資金、と各長・短期の年次毎の支払額は、例をあげられるだけでも頭が痛くなってしまう。昨年までは、農協事務職員が各部落の農事組合長宅へ出張し、記入指導をしてくれていた。

「加瀬さん、忙しいのかい?」

日笠部長は、君代の気を惹くようにいった。

「はい。会社、休まれないもんだから……」

「うーむ。いや、事情は判るんですがね、われわれもいろいろと忙しいもんで、今年は各部落毎に入って記入手伝いも出来んのですよ」

日笠部長は、君代と記入用紙を交互に見ながら、緩慢な動作で煙草を取出し火をつけた。

「はい」

と、君代は一礼して、日笠の前を離れた。が、ちょっぴり不快なものであった。

「米が余ったら、サービス悪くなったか」

仲吉は、君代の話を聞いて吐き棄てた。

「うん。したから尚更、計画書を出さないば駄目だちゅんだ」

「こんなもの書いたってなんにもならんべや」

「うん……。そうだと思うけど……」

君代は言葉に詰ってきた。仲吉の言う通り休耕するとしたら無用のものだった。

「なんでも、坂口さんも、島上さんも、今年は耕るちゅう話だ。やっぱり耕った方がいいんだとさ」

君代たち、春幌部落・第五農事組合は、組合員が十名である。その内、昨年休耕した坂口太平や島上勉などは、全面耕作・営農計画書を提出したということだ。

「なあに、また今に変ってくるべや」

仲吉はどこまでも疑ってかかっているようだ。

「うん……」

そう言われると、君代もなんかそんな気持ちがしてくる。昨年のあの顛末を思い出すからだ。

君代は政治というものについての知識を、殆んど持合せていなかった。ここ数年にわたり、学生たちと警察官の衝突を連日テレビで観せつけられたりする。が。それがどのように政治と結びつくのか判らなかった。それと例年の国会の審議中継なども、こむずかしいもの、面白くもない番組と、チャンネルを必ず切替えてしまう。政治家たちの言葉違いや服装など、君代からほど遠いものに感じられるからだ。が、一年前の三月から四月にかけては、連日のようにテレビニュースなどに注目した。偉い政治家の言葉や、字幕などがそのまま君代の周辺に降りてくるからだ。

そんなある日であった。

「ああ、モシモシ、君代さんか。重大な話があるんで、済まんが晩にちょっと、仲吉さんと家へ来てくれんかな……」

農事組合長の里畑からの電話だった。いつも何か会合といえば、仲吉だけでよかった。が、重大な話なので夫婦で来い、という里畑の言葉に、君代はだいたいの予測はついていた。

その晩に、君代は仲吉と連だって里畑宅を訪れた。が、組合員十名のうち、夫婦同伴は坂太平と、君代たちだけである。農事組合長の里畑の言葉を真に受けたことが、君代の羞恥をふっと駆立てた。会合といえば、決って世間話や駄洒落などの雑談で、容易に本題に入らなかった。いつもその首謀者格の組合長の里畑が、一同が揃ったと見ると、神妙な顔で切出した。

「ええ、もう温床の時期でもあり、皆さんにはいろいろ心配なことだと思うんだけども、実は、減反するか、しないか、はっきり決めてもらいたいと思って……」

鄭重をきわめた里畑の言葉だった。農協の建物共催資金とかを借入れて、一年前に建てた里畑の居間は、近代風の設計だった。その間取りに似付かわしく、家具調度品も新しい製品で凝っている。天上のシャンデリヤ風の螢光灯が、車座の人たちを誇らし気に照らそうとする。が、君代は、心なしか居合わす人々の顔に、何か暗い陰がただよっているような気がして仕方なかった。

「ま、この前の会合でもちょっと話したように、一反に四万円くれるということだし、出面を使ったり、反、八俵以下の米を穫るような百姓にゃいいことでないべかな……」

と、一旦、里畑は口を閉じた。あぐらをかく者、足をのばして座る者、とみんな思い思いの格好である。その間を生き物のように、いがらっぽい煙草の煙が縫っている。

「四万だあ言うけんど、それ本当にくれるのか？」

笹崎松太郎が、質問気味に口火を切った。

「うん、ま、今日の農事組合長会議での話では、町長も間違いなくくれるということだ。したけど、こりゃ町長が決めるんでなく、政府が相手だからな……」

里畑組合長は、会議内容の説明にかかった。

即ち、古々米の在庫量は、五百六〇万屯。平年作を見越しても、一五〇万屯以上の余剰米が毎年累積されていく。今年の末になると八〇〇万屯の在庫米を政府はかかえ込む。八〇〇万屯、とはつまり、全国配給量の一年分以上に達する見通しである——云々。

「なんでも、国民が米を食わんくなったんだとよ。おらほの農協の倉庫にも、おっ年（一昨年）の米がまだ七千俵も残っているちゅうし、去年の米なんか、三万だか、四万だか出て行く見通しもなく眠っているという話だ。こんな、十万かそこいらの供出しか出来ない町でも、三分の一が残る訳だから、これが日本全国になると、大きいんだべな……」

里畑はメモ帳などを見ながら、話し終えた。

「したども足りないよりよかべやな……」

再び、六十五才の笹崎松太郎が、今度はぼやき気味に言った。組合員の中では、いちばんの年頭である。いつもねじり鉢巻をしているせいか、頭がつるつるに禿げている。君代はなんとはなしに、うなずいていた。

「全く、政府は何をやるか判らんな」

眼鏡をかけた篠山増夫が、指の間の煙草を弄ぶようにした。

「本当よ。おらさ百姓やめれて言うことは、死ねということだべな……」

笹崎松太郎の表情はけわしくなっていく。

「客土や造田に、六割も七割も補助金をくれておいて、今度は余った米を預って農協が倉庫料で儲けるという話さ」

三十そこそこで、経営の一切をまかされた白坂光夫が苦りきる。

君代は傍の夫の顔を盗見た。が、眉間の皺が盛上って、横顔の表情は固く動かなかった。十名の組合員のうち、休耕組はまず、坂口太平と、自分たちだろう。と君代は思った。笹崎にしろ、篠山にしろまた白坂だって、皆な三町歩以上の経営面積をもっている。君代たちの目標も、三町歩という辺りにあったのだ。が、自力で小規模の造田を毎年のようにしてきて、最近やっと二町五反歩ほどになっていた。あと造田計画としては、少し辺鄙だが、山林の一部を目論むだけである。しかしその前途に、予測もしていない難問が持上った。

「おら政府がなんたって耕る。息子の野郎は、百姓嫌っているべし、今年たんぼ休んだりしたら、息子もだめになっからな」

一途に思いつめる笹崎松太郎の決意だった。

「うん、今の若いもんは皆、百姓いやがるからな……」

誰かがそう言ったときである。

「いや、若いもんばかりでない。俺だって嫌だ！他に食える途でもあるんならな……」

それまで無言でいた坂口太平が胸に組んでいる腕を解いた。

「なんでもかんでも機械機械と、金ばっかしかかるべし、他の物価はどんどん上る。米代だけが据置かれる。その間に農協の借金は増えていく一方だ。この上に、米を作るなと言われちゃ、百姓にどんな夢や楽しみがあるんだい――」

感情の昂まりを示すように、蒼ざめた坂口太平の表情だった。坂口はいくらか一徹者の要素がある。数年前に過労で倒れるまで、脱穀物以外は、殆んど機械力に頼らず、昔ながら農耕馬相手の農業だ。が、代掻き中の泥田の中で倒れて発見されて以来、どことなく以前の精気が感じられない。太平の傍でつつましく膝に手を置いて座ている妻の話では、適当な仕事でもあるのなら、転職したいということでもあった。心臓、肝臓、神経痛といろいろ原因も考えられるようだが、病院側での精密検査の勧めも、頑に拒み続けている。それも、病名の発覚をむしろ恐れる結果のようだ、と、君代は坂口の妻から聞いたことがある。君代は、固唾をのむ思いで、膝の上の掌を組み直した。一瞬の沈黙が破れた。農事組合長の里畑が、特有のウイットを発揮したからだ。

「したけど、ま、百姓も考えようによってはいいぞ。夏だけ稼いで、冬は遊んで暮せるし、おまけに、今度は田圃耕らないば、四万円もくれるちゅうし――」

「神武以来の好政策だぞ」

「ありがたやありがたや政府さま！」

篠山や白坂が自嘲気味に、またアイロニカルなまぜっかえしをした。

「そ、そうだってば、政府はいつの時代も百姓を殺すようなことしないてば……」

我意を得たり！と、笹崎松太郎が一膝のり出した。君代はその笹崎の、安心しきったような笑顔を思わずみつめてしまった。一方に、唇をふるわせる坂口と、唇をかみしめて、仏像のように動かない夫の伸吉を見るからだった。

昭和四十五年四月十三日――。結局、三度目の話合いで春幌第五農事組合員、十名の内、坂口太平と、加瀬、つまり君代たちと、もう一軒、島上勉の三人だけが休耕の申し出をした。島上勉は、経営面積も組合員の内で一番少く、出稼を主にしている所謂〝かあちゃん農業〟の部類だった。一度、二度の話合いの時は、四万円という金額に魅力を感じてか組合員の半数以上は、休耕の意思を持っていた。が、翌年からのいろいろの制約を考慮して、三名に止ったのである。

その夜、会社の欠勤を嫌がる伸吉を説伏せて、床に就いた君代である。明日はどうしても農協へ出向いてもらいたかった。一年前の出来事を話合ったりしたせいか、床に入っても容易に眠つかれない。当時、伸吉には、君代の兄が勤務している北極合板株式会社に、臨時採用の見通しがあったのだった。もしあの時に、伸吉の就職先でも決っていなければ、君代はどんなに反対されたとしても、二・五ヘクタールの水田を全部、耕作したであろう。昨年の会合では笹崎松太郎が言うように、君代にも休耕という異常事態は、死をも意味するような気がしてならなかった。君代たちの最終の話合があった数日後に、農協の会議室で開かれた集会には、三百名の組合員が参加した。君代も、夫の代人として集会に臨んでいたのである。君代はあの異様で殺気だったような雰囲気をいまだに忘れることが出来なかった。

会議場の正面には、一段高く議長席がしつらえられて、組合長や参事など、農協首脳が陣取っている。また一方には、来賓席があり美留町・町長の酒井も着席していた。たばこの煙と人いきれ、それも大半が男たちという会議場は、最初から君代に威圧的だ。君代は隣り部落の、顔だけは見覚えのある六十歳ほどの男の後側に小さく席を占めた。

「え……町としましても、産業の主体はあくまでも農業にある、と、可様に考えております。しかし諸々の農業情勢はきびしく、転換を迫られておりまして、不本意ながら、わが町としましても、皆さまのご協力を切に仰ぐ次第であります――」

酒井町長は、丁寧に一礼をし話を終えた。次いで、町・産業課係員の減反政策内容の具体的な説明であった。しかし君代には、事務的な係官の説明では、不可解な部分が多かった。

「つまり、補償費の算出は、共済掛金を基準として、kg当り、八十一円が支払われる予定です。でありますから、当町内の平均反収、四二〇kで産出しますと、三万三千円前後、また、掛金が五百kの場合は、四万円の線は崩れない訳です。で……」

「本当に四万円くれるのか！」

メモ用紙を片手に、説明していた係官めがけて大きな声が飛んだ。瞬間、静まりかえっていた会議場の顔が、一斉に君代の方に集まった。君代は膝の上にかかえていたコートを思わず抱きかかえてしまった。

「もう今日は四月の十八日だ。三万円くれる四万円くれるったって、貰ってみないば分らん金でないか。もしそれだけ出ないとしたら、これから温床をやるったってどうするんだ！」

と、君代の前に座っていた六十近い隣り村の男が立上って腰に手をあてた。緊張と、昂奮を示すように、下半身の作業ズボンが小刻みにふるえていた。

「はい、只今の段階としましては、四万の補償を前提に、皆さまにご協力をおねがいしているのでありまして、予算の面で、国会の決定をみませんと……」

係官の解答は、歯切れが悪くなっていく。

「したから、四万円もし政府で出さんなら、お前たちが出すか、どうかだ！　これから温床やるったって、種籾からなんから、一体どうせばいいんだ！――」

男は、腕を振上げながら問い詰める。と、横合から、誰かが背を丸めて人をかき分け寄って来た。

「鉄やん、おい座れ――。もっとおとなしくして話を聞くべ……な」

と、六十男をなだめにかかる。その人物は六十男と同じ村の富樫であった。君代も、一、二度小学校のＰＴＡ会かなんかで顔を合わせたことのある男だった。

「かまわんでおけ！」

と、六十男は、威勢が余ったように富樫の手を払いのけた。富樫は、君代の上によろけて来た。

「選挙中は、四万だ五万だといっておいて、選挙が終ったらこのざまだ。政府は一体、俺たち百姓を殺すのか生かすのか！」

「そうだ！ そうだ！」

という声があがった。パラパラと拍手も起る。数ヵ月前に行われた衆議院議員の選挙を指すのであろう。六十男は、益々勢いづいていく。

「俺たち百姓が米を作らないば、何をせばいいんだ。政府はその仕事の保障もするのか！」

「おい、座れ！――。とにかく座れ！」

富樫は、体制を整えてから、威圧的に、六十男を説得する。人々の顔がすべて、君代の周りに集まっている。君代は、恥しさのあまりに衝動的に、コートを抱きしめたまま席を立って、出口の方へ人をかきわけた。

……一年前の回想の中で、君代の頭は益々さえていく。今になって考えると、あの時に会議場を逃げ出してしまったことは、大きな間違いであったような気がする。せいぜい小学校のＰＴＡ会か、婦人会の集まりに臨んだ程度の経験しかない君代である。あの男たちの中に座を占めること自体が、三十をいくつも出ていない女の身では、相当の勇気のいることだった。そこへ予想外のあの出来事が眼の前に起ってしまう。

君代は、蒲団の襟を引上げるようにしてから、減反……と反芻する。減反、あるいは休耕という言葉が、あの六十男の激昂振りと交錯してからみついてくる。実際に、一・五ヘクタールの水田を休耕してみて、尚更に、休耕という言葉の重みを知ったのだ。一口に、休耕というが、君代はまるで病弱なわが子を見守るような不安にかりたてられて、最大の管理の手を尽さなければならなかった。

まず例年の通りに、出来るだけ深層に休耕地の水田は耕した。その後は畦草やにょきにょきと育ってくる草稗、雑草などの除草に気を遣う。休耕地の場合は、耕作地以上に雑草のはびこる度合も高いからであった。

農家に生れ、農家に育って、農家へ嫁いで来た君代である。よもやと、想像さえしていなかった休耕という現象に、君代はすっかり未来というものが判らなくなる。ただ過去に、造田目標をもって一生懸命に夫の伸吉と働いたことだけが懐しく思い出される。が、それはともすると、暗い絶望への階段でもある。この一年間、荒れるにまかせたような休耕地を見るにつけても、自然の大らかな希望の混迷を思うからだ。そのような時に君代は、異常な程の怒りを感じたりする。自分でも、その怒りをどこへ向けていいのかわからなかった。ただ言えることは、休耕補償だとか、減反政策という言葉を聞くと、無性に腹立たしいものを感じる。その感情を言葉にすると、きっと人々は、異常だとか発狂だとか、と嘲笑するだろう。何よりもいい例は、去年の説明会で発言した六十男のことである。ふっ……と、君代は溜息を吐いた。

確かに最初から会場の雰囲気になじめなかった君代である。しかし今だったら、必ずや自分も、声援や賛同の拍手ぐらいは出来たろう。コートをかかえたまま逃げ出したことは、六十男をなだめにかかっていた、富樫の威圧的な行動にも等しいような気がする。それは傲慢な独善的干渉であるからだ。

「あんた」

君代は、傍に寝ている伸吉を呼んだ。常夜灯の薄明りが六畳の夫婦部屋に漂っている。君代は、あの六十男の消息を訊きたくなったのだ。が、伸吉は、深目に寝具に顔をうずめて、寝入ったのか応えようとしなかった。

君代はもう一度、今度は

「あんた……」

と、小さく呼んだ。もし寝入ったのなら、睡眠をさまたげてもいけないという配慮からだった。が、次の瞬間、君代は危く悲鳴をあげるところであった。いきなり下腹部に伸吉の手がのびて来たからだ。

「あ、違う。違うの――。あんね、あれ、あの、根岸さんったかい、あの人、どうなったか知らない」

君代は伸吉の手を押えてあわてて言った。昨年、会議場での一部始終の出来事を話すと、伸吉は、きっとその男は根岸岩吉だろうと言ったのである。

「根岸?……」

唐突とした質問に、伸吉は戸惑い気味である。

「うん、ほれ、去年の集会で元気なことを言った小父さんさ——」

君代はよほど、訊きたくなった理由と、休耕ということを関連付けて話そうかと思った。

「隣り村のか?」

「うん、うん。そう……」

伸吉は、「チェッ!」と舌打ちをして手を引込めた。

「なんだこ奴、……そんなことか——」

伸吉の不満は明らかだ。

「うん、したって……」

君代は、ククッ……と笑ってしまった。駄々子のように不貞腐れる伸吉を初めてみたからだ。

「百姓やめたとよ——」

「え?……」

「息子の嫁と合わなくて、息子たちが家を出てしまってから、少し頭がおかしくなったんだとよ。残っている娘も、百姓いやだと言うし、田圃も売ってしまったとか言う話だ」

テレ隠しにか、少しぶっきらぼうな伸吉の言い方である。君代は物も言えずに、薄明りの下で、伸吉の横顔を訳なく見てしまった。

休耕という言葉に、「田圃も売った」という離農の状況が新たに結びついてきた。離農といえば、君代たちの春幌村一村を例にとっても、ここ数年の間に、三戸もありそうめずらしいことではない。が、一つの計画にのっとって、離農していく状況と、厳しい農業情勢という中で切捨てられるように消えていく場合とでは相当に開きがあるようだ。おそらく、根岸の離農は、後者に属するであろう。あの苦悩と苛立ちは、六十才という高年令と、後継者もいないという絶望に駆立てられた渾身の叫びであったかも知れない。もし、根岸のような立場に立たされたとしたら、人々は何を訴え、何を選ぶべきか。休耕という現実の中では、処理しきれない大きな問題が潜んでいる。君代は、そのことを、夫に問いかけること自体が、なぜか空しさを感じて口を開けなかった。

君代が伸吉の許に嫁いで来たのは、十三年前である。が、それから今日まで、二人の子供を育て、姑のキヨの弔いや、伸吉の弟や妹たちの一応の自立まで、出来る限りの努力はして来たつもりである。しかしそれが特別に辛いとか、苦労だったとかいう気はしない。家畜農業から、機械力の農業へ——。そして少しでも、土地を拡張することが君代たち夫婦の理想であり夢でもあったからだ。それだけに、朝から晩まで働き続けて、一ヘクタールの造田も自力でやり、機械力も、テーラーから耕耘機を取揃えた。その上に、機動力も荷馬車、自転車、バイクという時代に別れを告げて、待望の軽ライトバンも導入することが出来た。しかしその間に、農協の支払い額は毎年のように増大していく。それに気付いた時は、負債処理明細書という借用念書を農協へ差入れなければならなくなっていた。その窮状を切抜けるのは、長期の低利融資を受けるしか方法もない。君代たちは、今度はこの支払い完了を目標にしなければならなかったのだ。が、しかし……その長期の目標がすっかり薄らいでしまった。昨年……そして今年と、休耕だとか減反だとかいう奇妙な言葉が、君代の周辺で日常会話になったのである。

「可哀想に……」

君代は、ぽつりとつぶやいた。根岸岩吉の苦渋に満ちた初老の面影が浮かんでくる。

「お?……なにがよ」

説明のない伸吉には、勿論、通じるすべもない。君代は伸吉にも、このことの理解はしてもらえないような気がするのであった。

「それだけか?」

寝入りばなを覚まされた伸吉には、何か釈然とせぬものを抱くのだろう。

「おい……」

伸吉は、じれたように誘いかけて来た。が、君代にはもう拒むべき理由は何もなかった。それが生きていることの確認であり燃焼であるように。営みへの執拗な伸吉の探索は続いていく。君代は悶々とするものをそのままに、異質の昂まりの中に陥っていくよりすべもなかった。

翌日、伸吉を農協へ送り出してから、君代は坂口太平の家へ遊びに行った。遊びにというよりも、一年間、同じように休耕し、また伸吉と一緒に同じ職場に通っている坂口の妻に、君代はいろいろと話しかけてみたくなったのだ。君代が嫁いで来た当時は、冬の農閑期といえば、俵や縄などの藁仕事に精を出した。それがいつからか、テレビチャンネルの時間割の中で、君代は一日が過せるようになっていた。今では殆んど、自家製の藁製品は必要としないからである。そのせいでか、特別な用件でもない限り、君代はあまり人さまの家を訪問したことがない。同じ第五農事組合内といっても、坂口家とは五百メータ程の距離がある。考えてみると、毎日のように顔を合わせているようにも思うし、随分と疎遠気味であったようにも思う。君代は、坂口の玄関先で声をかけた。

「まあ、姐さん、どうしたのめずらしい」

坂口の妻は、年下の君代を姐さんと称んで愛想よく出迎えた。

「あら、何かしていたんでないの」

台所から出て来て、濡手を前垂で拭く坂口の妻を気遣って、君代は上り框でためらった。

「いや、何も——。さあ、どうぞどうぞ」

坂口の妻は、ストーブの傍に座ぶとんを敷いた。居間の両側の窓から、二月にしては暖かすぎる陽光が、いっぱいに射込んでいる。君代が座るか座らないうち、

「いつもいつもお世話にばかりなって……」

と、坂口の妻は丁寧に頭を下げてくる。

「いや、とんでもない。うちでこそ……」

君代は全く戸惑ってしまった。

「今日は伸吉さんが、休むっていうもんだから、バスで行った。ほんとにありがたいことで……」

と、坂口の妻は、夫の太平が会社へ出ていった模様を感謝をこめたような口調で話をし始めた。いつもなら、伸吉の軽ライトバンに同乗して、太平は出勤するのである。が、農協へ出向くことを告げて、欠勤の事情を電話連絡をしておいた。伸吉たちの村から、合板工場のある札富町までは、約十キロの道程である。伸吉は毎日のように、自家用のライトバンで往復していた。

「なあにそんなこと。一人乗るも二人乗るも同じだべさ」

君代はこだわりなく受け流そうとした。

「本当に加瀬さんのお陰で、何から何まで……。体もあまり丈夫でなかったけど、会社仕事をするようになってからは、あまり買薬もしなくなったし、医者さも行かなくなった……」

坂口の妻は、夫の健康をも君代たち夫婦の存在に感謝をこめて結びつける。以前には、買薬などの費用も相当にかかっていたようだ。が、君代はそう改めて言われると、訪問したことが、ふっと悔られた。

確かに坂口の就職は、伸吉と同様に、北極合板の労務係長をしている君代の兄の伝によるものだった。それも、かねてから何か転業先があるのなら、農業に見切りをつけたいともらしていた坂口の言葉があればこそだ。又、毎日の通勤も、伸吉の車を利用している。が、だからといって、それを負担になるような受止めかたはしてほしくなかった。距離にしても、四、五百メータそこそこのいわば近所づき合いだ。そんな関係で改まられると、なぜか君代は、複雑な気持に陥っていく。個人的な形で坂口家を訪問したのは、その日が初めてである。しかし、どこかで、何かの機会にお互いの意思は交換できた筈——。

「ガソリン代も、バカにならんと思うけど……。いつか礼に行かないば、ってうちと言っているんだけど……」

と、坂口の妻はどこまでもへり下ってくる。

「そんなこと……」

と、君代は遮ろうとしたが、

「どうぞ許して下さい。ほんとにもうありがたくて……」

再び同じ言葉がくり返される。

坂口の妻は、まる顔で四十を出たばかりだろう。別に美人だとか不美人だとかいうのでないが、小さな茶碗の中で同じ言葉をくり返すように述べられると、君代は訳の分らぬ醜さのようなものさえも感じてしまう。坂口さん、又は姐さん、と称んで君代は坂口の妻の実名を知らなかった。

「あの、姐さん、そんなこと、なにも特別に感じるんなら、うちで乗せないし、また坂口さんだって、バスで通ったっていいことなんだもの、あんまり気にしないで……」

君代はできるだけ、相手の立場をたてたつもりだった。が、坂口の妻の表情に、何か一条の影がよぎったのを認めたのである。君代はさり気なく、話題を転換した。

「いや、あんね、今日はそんな姐さんにお礼を言ってもらうつもりで来たんでないんだ。ほれ、あの……田圃さ、どうした?」

「田圃?」

「うん。休むようにしたの。それとも全部耕るようにしたの?」

「あ?……あそうか——。それは……」

と坂口の妻は立上って、茶ダンスから茶器をとり出してくる。

「うん、ほんとにね。うちでも困ってしまって……」

茶を入れながら、坂口の妻はためらい気味であった。困った、ということは、君代たちにとっても事実である。昨年のように、実情をよく捉えて、今年度の営農計画を提出するならいい。が、二月の上旬であってみれば、まだ決定的な計画書などというものは出せる状況でなかった。しかも、補償額も昨年をだいぶ下回るとかいう取り沙汰でありその上に、休耕農家への諸々の制約が出現しそうだと流布されれば、おいそれとこの決定は下されない。君代も君代なりに、この一年の休耕がプラスであったのか、マイナスであったのかと考えてみたりした。が、毎月の現金収入という魅力を除いた他は、実質的にはマイナス面が強いような気がする。

「休んでいいのか……耕っていいのかな……。うちでは工場から貰ってくる給料だけではやっていけないし、その分だけ、農協に赤字が増えたんでないべか……」

君代は溜息まじりに、自分の考えを偽りなく言った。が、坂口の妻が、茶をどうぞと差出しながら、

「まさか？」

と、一笑に付すような態度であった。

「あら、なして。本当のことだよ」

君代はついむきになった。

伸吉が持帰って来る毎月の給料は、日曜出勤・残業諸手当などを含めても、三万円そこそこである。つまり週休制の臨時工員の日当は、一千一百円――。そこから健康保険等の諸引当金を天引されると、月平均三万円という予定しか樹てられなかった。それでも昨年入社した当時は、毎月の現金収入として、家庭経済を潤すには充分だったような気がする。が、その分だけ農協利用を差控えて、すべて現金支出をしてみると、月の赤字累積は避けられなかった。もちろん、蔬菜や米穀などの自家生産物は、別物としての君代の計算である。昨年秋の〝組合利用勘定書〟は、休耕補償費、五十五万円をそっくり納入しても、まだ約二十万円の支払を残していた。そこのところの計算になると、君代はどうしてもはっきりした答を出すことができない。つまり、休耕分の水田を耕作したとして、総収量と支出の細かい計算が容易

ではないからだ。日常の営みを記録算出する習慣がないからだ、と君代は反省した。

「うちではそれ、耕耘機もおととし取ったでしょう。それに車だって入れたもんだから、毎年の支払いが、恥しい話だけども大したあるんだ姐さん……」

君代は別に、坂口の妻の同情をかう気でもなかったが、実情だけは知ってもらいたいと思った。

「ほんとにね、うちでは車もないし、何も機械もないし……」

坂口の妻の言葉に、君代は飲みかけの湯呑みをとり落しそうであった。

「いや、そういう意味じゃないのよ姐さん――」

と、言ってはみたものの、再び説明することの空しさを感じてしまった。確かに、坂口には車もないし、動力機械も導入していなかった。しかし君代は、そのことを別段あてつけがましく言った訳ではない。ただ、純粋に休耕という予想外の現実を、共通の立場から、語って何かを確かめたかった。が、どうした訳か、坂口の妻の言葉の一言一言が、君代の心の襞を乱してきて仕方がない。

南側の窓から射込んでいた陽光も、俄か雲にでも遮られたのか消えている。壁の柱時計は午前十一時を回ったばかりだった。坂口久子と記名した風景図画が、煤けて時計の横の壁にへばりついていた。多分、今は中学生の娘の久子が小学生時代に画いたものであろう。坂口には、もう一人、まだ小学生の男の子がいる。君代は話をすることのもどかしさを感じて、ただぼんやりと、古い壁の図画に眼を据えてしまった。

「伸吉さん、何も言わない?」

坂口の妻は、曰くあり気に問いかけてきた。

「何か?って……」

「うん。なんだか、会社で、今年は本採用してくれるんでないかって——」

「本採用?知らないわそのようなこと」

君代には、全くの初耳だった。

「あら、清水さんがいるから、加瀬さんたちは、もうとっくに知っていることだと思っていたのに……」

清水とは、君代の兄の北極会社の労務係長のことである。

「兄さんが会社にいたって、そんなこと全然、教えてくれないもの」

日給制の臨時工員たちは、当然にして、住宅手当、家族手当などの諸制度の恩恵にも浴せる正雇用をねがっていた。伸吉の話によると、近郊の農村から通勤する工員は三十名程いるとか。しかもその殆んどは、臨時工員という採用であり、正雇用者は、数年を経てやっと二、三名という状況らしかった。

「それ誰に聞いたの?」

君代もある種の期待をこめて訊ねた。

「誰って……、いや、そうなるんでないかって、うちで言っていたけど——」

坂口の妻はしどろもどろだった。あるいは、臨時工員たちの願望から出た、単なる噂話かも知れなかった。

「ああ、そうなるといいけどね」

君代はやや失望した。

「したからうちでは、今年も田圃休ませて、一生懸命に会社さ働くって言っていた。伸吉さんは、もうそのことを知っているんでないの?……」

と、上目遣いに、君代を見る坂口の妻である。君代は、やはり大きな隔りを感じて、もう口を利けなかった。坂口の妻とは、田植などの農作業を共同でしたりして、いくらか気心は知れている。この一年間も、長話はしたことはないが、別に疎通を欠いていた訳ではなかった。それがまるで人柄が変ったように、君代を寄せつけない。君代はふっと、休耕という中で、人々の心も変ったのかと、悲しさのようなものに胸がしめつけられてならなかった。

その日から数日後である。

会社から帰って来た伸吉は、弁当箱を投げ出すようにして、作業着のままストーブの前に坐り込んだ。いつもなら、「お帰り――」という君代の声に「おう」とか「疲れた」とか、または、笑顔で応える伸吉である。が、胡座をかいて、いくらか猫背気味に、ストーブに手をかざしてむっつりとした表情であった。以前の伸吉は、そう感情を表に現す方ではなかった。しかしこの一年程の間に、時折り険悪なほどの表情をつくったりする。そんな時に君代は、どう伸吉の機嫌をとったものかと迷ってしまう。二人で野良仕事をしていた当時には、問題点となる部分を冷静にみつめて、話合うことが出来た。それが会社といういわば未知の坩堝の中で、どのような感情の渦が巻き起るのか、君代には思惟することさえ困難であった。ただ確かなことは、ささいなことにも、伸吉は苛立つようになったということ。

先日、会社を休んで農協へ出向いた時も、伸吉は一眼で判るような不満を表情にして戻って来た。君代は何か言葉をかけようとするのだが、伸吉の顔付けを感じてしまうとつい口をつぐむ。君代は、伸吉も変ったが、自分も知らずのうちに変ってしまったようだ、と思ったりする。十数年以前に、伸吉の許に嫁いで来た当時は、なんとなく姑たちを意識したものだ。あの重苦しさのようなものをふっと感じたりする君代であったからだ。

伸吉の不機嫌とはよそに、子供たちは寝間で騒いでいる。君代は夕餉の仕度に余念がない風を装って、話かける頃合いを見計っていた。が、伸吉の方から途方に暮れたような言葉が出てきた。

「お前、この間、坂口さんの所へ行って何か喋ったのか?」

「何か?……」

君代は、菜を切り刻む手を瞬間的に止めて伸吉をみやった。

「うん、車のことでもよ……」

「車?……」

君代は、要領の得ないままに、ガス台で沸騰する鍋の火を弱めてから、伸吉の前に坐った。

「別に……」

君代は、まだ思い当るものがなかった。時刻は午後の六時に近かったろうか。

「俺が会社を休んだ日から、坂口さん、俺の車に乗らなくなったんだ……。それに、会社に行っても、見向きもしてくれないしな……、判らんのだ、その原因が……」

伸吉は、苦渋に満ちた表情を一層に強張らせた。君代は咄嗟に、坂口の妻のことを思い出した。

「お前、あの日に坂口さんの家へ行っていたしな、したから、何か言ったんでないか……と思って――」

伸吉の言葉は不確かであった。しかし君代にとっては、衝撃的である。まさか、あの一連の語いが、伸吉と坂口の不仲の原因となったろうか。

約一年の間、坂口は伸吉の車に同乗して通勤している。が、そのことに対して、これまで特別な謝礼や言葉を受けたことがない。また伸吉や君代は、それを特別視するような気持もなかった。君代もよく、顔見知りの人たちに、車を同乗させてもらったりする。つまり、バス停留所などで待合わせていると、同方向へ向う部落の人たちなどが、本当の好意で、停車してくれるのだ。そのような時に、君代は感謝の言葉を忘れたことはなかった。が、慇懃なまでに、相手を戸惑わせるような謝礼は差控えた。君代は、あの日の妻の鄭重を極めた態度の中に、相手を困惑させる過度の意思表示があったように思う。

「うん……、何か、ったって、ただね、一人乗るも二人乗るも同じだから、気にしないで、って、言ったことは言ったよ……」

仲吉が、ぴくっと顔をあげて、難詰の気味の眼を向けてきた。

「それだけか？――」

「……」

君代は、それ以外にどの部分をあげていいのか判らなかった。

あの日は、本当に休耕ということについて、坂口の妻と話をしてみたかった。単に補償金を貰って済む問題ではない。君代は昨年はじめて、農協からの月送り伝票を丹念に見るようになった。それも一・五ヘクタールの休耕補償金が、五十五万円と限定されれば、自然と他の農産物の収入も産出されてくる。つまり豊作を見込んだとしても、当然のように農協支払いに、苦慮しなければならない状態であった。君代は、調味料、衣服費、其の他、出来るだけ仲吉の給料から、現金買いを図ってみた。しかし動力農機具や、車などの年毎の償還には、いささかびっくりさせられたのである。

君代は、

「あっ……」という声を、あわててのみ下した。

……そうだ、あの時に農機具や車の支払いのことを実例として、坂口の妻に話をした。それに対し、坂口の妻は敏感に反応する。別段、あてつけがましく言ったつもりではなかったが……。

仲吉は、自分の言葉に気づいたのか、

「いや、別にお前が何かを言ったと言う訳ではないが、昼休みなんかも、わざとのように俺から離れていくんだ。俺たち臨時工員の休憩所は、別棟だし、いや応なく顔を合わすだろう……。俺がいると、ストーブの側にも寄らんで飯を食ったりする――。なんか風邪を引いてるみたいなのにな……」

憔悴しきったように、伏目がちになる伸吉だった。

君代は、話をしていいものかどうか、一瞬、戸惑ってしまう。その一部分だけを語るには、当然にして理解は困難であろう。またいきさつを、くどくどと説明することは、かえって弁明気味にも聞かれそう。君代は苦悶の中で模索した。

「あの……うちでも悪かったんでないの……」

「俺たちが?」

「うん――。したって、普通に一回や二回車に乗せてもらうのと、訳が違うでしょう。あんたが車で通ったたって、ガソリン代はかかるんだし……。したから、一人乗るも二人乗るも同じだ、という理屈にはなるけども……、その親切がね、坂口さんにとっては負担であったんでないの?……」

「そりゃ、俺の車だって、会社を往復すりゃ六、七十円かかるさ。したけども、今まで何も言ったことないし……」

「したからね、私たちは本当の親切心で乗せてあげたのよ。だけども、坂口さんは月日が経ってくると、簡単な挨拶では済まされないし、それをまとめてお金で払うったって、額は大きいし、今更、って感じもするでしょう。ましてや近所だもの――。会社に勤めたらね、私たちが農業をやるような大ざっぱな考えではだめだと思うの……」

君代は、話しているうちに、やっと坂口の妻の依固地とも思える一面が解けてきた。伸吉が会社に勤めるようになってから、君代はいろいろと神経質なぐらいに物事を考えたりする。なによりも、給料生活者と、それまでの秋の生産物決算的な、農業生活者の違いが対照された。前者は、限定された枠の中で、一定の秩序のようなものが要求される。が、君代たち、農業者は、いわば自由豁達を美徳のように意識する風潮がある。それを換言すれば、一方は戒律的であり、一方は応揚で柔軟だ。しかしその農家の一見して応揚そうで柔軟だという部分が、万事が思慮浅はかでありいい加減な妥協に結びついていくような気がしてならなかった。君代は、逃げてはいけない、と思った。

「坂口さんの姐さんにね、私はこう言ったんだ」

君代はあの日の一部始終を、伸吉に話し始めた。それも自分なりに、思慮の不足を反省するからだ。あの時に君代は、いろいろな支払い物の中に車のことも含めていた。なぜ車のことなど持出したのか……。確かにそれは真実である。しかし、真の親切や善意に、苦情や愚痴的なものはつかない筈だ。坂口の妻にとってみれば、当然にして当てつけがましく受止めたろう。君代は、やはり取返しのつかない軽卒な失言だった。と、夫の伸吉に詫びたい気持に迫られてくる。

「私がよけいなことを喋ったばかりに……」

君代は、胸の熱いものに言葉が詰ってしまった。

仲吉は、君代の涙を見ていささかあわてたようだ。デレッキを取上げて、ストーブの灰落しを二、三度、強く揺っている。が、それでもいたたまれないのか、立ち上って上り框に降りて、作業着を脱ぎにかかった。

仲吉や子供たちの寝てしまった居間で、君代はさきほどからじっとして考え込んでいた。いつもは明朝の炊事の支度を終えて、火の始末をした上で床に入る君代である。が、今夜ばかりはなぜか、仲吉の傍に寝ることが、堪えられないような気持だった。以前の農業という一つの営みの中では、無意識的な行動や行為が日常くり返されたりする。君代はそのことに何の不審も抱かなかった。それが夫婦であり、生きていることの必然性であろうと思ったりしたからだ。しかしこの一年の休耕という歳月に、君代は思慮に余る悩みを時折り抱くようになった。そんな時の君代は、何物にも煩されたくない、ただ自分だけの思索の中をさまよいたかった。

君代は、坂口の妻に詫びを入れるべきかどうか、と考えてみたりした。農家の共同仕事などで、近所の主婦たちが集まれば、決って羨望や嫉妬をこめた世間の噂話が出てくる。それが当事者の耳に入り、物議をかもすこともしばしばあった。君代はその愚かな轍を踏むまいと、言葉には充分に気を遣ってきたつもりだった。それがあの日はたまたま、坂口の妻に軽くあしらわれたことで、事実を述べようとつい向きになってしまったのである。君代は、詫びるにも、方法がないぞ……と思った。詫びるような何か誤ちが君代にあったのなら、謙虚にもなれるだろう。が、その誤解をとくには、再び実情から説明して、納得させるより術もなさそう。しかし言葉を重ねれば重ねるほど、その気拙さは増していくような気がして仕方がない。これはやはり、車に同乗という動機そのものから、君代たちは考えてみなければならない問題だと思った。

ボンボン時計が十時を告げ始めた。伸吉が勤め出すようになってから、九時頃を就寝時間と決めていた。が、君代の煩雑とした苦悩の広がりは、果しなく発展していく。しかし明朝の早起きを思うと、いつまでもそのまま通す訳にはいかなかった。寝間着に着替えてから、君代は伸吉の傍に忍び込むように身をすべらせた。当然にして、伸吉の睡眠を気遣ったのである。伸吉は眠りの中なのか、呼吸の気配さえもなかった。君代は、安堵の溜息をついて、軽く眼を閉じようとした。が……

「今、会社にもいろいろな問題があるんだ……」

身動きもせずに、伸吉はポツリと言った。

君代は刹那的に、身構えるように体を硬くして伸吉を見やった。

「新建材に押されて、合板業界はいまゆるくないらしいんだ。輸出も出来ないしな……。したからこの頃は、残業もあまりしなくなったし——」

伸吉は独言のように言って、常夜灯の薄明りを見つめている。

君代はまだ、伸吉の言葉の意味をつかみかねた。

「俺たち臨時工の首も危いんでないかな、共産党の連中が騒いでいるから……」

「共産党?」

「うん、常雇の連中の中にいるらしいんだ。労働組合をつくるべ、とか。もっと地位の安定を図るべとかな……」

伸吉は会社の実情を話し始めた。

札富町にある北極合板株式会社は、従業員が二百名程度で、大手企業系列下のいわば分工場であった。が、工業地帯から程遠いこの地方にとっては、大企業の名と併せて、魅力的な存在である。それだけに近郊の農村から離農して入社する者も、けっこうな数にのぼっているらしい。事実昨年の稲作調整政策で、伸吉のような減反農民が、十二、三名通勤しているとか——。その数が増えるにしたがって、幾多の問題も持上って来たようだ。

「結局、奴等はさ、俺たち百姓が安い賃銀で使われている、ってことを問題にしているんだ。そのお陰で、残業手当がないし、昇給率も悪い、ボーナスも少い……」

「………」

君代は、やっと緊張したような体の力をぬいていった。

「従業員たちが集って、そんな不満を口にしていると、今度は口火を切った奴の馘問題だというし……」

君代は、会社員とは、ただ働いてその分の給料を貰うだけではいけないのかな、と思った。

「俺たちはな、自分の持家はある、食べ物も自給出来る、したから小遣程度の安月給でもやっていける、と見るんだろうな。そこへもって来てだ、俺たち農家は、田圃を休ませて補償金を貰って、自家用車で出勤だ……。常雇の中には、はっきりとそういった皮肉を言う奴がいるからな……」

君代は時折りの、伸吉の不可解な塞ぎようがいくらか判りかけてきた。

「俺たち百姓同士もなんとなく気拙いんだ。一日も早く会社側に認められようと、欠勤は殆んどしないし、仕事も真面目に能率をあげていくし……。会社側にとっちゃ、いいんだろうな。したけど常雇の側からみりゃ、それも問題さ。奴等は時間内で、与えられた仕事をすりゃいいっていう考え方だから……」

伸吉は寝返りを打って、君代の方に背中を向けた。

「ま、坂口さんの変りようも、あるいはそんなところにあるのかも知れない。俺は特にお前の兄の光夫さんがついていると見られているからな。つまり会社側に通じているスパイと疑われているんだ。臨時雇の側からも、常雇の連中からもな——」

プツリと伸吉は言葉を切ったきり、もう口を開かなかった。

君代は、さきほどとはまた違った緊張で、全身が凍てつくような感じだった。職場の雰囲気や賃銀内容について、君代はそう深い知識を持っていなかった。伸吉が時々話してくれることを、聞き流すようにしてきたからだ。しかし安い賃銀、云々ということにっては、実際にうなずけるような気がした。なるほど、自分の持家に住み、自分の田畑からとれた物で台所の賄いをする。が、それでいて伸吉の毎月の給料は殆んどなくなってしまう。君代は時々、自分は浪費家ではないか、と考え込む。だが、農協の窓口利用をとりやめてから、衣服費、ガソリン代、学用品、電気、プロパンガス代と支出の計算をしていくと、当然のように貯えなど出てきそうにもなかった。

しかしその安い賃銀が、すべて伸吉たちのような農家出の臨時工員のせいだとは思えない。雇い入れるのも会社であり、賃銀を決めるのも会社である。伸吉は、君代の兄の光夫の紹介で入社することができた。その場合、賃銀の高い安いが問題ではなかった。農業という不安定な生活を何か確かなものに委ねようとした。まず農業とは、気象条件か病虫害などでも極端な結果が出る。その不安定を一層にあおるように、減反政策や農薬公害が君代たちの目の前に登場してくる。伸吉の就職が決まるまでの君代たちは、正に溺れるような心境であった。幸いに活路が開かれたが、それが、他の面に影響を及ぼそうなどとは、夢にも思ってみなかった。が、実際に、三万円の給料で、衣食住のすべてを賄えと言われると、君代には全く自信がなくなってくる。会社とは……君代の脳裡にフッ……と何かが閃いた。

「あんた……」

呼びかけようとして、君代はあわてて言葉をのんだ。伸吉は君代に背を向けたまま、軽い寝息を立てている。君代は、会社という企業の実態を漠然と描いたのだ。そこには君代たちには判断の出来ない多くの問題が、カラクリのように潜んでいそう。実際に食料や住宅などが自分のものでなかったとしたら、君代も好条件を求めて会社を辞めるか、要求や抗議をしたくなるだろう。君代はその話を伸吉にしてみたくなったのである。

が、伸吉はまるで君代を無視するかのように、眠りの息遣いをくずさなかった。君代は衝撃的に、言い知れぬ失意のどん底に突落された。それは明らかに、就寝をためらっていた君代の内裡をよみとった伸吉の態度である。嘲け笑うように、居間の時計が十一時の刻を打ち出した。君代は、孤独と苛立ちと、羞恥の渾然とした中で、足掻き続ける小さな女である自分を感じとって悶えていた。

君代は一頃のように、家の中でじっとしていることが堪えられないような気持だった。その日も、伸吉や子供たちを送り出した後に、後片付もそこそこで納屋の中に立っていた。いつも伸吉の出勤と、子供たちの登校が同じぐらいであった。が、ここ数日ばかり、伸吉は二十分程先に早出をするようになった。理由を質すと、札富町の街外れの知人宅に車を預けて、そこから歩いて会社に向うということだ。君代は伸吉の話していた会社の状況をふと思い出した。例えそれが一部分の工員たちのあてつけであったとしても、摩擦を起すような問題点を避けようとする伸吉の気遣いらしかった。君代はバラ色に描いていた会社勤めという、将来への夢想のようなねがいも空しく崩れ去るような不安に駆り立てられた。

伸吉が会社に勤めるようになってから、君代は知らずのうちに、自分なりの時間をもつようになっていた。つまり伸吉や子供たちを送り出すと、君代はテレビのスイッチを入れて、視るともなしに聴くともなしに、食べた後片付をしたり掃除をする。が、以前は食べ終えるのもそこそこで、伸吉と連れ立って野良へ出たものである。それは別段、伸吉に強要されたものでなかった。なんとなく台所の後片付けや、家の中の掃除のことは二の次に考えていたのである。それがこの一年間に君代は、自分なりの惰性的な自由を貪っていたような気がしてならなかった。子供たちは学校を通じて、日々に成長していく。伸吉はまた、会社という個々の能力を連帯化した職場で、幾多の葛藤を経て大きく思惟力を深めているようだ。ただ自分だけが、減反という奇妙な制度の下で、のどかに自然の推移に身を委ねていた。

その自然とは、抗いようのない四季の戒律と、周期的な条理のようなものに象徴されていると君代は思う。たとえば萌芽の季節がくると、君代たちは否応なしに、播種の作業に急きたてられる。が、そこには個々の農民のためらいも許されなければ、もちろん、完全な安逸などあろう筈もなかった。その周期的な条理は、出来秋の予測や可能性をただこの一点にのみ集中しているからだ。つまりこれは、自然という偉大なる支配者に、君代たち農民が古来から従順になることを習性づけられてしまったということではないだろうか。近頃はよく、農業は技術的な進歩も化学的な発展も遂げたと言われる。君代もそれは間違いないと思う。が、旱魃がくると空を見仰いで雨乞いをし、暴風雨に見舞われたりすると「天災だ」と諦める。そして農作の穫入れを迎えた時は「よき天候に恵まれて……」と、満面をほころばせて素朴に謝辞を表すのは、いったいなになのか——。君代は、やっぱり、自分たち農民の悲喜こもごもは、お天道さまが握っていて絶対だと思った。が、しかし君代は、そこに物事を理詰めに考えようとすることを忌む、農民的な習性が潜んでいそうな気がしてならなかったのである。

君代は、何よりも坂口の妻と話合ったいささかの時刻が、無限の苦悩と混迷に通じたのには驚いた。不用意というよりも、それは君代の稟性とでもいうべき、無意識的なありのままの姿だった。休耕という中で、雑草の生い茂る大地とは別に、君代は複雑な社会の機構と、個々の感情のあることを身をもって識ったのである。

君代は、負けないぞ！と、心の中でつぶやいた。納屋の中には、几帳面な伸吉の性格を現して、農機具類がきちんと並べられている。今年は休耕補償金も、かなり減額される模様である。しかも、転作奨励的な形で、永久の米作り放棄を推進する気運も見えてきた。そんなことに不安を感じた伸吉は、全経営面積を、耕作すると農協に申出てきたのであった。が、当然にして、会社に勤めることを辞める意思はなかった。伸吉は、休日と、朝の出勤前やまた帰宅後の時間などを利用して、充分に耕作出来ると判断してのことのようだ。君代はもちろん、そのことに大賛成だった。君代自身の日常のペースも取戻せるし、また何よりも、相当の支出を促された数々の農機具の類を遊ばせておくことがもったいないからだった。納屋の中に整頓してあるとはいえ、埃をかぶって惰眠を貪るような機械類だった。君代はふっ……と、自分との共通点を見たような気がして微笑んだ。ボロ布を取上げて、君代はその機械の埃を拭いにかかっていた。が、狭い納屋の中で、実際に十指に余る農機具類を感じる時に、君代はまた、これまでにない新たな煩悶にとりまかれてしまったのである。

馬農具に替って、テーラーが出現した当時に、君代たちは、万能機械のような気がして飛びついた。しかしまたたくまに、耕耘機からトラックターと、農協や機械メーカーの売込みが激しくなってくる。が、もとより機械の大型化を目指すだけの経営面積のない君代たちである。それでも、一台の機械力を導入したことによって能率面や、労力の軽減などを考えると、どうしても他の面にも及んでしまう。テーラーを入れた翌年に、耕耘機と脱穀機を同時に導入した。それればかりか、ここ数年の間に、乾燥機、除草機、撒布機とエンジン付き農機具が増えていた。だが、これっぽっちでは、まだ機械化された近代農業とはいえないのである。君代が名前を覚えているだけでも、まずトラックター、それに移動自脱穀機、稲刈機……と、ねがわくば、自分たちにも……と思う機械が数多い。もちろんこれ等の機械の高価なことは、言うまでもない。そこへ、農機具の最後の覇権と各メーカーが競う、田植機なども加わってくる。当然に、君代たちの経営面積に適合した支出ではなかった。

農業の未来とは、規模拡大と、それにつれて人手不足を補う意味での、機械力万能でありそう……。君代は何か、立ち暗みのようなものを感じた。軽く眼を閉じてみたが、頭の中は軋むような金属音でいっぱいだった。いけない、と、君代は自分で、首筋をトントンと二、三度叩いてみた。別に、月のものにこだわる訳ではないが、時々そのような症状が伴うこともある。君代はこれまで、産前と産後の数日間を寝込んだだけで、あとは病気などまるでしたことがなかった。

ましてや……と、君代は気力を奮い立たせるようにして、再び機械の手入れにかかっていた。君代たち農業者の未来は、若い気力と、完全な健康の維持がなければ、存立しないもののようだ。確かに君代はこの頃、少しばかり悩み事を深めている。が、それだけのことで、体の苦痛や症状を感じるようでは、尚更に未来への願望を消滅させてしまう。君代は君代なりに、現実の苦境から脱する未来への何か確かな手応えを得たかった。

君代たちの春幌村、第五農事組合は組合員十名の内、六十五才の笹崎松太郎が、経営主としては最年長者である。が、松太郎は、六十五才の今日も、なおかくしゃくとしてまだ三十代のような勤労意欲をもっている。そんな松太郎を見る君代は、ある種の羨望と、救いのようなものを感じたりする。何れにしても松太郎は恵まれた状態にある。他にも、独立した息子や娘もいるし、また後継者と目される息子が現在同居しているからだ。しかし昨年のあの生産調整説明会でいきり立っていた根岸という隣り部落の男のような零落振りは、いったい何を意味するのか。これは農業という一つの断定した枠の中で見てはいけないことかも知れない。人間の老後は、どのような職業にも、また男、女の別なく必ず共通して訪れてくるからだ。ただ、労働力をフルに発揮しなければならない農業者にとっては、老令という活力の喪失が、極端なほど傷々しく感じるのである。

君代も、野良に出て働くということ以外には、自分の将来が描けなかった。その場合に、君代の周辺から二人の息子たちの姿が消えている。息子たちには、サラリーマンとしての道を選んでもらいたかった。が、此の頃の伸吉の塞ぎようを見たりすると、君代は言いしれぬ不安に陥っていく。黙して語ろうとしない相手の心を推慮し、それなりに振舞わなければならない気遣いが煩しいのだ。君代はこれまで、大自然の悠長な生息物と対峙してきた。が、そこにはそそけだつような感情をあまり意識したことがない。だが会社という集団機構の中には、個々の実情を分ち得ぬ、何か圧力のようなものを感じてならなかった。それだけに君代は、坂口の妻の言うように、サラリーマンとしての夫にすべてを託し、また子供たちの将来をも夢描くことができないのであった。

納屋の外は、三月の太陽に照り映える白銀の大地である。君代はズボンにセーターという軽装に、上からカスリの上っぱりを羽織っただけだった。テーラーの埃を丁寧に拭い終り、君代は次に、耕耘機の手入にとりかかろうとした。が、急に足元が覚束なくなり、よろめくようにしてその場にしゃがみ込んだ。軽いとはいえ、やはり腰の辺りの鈍痛と、頭痛病みのような症状は否定できなかった。君代は、ふっと、女であることの虚しさを痛感した。伸吉が勤めるようになってから、君代はよく町役場や農協などに出向いたりする。が、それはあくまでも、伸吉の代人としての役割でしかなかった。今また自分の明日を考えようとしても、夫や子供たちの周辺を離れることができない。女とは、元来そういう従属物的な存在であるのかも知れなかった。が奔放な時勢に、知らずして蝕ばまれ、荒野に朽ちていく雑草のような宿命を、君代は呪いたくなってくる。これまでよく世間の噂話などを耳にする。が、そのどれもは、口さがない百姓女たちの羨望と嫉妬の入混ったたわいのないものである。君代はなんとなく、そういう雰囲気を敬遠してきた。いま君代は、女の現象を感じる時に、周辺の同性たちに、語りかけることの出来ない鬱積と、疎外されたような孤立感を味わなければならなかった。

君代は腰を落したまま、首筋を叩いたり、左右に回してみたりした。あるいは症状以上に、未来という言葉の広がりの中で、打沈むのではないだろうか……。君代は自らを勇めるようにして立上ろうとした。が、何気なく見仰いだ天井に、眼がうばわれて動作を止めてしまった。屋根裏には、丸太を敷板の代りに並べて、使い古しの農具の類が置いてある。それは時代の推移を物語っているような、馬用農具の数々だった。プラオ、桜馬鍬、鎮圧器、それと手押用除草器、俵編台等々、どれも君代たちの汗が染こんで古びている。見るともなしに見やっているうちに、君代はバネにでも弾かれたようにして立上った。そして——脱けた！……脱け出ているのだ！——と、両手を挙げて躍上りたいような衝動に駆立てられた。君代が伸吉の許に嫁いで来てから、まだ十数年の才月である。しかし農家に生れて、農家に育った君代にとって、十数年以前の農業がどんなであったか、身をもって知っている。君代の両親など、いつ朝を迎え、いつ夜を過すのか判らないほど、暗いから暗いまで働き続けた。素手で泥田をかきまわし、足で脱穀機を踏みまくり、咽の乾きを額から流れる汗で潤し、日に三度の食事も、生味噌だけで土間で立ち食いをするというような明け暮れ……。その頃の君代の両親たちにとっては、文明、文化、政治、経済、教養……そして人生とは全く無縁な言葉だった。文明とは、当時いくらか改良された農具の出現を見て感じとったろうか。また人間の幸福とは、腹いっぱいに食べられることだけだと考えていたろうか……。そんな君代の両親たちは、正月がくると、農具を一所に集めて、しめ飾を張って鏡餅を供えたりもした。あるいは伸吉の家でも、農具を敬まおうとする大同小異のそんな習しがあったのかも知れなかった。君代が嫁いで来てから買入れたりした農具なども、知らぬまに、きちんと並べて、邪魔にならない屋根裏に伸吉は保存していたのであった。当然にして、もう二度と、動力化した農機具にとって代ることはないだろう、今では不用になった農具類の数々だった。

君代は時代の趨勢をはっきりと感じとった。テレビなどの電化製品一つを取上げても、文明は高度の機能的な力をひっさげて恣意的である。ましてや君代の幼い時など、今のような自家用車の保有は夢想だにしなかった。しかし伸吉の会社の休日を利用したりして、今は温泉地や大都市などへの行楽も家族でできるようになっている。君代は文明の恩恵という陶酔に、安逸に浸りかけていた。が、鼓膜を劈き、背筋を慄するような馬のいななきが漂ってきた。君代は畏怖して思わず辺りを見回した。が、もとより何の気配も姿も認められなかった。君代は頭を小さく振ってから、耳を覆うように両手でかかえこんだ。それは君代たちの非情さを詰る、栗毛の精いっぱいの抗議の鳴き声だった。馬喰は、屠殺場へ運ぶのでないことを力説していた。君代は栗毛を売ることに、どこまでも反対であった。が、耕耘機などの導入と、放牧地の確保も近くでは難しいという状況に立ち至ってやむなく承諾するより仕方がなかった。一昨年の六月六日のことである。売買が成立した翌日に、馬喰は運搬車を横付けにしてきた。引出された栗毛は、普段の従順さはどこへやら、載せようとすると、逆毛を立て、鼻息を荒々しく、四脚をばたつかせて抵抗した。その眸は血走って、明らかに恐怖の仕草である。が、馬喰など数人の男たちは、囲いロープのような強引なやり方で、栗毛の動きをすっかり封じこめた。栗毛はこと切れそうな「ヒーン‼」という一声を発すると、こんどは地べたに坐りこもうとする。が、手綱を持った馬喰は、まるで野獣のような挑みようで、棒切れを取上げると滅多矢鱈と叩きまくった。その様子を少し離れた物陰から見ていた君代は、われ知らずに「やめれ！」と飛出していた。

「金も何もいらん！持って行くな！積むな！やめれ！やめれ！……」

君代は叫びながら、馬喰めがけて突進した。が、その体がすっぽりと誰かに抱き止められた。それが伸吉であると一瞬、判らぬほど君代は興奮していた。

「バカ！」

という一喝で、伸吉だと判ったが、汚い馬喰の非道を見ると、

「栗毛よう……」

君代はその手を振切って、駆け寄ろうとした。が、意外なほどの伸吉の腕力に抱えられ、そのまま母屋へ運びこまれた。時を同じくして、

「ヒヒーン!!ヒヒーン！……」

と、悲痛な数声を引きずって、エンジン音もけたたましく、栗毛を積込んだ運搬車はスタートした。あの時の君代は、失神にも近い取乱しようであった。

その日から数日ほど、君代は食事も咽を通らなかった。その栗毛は、君代が嫁いで来た翌年に産れた中半種の馬である。別にとりたてて力持ちなどの特質がある訳ではない。ただ非理性的な畜類とは別に、主従の分別をわきまえているようなかしこい一面をもっていた。それだけに、あの車に載せようとした時の拒みようは、君代の心を攪乱してくるのであった。あるいは物が言えぬだけで、栗毛は、すべて人間さまのことを洞察済みではなかったろうか。

栗毛は汗と泥にまみれて、ただ黙々と働き続けてくれた。その果した役割は、家畜というよりも、家族あるいは、君代たちと同様の経営参加者の一員といってもいいだろう。が、機械

力の過速度的な普及は、農耕馬を食肉用として屠殺場へ押しやっていく。春幌村にも、最盛期には百数十頭の農耕馬がいたものである。しかし今では、五、六頭程度の頭数になっている。その命運の波及したことを、栗毛は判然として感じとったのだ。あの天にも届けとばかりにいないないた最後は、物いえぬ栗毛の怨みつらみの叫びであったような気がして仕方がない……。君代は、思い出す度にいつも慄然とするのだった。

君代は心で念仏を唱えながら、栗毛の怨念を振祓うようにして納屋の中を歩き回った。君代たちはこれまで、文明の移行をなんの不自然さも感ぜずに受容れてきた。が、失われたものを顧る時に、初めて破壊力や、他の犠牲の大きかったことを知らされる思いだった。文明が現状のまま発展したとした場合に屠殺場へ引立てられる栗毛の運命か、邪魔物扱いを受けるしかない古い農具の存在に君代たちは誘われそう。現に時代の進歩と繁栄という中で、君代たちは明日の生活の絆をも断切られそうな不安に陥っている。君代は、つと歩みを止めて、一点の空間を凝視した。対象は定かではない。が、君代はそこに、減反という奇妙な制度の根源を見たような気がするのだ。君代は無性に腹立たしいものを感じてきた。

「そ、そうだってば、政府はいつの時代も、百姓さ殺すようなことしないてば……」

と、昨年の会合で、膝を叩いていた笹崎松太郎の顔が浮んでくる。それは信頼と安堵への、空しい素朴な表情であった。君代は、もう騙されてはいけないぞ——と下唇をかんでいた。今度、君代は伸吉に尋ねてみようと思った。つまり、君代たち農業人の未来像は……と。そしてまた子供たちにも訊いてみよう。お前たちは、どうするの……と。そこから、君代の明日が出現してきそうな気がするからだ。君代はどんなことがあっても、農業という大自然の中での営みを失ってはならないと思うからだった。

君代は掃除用のボロ布を置くと、耕耘機のハンドルを握りしめてみた。今年からはもう機械の運転なども、伸吉を当てにすまいという気持であった。テーラーと耕耘機は性能にいくらかの違いはあるが、構造においてはそう変りがなかった。耕耘機の操作ぐらいはできるという確信がある。君代はその確認を急ぐように、クラッチレバーを動かしてみた。が、カチカチと変速切換えも、軽やかである。あとは、田の畦越えなどの要領を得れば大丈夫だ。と君代は一人で悦に入る。が、エンジン始動のような律動が辺りに漂って、一瞬あわてた。しかしそれは、伸吉が帰宅した車の音だった。君代は気負っている内部をのぞかれたようにはにかんでいた。

が、納屋の前に停車した車から降りてくる伸吉の表情が蒼ざめている。しかも考えてみれば、まだ午前中であり帰宅する時間ではなかった。君代はふっと不吉な予感がして、機械から手を離し、伸吉を出迎えるように納屋の入口に寄っていった。

「おい、坂口さんが亡くなったんだ！」

伸吉は顔を強張らせてそう言った。

「……？」

君代には唐突とした言葉でしかなかった。

「駄目だったんだ……。病院にかつぎこんだ時には、もう手遅れだった。前から苦しそうだったのに、会社も休みもしないで……。風邪がこじれて、肺炎になったんだ」

仲吉は納屋の戸口に、がっくりと凭れかかった。

君代は摂理を失って、茫然としてしまった。坂口の感冒気味のことは、以前に仲吉が話をしていた。しかしそれとこれとのつながりが、あまりにも唐突であり衝撃的であった。君代は仲吉から視線を外して、何かを確かめようとした。北国でも、太平洋に面しているこの地方は、比較的に暖かで雪も少かった。三月の声を聞くともう陽だまりには、黒土も顔を出す。が、朝夕の寒暖の変化は著しい。病気に対する知識の乏しい君代である。だが数年前に体を悪くしてからの坂口は、どことなく精気が感じられなかった。その上に感冒、肺炎と重なれば、仲吉の取乱しようも納得がいく。が、君代はあれやこれやが、いっしょくたに押し寄せてきて、どう坂口の死を受止めていいのか判らなかった。何よりも、坂口の妻との語い、それが原因して、坂口は仲吉の車に同乗しなくなる。時折りしかバスを利用しない君代である。が、待合所もないバス停で、待合せは、凍えそうな吹っさらしに遭うこともあった。そんな毎日の通勤は、虚弱な体質の坂口に、感冒という命とりの病気をもたらしてしまった……。君代はそれ以外には、坂口が死んだということの原因が考えられなかった。鳩尾のあたりから、胸をかきむしるようにして怒りが湧き上ってくる。坂口の妻との語いという、取返しのつかない軽道を責める自分に対する怒りか……。それとも、毎日、同じ職場で働きながら、坂口の死をくい止めることのできなかった仲吉にか……。涙となって、全身の震えとなって……、爆発的に、

「あんた！」

君代は二つの拳をかためて振り上げた。

伸吉は反射的に、納屋の戸口をのけぞって、

「お、おれじゃない！俺じゃない！」

と、蒼白い顔の前で両掌を振りながら、後退っていた。

年譜　鳩沢佐美夫の生涯

木名瀬 高嗣

これまで鳩沢佐美夫（以下、佐美夫と記す）の履歴の典拠とされてきたのは、主に以下の五つの文献である。

①「鳩沢佐美夫年譜」（『日高文芸』9号、一九七一年一一月）
※記載はないが、平村芳美作成。
②「鳩沢佐美夫略年譜」（『若きアイヌの魂　鳩沢佐美夫遺稿集』新人物往来社、一九七二年八月）
③平村芳美「人間鳩沢の周辺」（『日高文芸』12号、一九七二年一二月）
④須貝光夫『この魂をウタリに―鳩沢佐美夫の世界―』（栄光出版社、一九七六年一月）
※「鳩沢佐美夫・作品について」（『日高文芸』11号、一九七二年七月）など複数の稿を元にまとめられたもの。
⑤「鳩沢佐美夫略年譜」（『沙流川　鳩沢佐美夫遺稿』草風館、一九九五年八月）
※①～④を元に、盛義昭が作成。

右記の諸文献はいずれも佐美夫と生前深い親交のあった者たちの筆によるものであり、それぞれに重要な記録である反面、記述に正確さを欠くところが少なくない。共通する弱点は、佐美夫が出生してから創作活動を始める以前、および創作期のなかでもとくに「証しの空文」などの作品が書かれた『山音』時代の情報である。

本年譜は、右記①～⑤に含まれる誤りを修正しつつ、表現者としての佐美夫の活動履歴を理解する上で必要と思われる事実関係を補う目的で作成した。新たな情報の主な源となっているのは、北海道沙流郡平取町の盛義昭氏（元『日高文芸』編集人）宅に保管されてきた日記や書簡など佐美夫の遺品中の記録である。また、とくに戸籍に関わる事柄については、佐美夫の親族である平野栄子氏と平目光江氏の協力によって判明した情報も含まれる。存命中の人々のプライバシーについて配慮したことは言うまでもないが、故人の情報に関しては何をどこまで記述するべきか判断に迷う部分が少なくなかった。既往の文献で言及されていてかつそこに誤りが含まれていることが調査で明らかになった事実については、根拠も含め可能な限り詳細に記録すべく努めたが、実証性に乏しい推論を避けるためにあえて割愛した事柄もある。なお、⑤が部分的に言及している没後の動向は、本年譜に含めなかった。

佐美夫の『山音』時代については、彼の創作活動に最も深く関与していた『山音』編集人の出堀四十三が送った書簡や葉書が現存しており、重要な参考資料となった。佐美夫から出堀宛に送付された私信については、佐美夫の死後最初に山音文学会から遺稿集の出版が企画された際に日高文芸協会会員が出堀の妻りん氏から借用してその一部を起稿したとみられる原稿（表題は「出堀四十三氏宛書簡」）が残されているので、これも参考とした。また、出堀の三男義夫氏には手帳など出堀の遺品を閲覧させていただいた。

なお、本年譜は拙稿「鳩沢佐美夫年表―『日高文芸　特別号　鳩沢佐美夫とその時代』のための暫定版―」（日高文芸特別号編集委員会（編）『日高文芸　特別号　鳩沢佐美夫とその時代』４９１アヴァン札幌、二〇一三年、一五五〜一九三頁）を元に、本書のために加筆と修正を施したものである。初出時には同書の編集に携わった盛氏および額谷則子氏と繰り返し検討を重ねて作成したが、記述に関する一切の責任は筆者が負うものである。

年	月	日	事項	備考
1935（0歳）	8	8	北海道沙流郡平取村大字荷菜村八番地にて、平目美喜（一九一一年四月一五日生まれ）の私生子として生まれる。祖出生時の名は平目佐美夫。祖母平目さた（一八八一年一月一八日生まれ）、祖父平目（旧姓鳩澤）力蔵（一八八五年九月八日生まれ）。	実際の佐美夫の出生日は七月二五日、実父は静内のアイヌ男性であったという。一九三四年春に、ルベルンナイの「親のすぐ横に小さい家建ててもらって、家の農家手伝っていた」。彼は自身の親戚が美喜との結婚に反対したことにより、同年の暮れに実家へ戻るが、その後で美喜が佐美夫を妊娠していることがわかった。佐美夫の名は、美喜の兄栄二が「鳩沢の実父の〝佐〟、美喜の〝美〟をとって名付けた」。美喜はこれを嫌って、生涯彼を「守」と呼んだ。以上は、美喜の語ったとされる内容（平村芳美「人間鳩沢の周辺」二九〜三〇頁）に基づく。 なお、これまでの年譜は佐美夫を「長子」「長男」としてきたが誤りで、実際には一九三四年二月生まれの兄がいた。この実兄は、一九四〇年三月他家に養子縁組。
1936（1歳）	6	25	美喜、力蔵の兄鳩澤コトンハウク（一八六七年一月三日生まれ、平取村大字荷菜字サルバ番外地）と養子縁組をする。	平村「人間鳩沢の周辺」は鳩澤コトンハウクを「力蔵の弟」と誤記しており、『若きアイヌの魂』および『沙流川』の略年譜もこれに倣っている。
	8	10	鳩澤コトンハウク死去。	
			この年、美喜は門別町福満の平賀萬吉と「結婚」。	萬吉は平賀家の養子となった和人。なお、美喜と萬吉との婚姻届は出されておらず内縁関係であった。二人は当初福満で生活したが、のちに萬吉が去場に移り住んだ（平村「人間鳩沢の周辺」三〇〜三一頁）。

1939（4歳）			「五歳頃まで歩行出来なかった」という。	本書所収「証しの空文」一一頁。同作品中で言及される祖母の年齢が数え年に拠っていることから、ここでの「五歳」も同様と考えられる。
1942（7歳）	4		平取村立紫雲古津国民学校に入学。	美喜は入学式に出席しなかったという（平村「人間鳩沢の周辺」三二頁）。
1944（9歳）	1	19	母鳩澤美喜と同籍する入籍届がなされる。このときから戸籍上の名が「鳩澤佐美夫」となる。	佐美夫は母美喜が鳩澤コトンハウクの養子となって以後も平目力蔵の戸籍に残されていた。つまりこのときまで、戸籍上の名は「平目佐美夫」であった。
	6	7	美喜、島野栄子（当時満六歳）を養女とする。	
			この年、脊椎カリエスと診断される。	佐美夫は入学後半年程で体調が悪化し始め、以後は病院を転々とした。一時、室蘭の病院へ通ったが、その帰りの列車で佐美夫の実父と偶然に遭遇したことがあるという（平村「人間鳩沢の周辺」三三〜三四頁）。
1946（11歳）	6	24	美喜、藤根ヨシ子（当時満三歳）を養女とする。	
1948（13歳）	3		平取村立紫雲古津小学校を卒業。	紫雲古津小学校開校百周年記念事業実行委員会（編）『開校百周年記念誌　あぜみち』（二〇〇一年三月）所収の同窓生名簿に記載された名は「平目佐美夫」となっている。
	4		平取村立平取中学校に入学。	
	5		この頃から病状悪化により休学、自宅療養。	

年	月	日	事項	備考
1952（17歳）	2		この頃、歌手・菅原都々子にファンレターを出す。	二月八日消印で、菅原の直筆とみられる返信が送られてきている。宛名は「平賀万吉様方　平目佐美夫」。
	4		井上通信英語学校発行の雑誌『English』に投書。闘病しながら「井講」の通信教育での学習に励む様子を記したものと思われる。	この頃、複数の同世代の若者から激励の手紙・ハガキが送られている。佐美夫の方からも投稿欄などに載った若者宛に手紙を出すなどして、全国にペンフレンドがいた。
1953（18歳）	10		入院期間は不明だが、これより前に平取村立病院に入院したのち、この頃退院した模様。	一〇月二三日消印・S氏葉書。この人の父親が佐美夫と一緒に入院していたことがあり、父の退院後に佐美夫を見舞う内容。宛先住所は去場の自宅。
	12		平取村立病院に肺結核で入院。	この年に佐美夫が厚別観音へ連れて行かれた写真があり、その裏面に「魂、ある姿と思えるかあの当時の苦難がすでに表面に見受ける。この年十二月入院したのだ。」と書かれてあったという（平村「人間鳩沢の周辺」三五頁）。 入院中に病室で撮影した写真が現存しており（『日高文芸　特別号　鳩沢佐美夫とその時代』一頁に掲載）、裏に佐美夫の自筆で「昭和二十九年十二月　入院中の守」と書き込まれている。しかし、これは佐美夫が後から写真の裏書きをした際に入院年を書き間違えたものと思われる。一九五四年一二月前後に佐美夫宛に送られた書簡を見る限り、宛先住所が病院になっているものはなく、すべて去

				場の自宅宛となっている。また、一九五四年四月一五日消印・長野ツタ子書簡では、佐美夫の「たんぜん」姿の写真を送られたことへの謝辞が記されており、その写真が右記のそれと同一のものであった可能性が高い。
1954（19歳）	3		この頃から、母美喜の内縁の夫である萬吉の姓を取って「平賀佐美夫」の通称を用いる（一九六〇年日高文学会入会の頃まで続く）。	現存する「平賀佐美夫」宛の書簡は、この頃のものが最古。それ以前はほとんどが「平目佐美夫」となっている。
	5		この月の前半頃に退院。	五月一五日消印・N氏書簡に、佐美夫がこれより前に病院から出た旨の記述があるので、退院はこの日以前であることがわかる。
		27	この日から同月三一日まで、大学ノート四頁にわたって日記を書き残す。	この日記は去場の自宅で書かれている。『沙流川』にはこのノート全体が「昭和三十一年」に書かれた日記として収録されているが、誤りである。これは、佐美夫の死後、日高文芸協会会員らが山音文学会から出版すべく計画していた最初の遺稿集に収録するためにノートから起稿された際に、執筆年記載のない最初の四頁が（「昭和参拾壱年」と明記されている）五頁以降と同じ年に書かれたような体裁を作り出すべく改竄がなされたことに由来する。現存する原日記に当たって校訂した修正版を「鳩沢佐美夫日記　I（大学ノート）　一九五四（昭和二九）年五月二七日～五月三一日、一九五六（昭和三一）年五月一一日～九月二一日」として『藤女子大

年	月	日	事項	備考
				学国文学雑誌』75号（二〇〇六年九月）に掲載。同誌には、最初の四頁を一九五四年に書かれたものと解釈する根拠などを論じた拙稿「鳩沢佐美夫の最初の日記について」を解題として付した。
	6		俳句雑誌『はまなす』の定期購読を申し込む（同年一一月分まで）。	札幌のはまなす発行所が刊行する雑誌。佐美夫は佐々木フミ（のちに日高文芸協会会員となる）に紹介されて申し込んだ（一九五四年五月二五日消印・佐々木フミ書簡）。五月三一日の日記には、見本誌が送られてきたので「愛読して行くと決心して三〇〇円送る様にして置いた」とある（『藤女子大学国文学雑誌』75号、四二頁）。
1955（20歳）	5	5	祖母さたが本州方面での興業に参加。	本書所収「証しの空文」四五頁。 新宿角筈・いでゆ旅館に滞在中のさたが佐美夫に宛てて出した葉書が残されている（七月六日消印、宛名は「鳩澤まもる」。旅館の従業員などに代筆してもらったものと思われる）。七月一九日付で出された未払い給金の証文二通も現存（本書三頁の写真）。この証文が、のちに「証しの空文」の題材となった。
	12	30	さた、本州方面での興業を終え帰宅する。	本書所収「証しの空文」四六頁。
1956（21歳）	3	6	祖父平目力蔵死去。	
		31	路上で自転車とともに撮った写真がある。	『日高文芸　特別号　鳩沢佐美夫とその時代』一頁に掲載。裏に佐美夫の自筆で日付などの書き込み

年	月	日	事項	備考
				あり。撮影場所は自宅近くと思われる。
	5	11	一九五四年五月に日記を記した大学ノートの五頁目から、日記を再開。九月二一日まで断続的に書いた。	この日記も一九五四年五月のものと同様に、去場の自宅で書かれている。『沙流川』に収録されているこのノートの日記が起稿される際に施された改竄などについては、一九五四年五月二七日の備考欄を参照。
			この年、美喜が平賀萬吉と離別か。	平村芳美の筆による「鳩沢佐美夫年譜」(『日高文芸』9号)および「人間鳩沢の周辺」はこれを一九五八年のこととしていたが、『若きアイヌの魂』所収「鳩沢佐美夫略年譜」では一九五六年に修正され、『沙流川』所収の盛「鳩沢佐美夫略年譜」では再び一九五八年と改められている。また、須貝『この魂をウタリに』一三頁では「昭和十一年離婚」としているが、これは「三十一年」を誤記したものであろう。この年の日記には萬吉をめぐる家庭内トラブルとおぼしき内容の記述が散見されることから、離別もこの年のことと推測される。
1957（22歳）			この年度の平取町立病院の請求書が佐美夫の遺品のなかに残されているが、入院していたか否かは不明(入院を示す欄には印がない)。	
1958（23歳）			平取町立病院に入院。以後、一九六〇年三月まで病棟での療養生活が続く。	旧来の諸文献では、佐美夫が一九五八年秋に病院から退院し大和生命保険相互会社の外交員の仕事を始めたとされてきた。しかし、この年の一～二月、および一二月から一九六〇年三月まで入院していた

年	月	日	事項	備考
				ことを示す平取町立病院の請求書が佐美夫の遺品のなかに残されている。請求書が現存しない期間のうち、少なくとも一九五八年五〜八月頃の間に病院で生活していたらしいことは、その時期に佐美夫宛に送られた書簡の宛先や内容からうかがえる。また、保険外交員の仕事についても、現存する佐美夫宛て書簡を総覧する限り、同社およびその関係者からの来信が一九六〇年と一九六一年に限られることから、仕事を開始したのは一九六〇年春の退院よりも後のことと推定される。
	10	23	のちに「入院雑記の内よりその一　嫉妬」となる詩が日記に書かれる。	日記は現存せず。
	11	7	のちに「入院雑記の内よりその二　暗い診断」となる詩が日記に書かれる。	日記は現存せず。
1959(24歳)	2	3	「ピラトルの春」(『山音文学』60号、一九七三年四月)にこの日のノートが引用されている(同二四頁)。	ノートは現存せず。
1960(25歳)	1		浦河町で発足した日高文学会に入会する。	同会を立ち上げたのは、のちに作詞家たかたかしとして数々のヒット曲を生む中原均(高橋広雄)、同町出身で画家の伏木田光夫、当時浦河高等学校教諭であった須貝光夫ら。一月一〇日の同会発会式の直後、北海道新聞(日胆版)に「〃日高文学〃誕

			生」の記事が掲載される。佐美夫はそれを見て入会したという。 　この頃から佐美夫が「平賀佐美夫」の通称を用いることをやめて「鳩沢佐美夫」を名乗るようになったことが現存する書簡の宛名の変化からわかる。『日高文学』創刊号の同人名簿では、氏名欄が筆名「鳩沢佐美夫」、（　）で付記されている本名が「平賀佐美夫」、住所が「平取局内町立病院内」となっている。
3		平取町立病院を退院。	
	12	『日高文学』創刊号合評会に出席。	
5		創刊から『日高文学』編集を主に担っていた中原均が浦河を離れ東京へ。同誌3号（一九六〇年七月）から須貝光夫が編集責任者となる。	
9		須貝が『日高文学』5号の「特集・日高の諸問題」のために「アイヌ人問題」について書くよう佐美夫に依頼状を出す。	この依頼状に対し、九月二五日付で返信（『若きアイヌの魂』一四五～一四六頁）。このなかで、佐美夫は自分が「保険外務員」として働いていることを記している。
10		「入院雑記の内よりその一　嫉妬」（『日高文学』4号）	原稿は現存せず。
		「入院雑記の内よりその二　暗い診断」（『日高文学』4号）	原稿は現存せず。
11		この頃、体調悪化のために保険外交員の仕事を休んでいた。	一九六〇年一一月八日消印の大和生命保険相互会社札幌支社長からの書簡に、佐美夫が静養中で

年	月	日	事項	備考
				あることを心配し、早い復帰を切望する旨が記されている。また、同月一二日消印の大和生命道南支部長からの葉書にも、「君の休んでいるのが、大打撃だ」とある。
	12		「アイヌ人の抵抗」(『日高文学』5号)	原稿は現存せず。のち、『若きアイヌの魂』に再録。 一九六九年八月に行った札幌東高校歴史学研究同好会の生徒たちとの座談会のなかで佐美夫は、かつて萱野茂と観光について話し合った際に萱野が「見に来る奴らからうんと金ふんだくってやるのがアイヌの現在の仕返しだ」と言ったことに「非常に憤りを覚えて、先生が主宰していた日高文学に発表したことがある」、と発言している(『コブタン』25号、二〇〇五年八月、一五頁)。須貝は「このやり場のない怒りをペンに託して書きあげた」のが「アイヌ人の抵抗」であったと述べたことがある(「鳩沢佐美夫・作品について」『日高文芸』11号、二九〜三〇頁)が、同論文を『この魂をウタリに』第三章として再編した際には、その箇所を削除している。
			「初産を終って」(『日高文学』5号)	原稿は現存せず。末尾に書かれた日付は一九六〇年一〇月一四日となっている。
1961(26歳)	1	1	この日から一一月二三日まで、大和生命保険相互会社から支給された手帳に日記を書く。	原日記が現存する。また山音文学会から出版すべく計画していた最初の遺稿集のために盛義昭が書き起こしていた原稿も保存されており、それを

			原日記と照合して校訂したものを「鳩沢佐美夫日記Ⅱ（手帳）　一九六一（昭和三六）年一月一日～一一月二三日」として、その解題的な内容を含む拙稿「〈善意〉の落穂―鳩沢佐美夫の作品・遺稿集の成立、および鳩沢佐美夫日記（一九六一年）の周辺―」と併せて『藤女子大学国文学雑誌』76号（二〇〇七年三月）に掲載。
	21	『日高文学』第5号合評会に参加。	日記には「人種的点」で「相当多くの問題」に直面したと記されている。後日須貝光夫に宛てた手紙のなかでは「不備を痛く屈辱的に意識し」たとも吐露し、批評に対する十分な応答ができるだけの材料が自らに備わっていなかったことを痛感したようである（『若きアイヌの魂』一四八頁）。
3	8	「颯然たる論（騒）『アイヌ人の抵抗反省記』」を完成（生前未発表）。	日記に「2月予定　創作書下し完了、随筆一篇書く。第五回合評会反省記、書く、」という記述があり、この年の二月頃から書き始めたものと思われる。 現存する浄書稿は日高文学の原稿用紙に書かれている。『若きアイヌの魂』に収録されている「「アイヌ人の抵抗」反省記」はこれを元にしている。
		「コント　十円玉」（『日高文学』6号）	原稿は現存せず。
		「コント　いやな感じ」（『日高文学』6号）	原稿は現存せず。末尾に書かれた日付は一九六〇年一〇月一七日となっている。
		「同人よこ顔」（『日高文学』6号）	原稿は現存せず。

年	月	日	事項	備考
	5	17	祖母さたを連れて豊浦町の相川神霊教院へ行く（のちにこのときのエピソードが「証しの空文」で描かれる）。その帰りに、山音文学会を主宰する赤木三兵（本名・宇川渡、北海プリント社社長、豊浦町大和在住）と豊浦駅にて会い、約四〇分話し合う。	このときの様子に言及している須貝光夫宛書簡（『若きアイヌの魂』一六〇～一六四頁）は、「一〇月二六日」のものとされているが、誤り。その他の箇所での内容（田植えの風景に言及されているなど）から判断して、五月下旬頃に書かれたものと推定するのが妥当。
	6	11	さたの子守唄とユカㇻ、美喜のヤイサマ、自らの「アイヌ人の抵抗」の朗読を録音。	オープンリールテープが現存。
		13	平取の濱口一一商店からオートバイ（ホンダ・スーパーカブC100）を購入。	日記によれば、六月一五日にナンバーを取得。この年の佐美夫は数え年で二七歳。須貝光夫はオートバイの免許取得時期を「十七歳頃」としている（須貝『この魂をウタリに』一五頁）が、誤記と思われる。
			この頃、去場の自宅を出て下宿する計画を立てている。	六月二七日付須貝宛書簡のなかで、「十月頃自家を出ます。部屋借りでしばらくのんびり静養し、体を整えて出発したいと思います。このままでは神経質な知能を狂わせてしまいます。部屋もみつかりましたので今からその準備をします。場所は富川町です。」と書いている（『若きアイヌの魂』一六〇頁）。しかし、実際には家を出なかった。
	8	26	佐美夫と含む複数の日高文学会会員が浦河の伏木田光夫宅	この日の日記に、伏木田宅に泊まった旨の記述あり。『藤女子大学国文学雑誌』76号、一〇五頁。

年	月	日	事項	備考
			に集まり、日高文学会の存続について話し合う。	
	10	7	「戯曲　仏と人間」を完成（生前未発表）。	四月一〇日の日記に「仏と人間の戯曲一幕書く」という記述が初めて登場。以後、五月二日に一度「完了」したのち何度か手を加えながら九月二三日に清書、一〇月七日に「仏と人間完成す」とある。　現存する浄書稿を元に、須貝光夫が『コブタン』18号（一九九五年一一月）に掲載。
		14	原稿を浦河へ送付。	この日の日記には「原稿、金、浦河ぇ送る」とあるので、日高文学会の会費も一緒に送金したと思われる。原稿（のうちの少なくとも一つ）は「戯曲　仏と人間」であったようだ（後日、ある同人から感想とともに送り返されている）。
	12		この月の中旬、日高文学会解散。	
1962（27歳）	1	12	伏木田幸子（土美）、日高文学再発足の呼びかけ。	日高文学会が一九六一年一二月中旬をもって解散したことを知らせる葉書（一月一三日消印）が残されている。そこには「第一次日高文学活動挫折の苦い思い出を、強く胸にたゝき込み、第二日高文学発足に踏みきるため、熱意ある人々の参加を、強く呼びかけます。　昭和三十七年一月十二日　伏木田土美」とあるが、呼びかけに応じた人数が少なくまた経済的基盤も脆弱であったことなどから、結局『日高文学』の発行までには至らなかった。
	2		肺結核が再び悪化し、平取町立病院に再入院。	

年	月	日	事項	備考
	8	30	祖母平目さた死去。	
	10		山音文学会入会。	一〇月一一日消印・赤木三兵葉書に「本日申込書拝受しました。舞台は与えられました。」と記されており、佐美夫が山音文学会に入会したことがわかる。
	11	10	『山音文学』が『山音』に改題（出堀四十三が主宰する『風貌』と合併）。出堀四十三（健富義夫）を編集人、木村南生と斎藤伝を編集委員とする新編集体制となる。	
1963（28歳）	1	24	出堀四十三、この日消印の葉書で『山音』31号用原稿を佐美夫に依頼する。	出堀から鳩沢に送られた最初の通信文。佐美夫はすぐに返信し、出堀もそれに応えて第二信（一月二九日消印・出堀葉書）を送っている。返信のなかで佐美夫は、完成すれば一二〇〜一三〇枚となる創作（「証しの空文」か？）に取り組んでおり、脱稿が間に合わなければ二回に分けて前半を『山音』31号に載せてほしい旨の希望を出堀に知らせている。それに対し出堀は、連載発表では効果が薄いとし、自らの好きな上林暁の作品を引き合いに出して「五、六十枚の短篇を歓迎したい」と記している。このように短篇優先主義とでも言えるような出堀の指導はその後も続く。 　佐美夫はこの求めに応じ、あらかじめ書いてあったとみられる「雪の精」の原稿を送ったのち「仏と

	4
	「雪の精」(『山音』31号)
人間」についても掲載を打診したようである。これに対し出堀は、前者については「随筆というより立派な掌篇(小説)」であるとして好意的に評価しながら(二月二二日消印・出堀書簡)、後者については「書いてあるものなら拝見」するが「発表は保証しません」と、原稿を見る前からやや厳しく突き放した態度を示し、短篇を数篇書いて経験を積むようアドバイスをしている(二月二七日消印・出堀書簡)。その後、佐美夫が「仏と人間」の原稿を出堀に送った形跡はない。	「颯然たる論(騒)『アイヌ人の抵抗反省記』」とほぼ同時期に並行して書かれていた作品。一九六一年三月一日の日記には書き終えた旨の記述があるが、この日以後の時期にも手が加えられたとみられる。現存する同作品の浄書稿には末尾に「一九六二年、ある雪の降る日。」と記されている。 この作品の掲載にあたって、出堀はあらかじめ佐美夫に断った上で、提出された原稿に大幅な改稿を施した。しかし、佐美夫は印刷されたものを見て不満を表明した模様。これに対し出堀は、自らの「誤読」を陳謝するとともに「この種のものはヴァリエーション(改作)か可能な訳ですから今後も書いて下さい」と釈明した(五月七日消印・出堀葉書)。 『コタンに死す』に再録された「雪の精」は、現存する浄書稿を元にしている。これは「仏と人間」の浄書稿の一部にも使われているコクヨの原稿用紙

年	月	日	事項	備考
				に書かれており、両者はさほど遠くない時期に書かれたものと推測されるが、この浄書稿には出堀が書き加えたはずの修正跡がない。出堀は原稿を佐美夫に返送する際に「インクで手を入れてあるので大変作者にすれば気を悪くされるのではないか」と佐美夫に詫びていた（四月二四日消印・出堀葉書）。このため、現存する浄書稿は佐美夫が出堀に送付したものとは別物である可能性が高い。
	6		「折り鶴」（『山音』32号）	一九六一年六月と七月の日記にこの作品の名が現れることから、その頃に書き進められていたものと推測されるが、出堀宛に送付したのは「雪の精」よりも後であったようである。出堀は四月四日付の書簡で、「折り鶴」については（「雪の精」とは違い）十分に推敲されているので加筆添削なしにそのまま掲載できると判断した旨を告げているが、現存する浄書稿は日高文学の原稿用紙に書かれ、出堀による字句等の修正跡が残されている。
			「編集室通信　鳩沢君の近況」（『山音』32号）	署名記事ではないが、執筆者は出堀である。
	8		「証しの空文」（『山音』33号）	この作品の表題「証しの空文」は佐美夫自身が構想・執筆段階で提示したものであったが（四月一八日消印・出堀書簡）、初稿が送られた五月の段階で、出堀はこの作品を「短篇三つからなる連作」と捉え、作品全体に「祖母」、三篇にそれぞれ「お婆さんっ子」「お婆さんの神様」「証しの空文」という表

題を付けることを提案した。同時に、とくに第二・三章において、祖母との行動などを細かく時系列的に記述していることや、祖母があった詐欺について直截な告発的表現を用いていることについて、もっと省略や飛躍を生かすことにより印象的・暗示的な効果を出すようにアドバイスもしている（五月一七日消印・出堀書簡）。

　出堀はこれ以前の時点から、事実のみを書くことに拘らず虚構を交えることによってこの作品の「文学」的な価値を高めるべきことを伝え、改稿に関する具体的な助言を繰り返し与えていた。佐美夫は改題と小見出しについての提案は受け容れず我を通したものの、内容については出堀の助言をある程度踏まえながら完成稿を書き上げたとみられる。しかし、出堀は原稿を印刷に回す段階で、佐美夫の書いた「第一章」「第二章」「第三章」の文字を消し代わりに「1. おばあさんっ子」「2. 祖母の神様」「3. 証しの空文」という小見出しを付けた。現存する自筆原稿には、小見出し以外にも出堀による字句等の修正跡が散見される。『コタンに死す』および『沙流川』に収められた「証しの空文」は、各小見出しの「1.」「2.」「3.」の数字が削除されている。

　飯田祐子・日高佳紀・日比嘉高（編）『文学で考える〈日本〉とは何か』（双文社出版、二〇〇七年四月　※翰林書房から二〇一六年九月再刊）、および川村湊（編）『現代アイヌ文学作品選』（講談社文

年	月	日	事項	備考
				芸文庫、二〇一〇年三月）にも再録（前者は『コタンに死す』、後者は『沙流川』を出典とする旨の付記あり）。
	10		「証しの空文」に対する伊谷善司、木村不二男、木村南生、健富義夫の批評（『山音』34号）	木村南生は同作品の表題について、「〝祖母〟というアイヌ語の方が一番ピンとくる。これは作者の祖母ではなくて、アイヌ族全体を代表しての祖母という意味にとっていいと思います」と評している。もともと「祖母」という表題を佐美夫に薦めていた出堀はこれに賛同しているが、木村が「ピンとくる」と言ったのはアイヌ語の表題、つまり「フチ」であったのだろう。また、同じく木村南生が用語・用字の問題を挙げていることについて、出堀は佐美夫が「堅い感じを与えるだろう熟語になみならぬ偏愛」を持っていることを指摘。この点、出堀はたびたび私信の中で佐美夫に苦言を呈していたのだが、逆にここでは「他面、それが、短く区切った個性的な文章と相まって、一種非情の感覚的な美しさをもたらす効果」を出している、と擁護していることが興味深い。
		12	鳩沢が札幌を訪れ「雪印コーナー」で出堀と面談。	出堀遺品の手帳（出堀義夫氏所有）に記載あり。雪印パーラー（北三条西三丁目）の誤記か。
	12		「F病院にて」（『山音』35号）	入院中の病棟で佐美夫と同室だった和人男性患者が残した日記を元に構想された作品。最初のアイディアをまとめた創作ノートは、六月段階で出堀に示されている。佐美夫はこの素材から和人とアイ

ヌとの関係を論じたいとの希望を表明したようである。それに対して出堀は「日記一本のもの」として作品を書くようにアドバイス、和人の「アイヌ人観」はあくまでも「日記の内容のなかに」示されるべきこと、さらには一見平凡で何気ない表題（これが出堀の好みであった）のもとで「アイヌ人の発想」を描き込むことによって作品も題名も生かすべきことを提案した（六月一四日消印・出堀書簡）。その結果、前半部は日記をベースに和人男性患者・滝川の視点で書かれ、滝川の病態が悪化する後半部はアイヌ青年S（モデルは佐美夫自身）の視点に移動するというポリフォニック（多声的）な展開となった。

物語の舞台はB町（モデルは平取）の町立病院。そこへF村（モデルは振内）にある同病院の分院（F病院）から滝川が転院してくるところから話は始まる。したがって「F病院にて」という表題は意味不明なのだが、実はこれは出堀が、最初に佐美夫の提出した表題「日本人とアイヌ人」（一〇月七日消印・出堀葉書）を却下して編集段階で付けたものである（一〇月二九日消印・出堀書簡）。原稿を素読する段階で錯誤したままこのような表題を付けてしまったとみられる。

ところが、『コタンに死す』に収められた同作品には、この『山音』掲載版の混乱した表題にむりやり整合性を与える目的と思われる奇怪な改竄が何者

年	月	日	事項	備考
				かによって施されている。つまり、『コタンに死す』版では、『山音』版の本文中で「F病院」という表記のある箇所のうち、①F村分院を指すものとして読まなければ文意が通らなくなるような箇所をわざわざ選んで「F分院」という表記に書き換え、②B町の本院を指すように読めなくもない箇所を逆に「F病院」のままにして残す、という処理が行われているのである（ただし、②の箇所も元々はF村の分院を指すものとして書かれたわけだから、そのように読んだ方が自然に文意をたどれることは言うまでもない）。これは、①滝川がかつて入院していた病院を「F分院」、②物語の舞台となっている病院を「F病院」として、それぞれ別の病院を指す語であるかの如く事後的に仕立て上げるべく、おそらくは『コタンに死す』の編集段階で行われた修正である。しかもこうした作為によって、かえって『山音』版にはなかった本文テクスト上の混乱が生じている（『山音』版では混乱していたのは表題のみであって、本文テクストではなかった）のであるから、全くもって余計なお節介であったと言うほかあるまい。 なお、この作品の原稿や草稿の類は一切残されていないが、アイディアの元となった日記は現存している。

年	月	日	事項	備考
1964（29歳）	1	1	各方面に送った年賀状で、次作について予告。	「今年は一生県命勉強して「なんだか知らないけど」（百枚）と「白樺」（約百五十枚）などを発表したいと思っております」（原文のママ）という一文が印刷されている。前者はのちに「遠い足音」となるもの。後者は佐美夫の死後に木村南生によって「ピラトルの春」（『山音文学』60号、一九七三年四月）として補筆完成される。二作品とも、下書き段階の稿が現存している。
			上旬、石沢（盛）義昭を山音文学会に入会させるため、手紙で出堀に紹介。	一月七日消印・出堀葉書に「石沢氏のこと了承しました」とある。佐美夫が同封した石沢の詩稿は、「無題の詩二篇」として『山音』37号に掲載。
		27	『北海道新聞』夕刊「同人誌評」で、和田謹吾が「証しの空文」を「類型的」と評する。	この批評に出堀は憤慨（二月一日消印・出堀葉書）。これが佐美夫へのより強い叱咤激励をもたらす要因となったようであるが、佐美夫の側は「ぼくは、あの批評を、全く気にしていない（類型的評をのぞいては）のは、次作にある種の自負心を持っているからです」と返信している。
	2		この月の初め、のちに「遠い足音」となる作品の初稿を『山音』37号用に投稿するが、出堀からは分割・改稿することを提案される。	これに佐美夫は少なからずショックを受けたのだろう。出堀には同作品の発表見合わせを示唆し、これに対し出堀は具体的な改稿指示を出したり励ましたりしているが、結局は佐美夫の側から、37号への掲載見送りと時間をかけて再考することを告げた（二月二〇日消印・出堀葉書）。 また、佐美夫は道外に住むある山音文学会同人にこの件について泣き言を書き送ったと見られ、この同人からのこの月の書簡に、「分けて掲載する

年	月	日	事項	備考
				わけにはまいりませんか。長い間かかって書き上げられたあなたの命にも等しいものをほんとうに残念に思います。もう一度編集者の方へお問い合わせになってみてほしいと思います。」「あなたがおっしゃっていらしたでしょう、「真実のアイヌの姿はもっと人間的で理想に満ちている」と。少しぐらいのことでくじけてはなりません。理想に向って進むのです。そこに初めて道が開けるのだと思います。」と励まされている。ちなみにこれ以降、この同人との頻繁な文通は同年七月頃まで続いた。
	6		下旬、札幌の出堀宅を予告なしに訪問。	六月二九日消印・出堀葉書。佐美夫は出堀宅に泊まらず帰っている。須貝は、佐美夫が自宅を訪ねてきた際に出堀が息子に向かって「アイヌ人でさえ、これくらいの作品が書けるんだから、お前に書けない筈がない」云々といった差別的発言をして佐美夫を怒らせた旨の内容を自著で繰り返し書いている。これが事実ならばこのときの出来事か。 このとき出堀が佐美夫に対し、「証しの空文」を改稿の上で中央文壇誌に投稿することを提案したものと思われる(七月一七日消印・出堀葉書)。
	7	15	「〝アイヌ祭り〟に反論」(『北海道新聞』夕刊・読者の声)	七月七日同紙夕刊・読者の声欄に掲載された萱野茂「アイヌ祭りに協力を」への反論。同年八月に旭川で予定されていたアイヌ祭りをめぐって。佐美夫の肩書きは「療養者」となっている。下書きなどは残されていない。

	「遠い足音」（『山音』38号）	右のような経緯を経て、前編を脱稿・送付したのは六月下旬。表題を「遠い足音」としたのは出堀である（六月二七日消印・出堀葉書）。なお、このときの浄書稿を書いたのは佐美夫自身ではない。この浄書稿は現存。
8	中旬、「遠い足音」の続編を書き上げるも、病状悪化のため以後の執筆を断念。	八月一六日消印・出堀葉書。このなかで出堀は、「どうも無理に執筆を依頼した小生が悪いように思えてなりません」と反省の弁を述べている。
9	「（続）遠い足音」（『山音』39号）	出堀のもとに届けられた原稿は完成稿ではなかったようで、最終的な補筆・浄書は出堀が行っている。この浄書稿は現存。「六」に登場する「秀雄」のくだりは、出堀が「おわりの方のある個処にうまくはめ込みました」と佐美夫に伝えており、佐美夫が原稿本体とは別に加筆用の草稿に書いてあった内容とみられる（八月一七日消印・出堀葉書）。 『コタンに死す』および『沙流川』には、「遠い足音」「（続）遠い足音」を一つにまとめ「遠い足音」として再録されている。この作品の下書き段階の稿も現存する。
	健富義夫「編集室通信　鳩沢君のことなど」（『山音』39号）	二年間の佐美夫の作品を紹介。
	健富義夫「編集後記」（『山音』39号）	佐美夫が「執筆を断念しなければならぬ最悪の状態に立ち至った」ことが告げられる。また、「ご承知の向きもあろうかと思うが、若冠29才の同君はアイヌ族出身である。このことをお知らせすると共にあわせて同人諸兄の心あたたかい今後のご声援をお願

年	月	日	事項	備考
				いしたい。」「同君の念願は同族のあるがままを描くことにあるのは云うまでもない。常々もらされるのは、アイヌ族を取材したもろもろの作品群に見られるものと違った、それは私どもには「未知の存在形式」たる同族の実体を、その皮膚感覚で自ら描いてみたいというにある。作品一つ一つの実作の積みかさねによって除々にではあるが、それを立派に実証していると見たい。」（原文のママ）とある。
	10	22	出堀、平取町立病院に佐美夫を見舞う。このとき佐美夫は、山音文学会を退会する意向を示す。	一〇月二四日消印・出堀書簡。このとき、出堀は「証しの空文」を改稿し、『文学界』か『展望』に投稿することを提案。手紙の文面が促すような語調であることから、佐美夫がこれに消極的であった様子がうかがえる。また、『山音』41号に出堀が鳩沢佐美夫論を書くことを告げる。山音文学会退会については、出堀来訪の前日にあたる二一日付の須貝宛書簡にも、「山音誌とも、今年限りで別れである。あとはどこにも所属せず作品を書きためて行きたい。」とある（『若きアイヌの魂』一六九頁）。 翌一一月前半、佐美夫は出堀が「判断に迷う」ような内容の葉書を送っている。それへの返信にあたる手紙（一一月一五日付・出堀書簡）で、出堀が佐美夫に伝えていることの要点は以下（引用はすべて原文のママ）。①「遠い足音」が「児童心理を捉えたよい作品」であること（佐美夫が同作品の出来映えに満足していなかったものと思われる）。②東

				京（『文学界』）に『山音』誌を送ったことについての釈明。「同人雑誌級で山音の作品がどの程度評価されるかを知りたいため」と、「道新評は作品を読む力のない奴の撰択で大部公平をかくから」。ここで「人種的同情心などは夢ゆめ持たぬし、またもってはならぬと思う」とも述べていることから、佐美夫は一連の出堀の行動を「人種的同情心」とする懸念を抱き表明した可能性がある（出堀が三九号「編集後記」で彼をアイヌと紹介したことも関係しているだろう）。③出堀が執筆する意向を示した鳩沢佐美夫論を、佐美夫がやめてほしいと要請したらしいこと。④山音文学会退会は見合わせ、体力の回復を待つとともに、もし作品を書けない状態が長引くようならば出堀がノートを「借用し、何らかの型で発表可能のものがあるなら、日記、あるいは断章として発表する」ことを提案。⑤追伸として、「証しの空文」の具体的かつ詳細な改稿私案。
1965（30歳）	1	1	この日から八月三一日まで、カレンダーに日記を書く。	「鳩沢佐美夫日記　Ⅲ（カレンダー）一九六五（昭和四〇）年一月一日～八月三一日」として『藤女子大学国文学雑誌』75号（二〇〇六年九月）に掲載。
			この頃、出堀が「証しの空文」を改稿し「祖母」と改題した原稿を、第1回太宰治賞（筑摩書房『展望』）に応募。	この応募の際、オリジナルの「証しの空文」が載った『山音』33号の残部がなく、佐美夫の了承を得ずに出堀が改稿した生原稿で応募した。出堀曰く、「家内に清書させ、送りましたが、一応浄書後、貴兄に送って見て貰うつもりでしたが、前回のおはがきのようにまだまだ駄目、このまゝにしておいて

年	月	日	事項	備考
				くれと云われるような気がして、独断でしたがやって見ました。」（一月一八日消印・出堀書簡、原文のママ） 　一月二三日付・須貝宛書簡に以下の記述がある。「今（二十一日午後三時半）〝山音〟編集者出堀氏より書状ありました。それによると例の〝証しの空文〟を〝展望〟の太宰賞に応募しました。とありました。承諾を求めようと思ったが、まだ駄目！といわれると思い独断で応募したと諒解を求めて来たのです。とにかく、宣伝も大切だ！というのです。本人以上に何か彼の方が性急なような気がします。とにかくぼくはもっと少くとも、次の作品が見えるまで、姿を隠しておきたかったのです。でも、今となっては仕方がありません。自らを識る上にはいいことかも知れません。いずれにしても書くのはぼくなのです。自らのシステムを崩さずに合理的な日常を送りたいと思っています。」（『若きアイヌの魂』一七一〜一七二頁）
	2		久保田正文「同人雑誌評」（『文学界』19－2）	「遠い足音」を論評。「アイヌの特殊性を押しつけないで書いているところがよい。編集後記を見ると〈ご承知の向きもあろうかと思うが弱冠二十八才の同君はアイヌ族出身である〉云々としてある」「文学作品の評価の上ではアイヌ出身であることが何かの条件になるわけでない」というもの。これに対して佐美夫は須貝宛の書簡のなかで「ずい分生きた言葉だと思います。僕自身も充分このことを考えてき

			ました。それだけに身分を証さずに来たのです。ロはばったいかも知れませんが、僕はあくまでも芸術分野における一探求家として歩んで行きたいです。編集後記のことは編集者の一存において行なわれたことで、僕には何の関係もないことです」(『若きアイヌの魂』一七〇頁)と述べ、編集後記を書いた出堀を暗に批判している。
		「『古潭の唄』の章を読んで」(『山音』41号)	「K博士」(＝金田一京助)への批判を含む内容。本文末尾に「(三八・十一)」とあるが、(昭和)三九年一一月の誤りか。原稿は現存せず。
		木村南生「作品私評」(『山音』41号)	「遠い足音」について言及。末尾に出堀が「余白に」と題し、佐美夫について「力倆また優うに道内A級に進出し得た」とコメント。
		出堀四十三「読書放浪―金田一京助随筆選集など」(『山音』41号)	このなかで「証しの空文」に触れている。事実上これは、佐美夫にやめてくれと言われていた鳩沢佐美夫論と言うべき内容。
6	19	自宅に平賀サタモ、鍋沢ネプキらを招き、ユカラ、ヤイサマなどを録音する。	オープンリールテープが現存。
	24	宇宙友好協会(CBA)による「国際円盤デー」の行事が開催されている「ハヨピラ」へ赴き、批判を行う。	「ハヨピラ」は平取町本町市街の外れにある崖。UFO研究団体のCBAが会員名義でこの土地を取得し、彼らが「宇宙のブラザー」とみなしたアイヌの人文神オキクㇽミカムイを記念する「太陽のピラミッド」を当時建設していた。この日の日記に「今日はまた、ハヨピラで円盤問題で論じ合う。愚かしきこと。なんであのような団体が出現するのであろ

年	月	日	事項	備考
				う」と記している（『藤女子大学国文学雑誌』75号、七二頁）。
	7	28	『北海タイムス』に投書。同社企画の「北海道百景」に「ハヨピラ」が選出されたことを批判した。	この日の日記に「ハヨピラ問題の投書文を書いたが、果してどんなものであろう。なんか黙ってはいられない。いつかと機会を待っていたが…とにかくタイムス社に投じた」とある（『藤女子大学国文学雑誌』75号、七五頁）。この投書の下書き段階とみられる草稿が現存。
			出堀四十三「「読書放浪」修正」（『山音』42号）	主に「証しの空文」に言及した箇所の差し替え。
			編集部「編集室問答」（『山音』42号）	
	9		「盛夏の陽光」（『山音』43号）	『山音』の編集体制への不満を吐露したエッセイ。その不満は同誌同人の不甲斐なさに対しても向けられている。末尾に出堀による応答が「お答えに」と題して添えられている。
			健富義夫「「翌檜」の作者に」（『山音』43号）	「祖母」と同時に太宰治賞に応募した河精太「翌檜」について論評。出堀の意図としては「祖母」が本命であったが、その生原稿とともに参考として（「遠い足音」「続・遠い足音」の載った）『山音』38・39号を同封したところ、まだ連載途中だった「翌檜」が筑摩書房の担当者の目にとまり応募を薦められたという。
			健富義夫「編集後記」（『山音』43号）	「祖母」が太宰賞の選外となった旨の記述がある。また、六月に佐美夫宅に招待されたときのことにも触れている。

年	月	日	事項	備考
	10		この頃、のちに木村南生によって「ピラトルの春」(『山音文学』60号)と題して発表された作品の下書き稿を完成させたとされる(須貝光夫『ピラトルの春』論考」『山音文学』61号)。	この下書き稿は現存する。
	11	21	鍋沢とよ宅(平取)を訪問し病床でインタビュー録音。	「対談　アイヌ」で言及される。録音テープは所在不明。
1966(31歳)	6		「祖母」(『山音』45号)	出堀および妻の出堀りん等の筆によるとみられる浄書稿が現存(原稿の表題は「祖母—「証しの空文」改題」)。
			健富義夫「編集後記」(『山音』45号)	「祖母」を掲載するに至った経緯の説明。
	9		入院中に右手中指の第一関節から先をナイフで切り落とす。	「病院より連絡を受けた母美喜はベッドを囲うカーテンの外で一週間付き添う。この間鳩沢は水一滴さえ飲むことをしなかった。」(『沙流川』所収「鳩沢佐美夫略年譜」二九九頁) これ以後、佐美夫は左手で字を書くようになる。これによって生じる彼の筆跡の変化は、日付等が不明な草稿やメモの執筆時期を推測する際の手がかりとなる。
1967(32歳)	1	2	平取町立病院から失踪。	失踪中、バチェラー八重子の墓、相川神霊教院、大谷地観霊院を訪ねていたという(『沙流川』所収「鳩沢佐美夫略年譜」二九九頁)。
	1	9	札幌で発見される。	

年	月	日	事項	備考
	1	19	この日から四月一九日まで、赤い表紙のノートに「灯」と題する日記を書く。	『若きアイヌの魂』に収録。
	3	18	鍋沢ネプキ、平賀サタモのユカラを録音。	オープンリールテープが現存。
	9	1	平取町立病院から自主的に退院。	
1968（33歳）	1	1	この日から一二月三一日まで、手帳に日記を書く。	『沙流川』に収録されている「昭和四十三年」の日記は、日高文芸協会会員らが山音文学会から出版すべく計画していた最初の遺稿集のために手帳から書き起こした原稿を元にしている。原日記が現存する。
	2		第4回太宰治賞に「祖母」を応募。第1回と同様に、出堀が佐美夫に無断で行ったものと思われる。	二月九日付で「祖母」を受領した旨の、筑摩書房『展望』編集部による佐美夫宛の葉書が現存。これを受領したらしい二月一二日の日記には「今日、太宰治の賞に、吾が作品が応募した模様だ。別になんの感動もないが、見守ろう。」とある（『沙流川』二四九頁）。
	9	25	須貝光夫、平村芳美、山家正博、横川松男、盛義昭と連名で、日高文芸協会発足の呼びかけ文を書く。	一〇月一日付須貝宛書簡に、佐美夫が文案を書いた旨の記述がある（『若きアイヌの魂』一九六頁）。
	12	1	「日高文芸協会のしおり」発行。	前文と会則から成り、佐美夫が書いた試案が元になっている。一一月八日付須貝宛書簡に試案の文面がある（『若きアイヌの魂』一九七～一九九頁）。

1969（34歳）	1	18	日高文芸協会の発会式が行われる。	編集責任者は佐美夫、事務局は平取町・盛時計店。発会式には赤木三兵、木村南生も参加。
	3		「ある老婆たちの幻想　第一話　赤い木の実」（『日高文芸』1号）	浄書稿は残されていないが、一九七三年八月五日に佐美夫の遺品のなかから発見された「ある老婆たちの幻想　第二話　鈴」が書かれた原稿用紙の表側（「鈴」はその裏面を利用して書かれている）には、「赤い木の実」の下書きが「老婆たちのファンタジー第一話　青い霜枯」と題して書かれている（実際に発表された「赤い木の実」とは一部内容が異なる）。使用されているペンや筆致がほぼ同一であることからみて、この「青い霜枯」が書き上げられてまもなく「鈴」にも着手されたものと推察される。いずれも主人公はアイヌの少女。時代設定は「赤い木の実」が明治期、「鈴」が大正期以降。佐美夫と同時代に「老婆」として生きていたアイヌ女性たちが内面に「幻想」として抱える思春期の情景を少女（＝「老婆」）自身に語らせる形式を採っている点が共通している。『コタンに死す』に再録（表題は「赤い木の実」）。また現存する「鈴」の草稿は「鳩沢佐美夫遺稿「ある老婆たちの幻想　第二話　鈴」」（『日高文芸　特別号　鳩沢佐美夫とその時代』一一〜九二頁）として活字化した。
			「編集後記」（『日高文芸』1号）	浄書稿が現存。
	4		「『文学懇話会』於・輪西市民会館──」（『葦通信』3号）	署名記事ではないが、『山音』『室蘭文学』の共催で三月二一日に開かれた道南地方文学懇話会に参加した佐美夫が書いたもの。

年	月	日	事項	備考
	7		「フットライトNo.1 盛義昭」（『葦通信』5号）	「フットライト」は同人紹介の連載記事。原稿は現存せず。
			「編集後記」（『日高文芸』2号）	浄書稿が現存。
	8	7	平取町において、須貝光夫が引率する札幌東高等学校歴史学研究同好会と座談会を行う。	須貝光夫「札幌東高等学校歴史学研究同好会と鳩沢佐美夫との対談」（『コブタン』25号、二〇〇五年八月）のなかにこの日の様子が再現されている。
		8	平取町において、須貝光夫が引率する札幌東高等学校歴史学研究同好会と座談会を行う。	須貝光夫「語りたし、わが民族のために—札幌東高等学校歴史学研究同好会と鳩沢佐美夫との対談・そのⅢ—」（『コブタン』27号、二〇〇六年七月）のなかにこの日の様子が再現されている。
			「三号誌の企画に当って！—編集室から—」（『葦通信』6号）	原稿は現存せず。
			「フットライトNo.2 福士金子」（『葦通信』6号）	浄書稿が現存。
	9		「フットライトNo.3 安田功二」（『葦通信』7号）	原稿は現存せず。
	11		「座談会 地域文化（文芸）活動の在方」（『日高文芸』3号）	出席者は、石井京子、熊谷清治、竹内清、橘鉄郎、橋本勝顕、安田功二、佐美夫。原稿は現存せず。
			「編集後記」（『日高文芸』3号）	浄書稿が現存。
			「農業問題の特集予定（編集室から）」（『葦通信』8号）	浄書稿が現存。
			「フットライトNo.4 四戸マサ（福花園正月）」（『葦通信』8号）	浄書稿が現存。
			「—新米編集長ぼやくの記—」	原稿は現存せず。

			（『大和通信』2－3）	
	12		「フットライトNo.5　横川松男（よこかわまつを）」（『葦通信』9号）	原稿は現存せず。
			「しゃべる会大盛況！（於11月22日）」（『葦通信』9号）	原稿は現存せず。
1970（35歳）	1		「フットライトNo.6　石井京子」（『葦通信』10号）	浄書稿が現存。
	2		「進歩と戸惑い―其の一」（『葦通信』11号）	浄書稿が現存。
	3		「座談会　農民は訴える」（『日高文芸』4号）	出席者は、木田真一、橘武士、鍋沢満、山崎喜一郎。司会は佐美夫。原稿は現存せず。
			「編集後記」（『日高文芸』4号）	浄書稿が現存。
			「フットライトNo.7　橋本勝顕」（『葦通信』12号）	原稿は現存せず。
			「進歩と戸惑い　その二」（『葦通信』12号）	原稿は現存せず。
		31	出堀四十三死去。	この年の新年会の席上で笠原肇から出堀の病態について知らされ、佐美夫は驚愕したようだ。『山音』時代の後半から二人の関係（とりわけ佐美夫の出堀に対する感情）は冷えていたが、一九六九年半ば頃から、しばらく途絶えていた文通が復活していた。同年三月室蘭で開かれた道南地方文学懇話会で同席したことがきっかけの一つであったかもしれない。このときにはもはや『山音』時代の編集長と書き手の関係ではなく、別々の

年	月日	事項	備考
			同人誌を運営する編集長同士という意味では対等な立場であり、だからこそ佐美夫は出堀との関係を客観的に見つめ直すことができたのだろう。そして、出堀の入院を知ってから彼が死去する直前まで続いた二人の手紙の内容からは、他の誰との間にも見られなかった深い師弟愛とも言うべきものが感じられる。二月には、佐美夫は札幌の病院に出堀を見舞っている。葬儀にも参列した。 　その後、佐美夫は『山音』56号（一九七一年一一月）の出堀追悼特集に「大地に慟哭して―〈師・出堀四十三〉を悼む―」を寄せるが、同号の完成を見ることなく死去。出堀の入院を知って佐美夫が送った手紙に対する出堀からの返信（一月一五日消印・出堀書簡）が全文引用されている。
	?	この頃、「最近アイヌ考」、「藁縄」（未完）、および「雪の精」「折り鶴」「証しの空文」の改稿（「証しの空文」は二枚のみの断片）が書かれる。	すべて草稿段階にとどまるもの。執筆時期の推測根拠は、佐美夫が左手でペンを握るようになって以後に特徴的な筆跡と、執筆に用いられている紙。これらは同種のB４版用紙（役場が用いる公式文書のフォームが印刷された廃棄紙）の裏側を使って書かれている。この廃棄紙は日高文芸協会会員で家業が書店・印刷業であった清宮繁子が同協会に提供したもの。同じ紙が『葦通信』11号（一九七〇年二月）から15号（同年八月）までの印刷にも使われていることから、それらとほぼ同時期に書かれたとみられる。

		「最近アイヌ考」は『日高文芸』9号（鳩沢佐美夫追悼特集）に遺稿として掲載。のち『若きアイヌの魂』に再録。「藁縄」は、のちの「休耕」と同様に農民の現実を扱うことを企図した未完の草稿（二四枚）。丸山隆司「〈位置（position）〉について―鳩沢佐美夫論にむけて―」（『藤女子大学国文学雑誌』75、二〇〇六年九月）がその概要に言及している。「雪の精」「折り鶴」「証しの空文」の改稿については、拙稿「【資料紹介】鳩沢佐美夫、もうひとつの「折鶴」」（『コブタン』25号、二〇〇五年八月）、同「【資料紹介】鳩沢佐美夫「証しの空文」改稿断片二葉（『コブタン』27号、二〇〇六年八月）、同「3つの「雪の精」―鳩沢佐美夫論の再構築のために―」（『東京理科大学紀要（教養篇）』53号、二〇二一年三月）のなかでそれぞれ全文を活字化した。
4	「「日本の知られざる辺境」と「バチェラー自叙伝」―雑感」（『郷土研究』9号）	
6	久保田正文「同人雑誌評」（『文学界』24－6）	「座談会　農民は訴える」を論評。
7	「追悼　出堀四十三殿（山音文学主幹）」（『日高文芸』5号）	日付は「昭和四十五年五月三十日」。「日高文芸協会」名で書かれているが、佐美夫の筆になる追悼文。出堀が病院から出した最後の手紙（三月二七日消印・出堀書簡）が全文引用されている。
	「座談会　強くなったか女」（『日高文芸』5号）	出席者は、佐々木フミ、佐々木八重子、四戸マサ、清宮繁子。司会は佐美夫。原稿は現存せず。

年	月	日	事項	備考
			「編集後記」（『日高文芸』5号）	原稿は現存せず。
	8	30	「対談　アイヌ」のもとになる「対談」が、日高文芸協会会員のアイヌ女性（二三歳）との間で行われた。	
	11		「対談　アイヌ」（『日高文芸』6号）	佐美夫の対談相手は「おんな（二十三歳）」と記されている。『若きアイヌの魂』『沙流川』のほか、以下に再録。『郷土研究』12号（一九七一年九月）、『日高文芸』9号（一九七一年一一月）、谷川健一（編）『近代民衆の記録　5　アイヌ』（新人物往来社、一九七二年六月）、臼井吉見ほか（編）『土とふるさとの文学全集　7　記録の目と心』（家の光協会、一九七六年七月）、小笠原克ほか（編）『北海道文学全集　11　アイヌ民族の魂』（立風書房、一九八〇年一一月）。
			「編集後記」（『日高文芸』6号）	浄書稿が現存。
		24	『北海道新聞』「卓上四季」で「対談　アイヌ」に対する賞賛的論評。執筆者は山川力。	
1971（36歳）	1		「迎春」（『葦通信』17号）	
	2		「盛況だった新年会に思う」（『葦通信』18号）	原稿は現存せず。
			小松伸六「同人雑誌評」（『文学界』25-2）	「対談　アイヌ」について「このまま同人誌にうもれさすのは、なんとしても惜しい」と論評。

3		「春を歌いて……」（『葦通信』19号）	原稿は現存せず。
		『日高文芸』7号発行。この号から編集責任者を退き、盛義昭に託す。	
6		「第七号誌の薫り」（『葦通信』20号）	原稿は現存せず。
7		「休耕」（『日高文芸』8号）	創作としては佐美夫の最後の作品となったもの。減反政策に翻弄される農民の苦境を農家の主婦の視点で描いており、『日高文芸』誌上の座談会で扱われた地域・農村問題や女性問題を踏まえた内容になっている。浄書稿が現存し、一枚目には「一九七一、六、十五」と日付が書かれている。
8	1	死去。	「推定午前一〇時、沙流郡平取町サルバで死亡。鳩沢は生前の五年間、かかさず毎月一日に彼の生家のあったルベルンナイに沢の湧き水を汲みに行き、それを仏前にあげて毎日少しずつ飲んでいた。この日も義妹の子供を連れて祖母さたの遺品であった杖をはじめて使って湧き水を汲みに行く途中、血を吐いて斃れた」という（『沙流川』所収「鳩沢佐美夫略年譜」三〇一頁）。戒名は「光文院智徳日恵士」。

あとがき

本書は今年（二〇二一年）没後五〇年という節目を迎えた北海道沙流郡平取町出身の作家・鳩沢佐美夫（一九三五－一九七一）の著作集として今後全三巻の刊行が計画されている『鳩沢佐美夫の仕事』シリーズの第一巻である。

鳩沢の作品に初めて触れる読者が少なくないであろう最初の巻であることを考慮し、本書では一〇年余りという彼の短い表現者人生における「仕事」の大部分を占める散文的な文芸作品から七編を選んで収録した。巻頭に置いた「証しの空文」は、鳩沢と祖母との交流という実話に基づき、漢語を多用した独特の硬質な文体から滲み出る情念と、反面エスノグラフィー的とも形容し得るような客観的で分析的な叙述とが、ときに鳩沢自身の〈アイヌ〉をめぐる葛藤をそのまま表出したような妖しい不協和音を含みながら奏でられる不思議な魅力を持った代表作である。そのほか、アイヌの父子が地域社会で差別され収奪されながらも強く生きようとするさまを巧まざる筆致で生々しく描いた初期の習作「戯曲　仏と人間」から、減反政策に翻弄される農民の苦境を農家の主婦の視点で描いた最後の小説「休耕」までの六作品は、ほぼ創作の年代順に配列している。いずれにおいても、幼少期から病魔と闘いながら〈アイヌ〉として農村社会で生きた彼が内面に抱え込まざるを得ない矛盾や分裂を言語化しようとしたその文体は、読みやすい平明なものとは言い難いところがある。その意味で、本書に収録した「年譜　鳩沢佐美夫の生涯」は作品の背景を理解する助けになる解題的な情報が少なからず含まれている。併読していただければ幸いである。

鳩沢佐美夫の名を最も有名にしたのは、彼が主宰する『日高文芸』第六号（一九七〇年一一月）に発表され突如脚光を浴びることとなった「対談　アイヌ」であろう。当時のアイヌが置かれた状況について日本社会の差別構造のみならず同族に対する辛辣な批判も辞さず問題点を鋭く抉り出したこの「作品」は、いわば状況への告発として読まれ、その後の〈アイヌ〉をめぐる種々の社会的な運動を高揚させる火付け役となった。

「対談　アイヌ」発表から一年足らずの一九七一年八月、鳩沢は満三六歳の誕生日を目前にして急逝した。そして皮肉にも鳩沢の名はその死後、彼自身の手を離れて刊行された著作集によって初めてローカルな同人誌という枠を越えて広範囲に、しかし「対談　アイヌ」によって強く定着した「たたかうアイヌ作家」とでも呼ぶべき固定的なイメージとともに流通することになる。死の一年後に当たる一九七二年八月には、「対談　アイヌ」などの評論的な作品や日記、書簡などを収めた最初の著作集『若きアイヌの魂　鳩沢佐美夫遺稿集』が、翌一九七三年八月には、新聞や雑誌の同人誌評で紹介されたことのある「証しの空文」「遠い足音」（いずれも〈アイヌ〉を題材として扱っており、その意味では彼に付与された如上のイメージに合致する小説である）を含む彼の文芸作品を収めた『コタンに死す　鳩沢佐美夫作品集』

が、ともに新人物往来社から出版された。また先住民族としてのアイヌの動向が社会的に注目を浴びるようになった一九九五年八月には、さきの二つの著作集の編集を手掛けた内川千裕(故人)が社長を務める草風館から、「証しの空文」「遠い足音」「対談　アイヌ」と未完の日記二つを収めた『沙流川　鳩沢佐美夫遺稿』が出版されている。

本シリーズはそれ以来、実に二六年ぶりに世に出る鳩沢の著作集である。あえて現在これを新たに刊行して世に問う意義は二つある。

第一に、本書に収録した「戯曲　仏と人間」や「休耕」のように初めて書籍化されるものを含め鳩沢の作品を網羅的に紹介することで、既往のステレオタイプに収まらない多様な作品を残した表現者・鳩沢の全貌がわかるような構成を企図している点である。もともと鳩沢の死後『日高文芸』の同人たちによって最初に計画された著作集は、鳩沢と所縁のある山音文学会(北海プリント社、北海道豊浦町)から「全集」として構想されていた。本シリーズは図らずもその初志に近いものを目指す形となっている。

第二に、これまでに書籍化された作品を含め、鳩沢自身が書き残した手稿を綿密に分析する校訂作業を通じて、これまで活字として流通してきたテキストに含まれている問題点、すなわち、同人誌なり書籍なりに活字化される段階で鳩沢以外の他者によって加えられた修正や改竄を極力排し、鳩沢が本来意図していた表現を最大限に復元することを試みた、という点である。とくにこれについては、鳩沢の遺族から手稿や日記・書簡等の遺品を譲渡され著作権を含む一切の取り扱いを委ねられてきた盛義昭氏(元『日高文芸』編集人)、および身体に障害を抱える盛氏に代わって実質的にその保存・管理に尽力してきた同氏のパートナーである額谷則子氏、そして筆者（木名瀬）の三者が二〇〇四年頃から協同でおこなってきたそれら資料全体の整理と手稿類のデジタル化、およびその読解という地味ながら長期に及んだ作業の蓄積に大きく依拠している。こうした研究を通じ、私たちは鳩沢のライフヒストリーや作品が生み出される過程など、それまで明らかにされてこなかった多くの事実を知ることとなった。その成果は、二〇一〇年六月に北海道立文学館に寄贈した特別資料『鳩沢佐美夫デジタル文書資料集』、および二〇一三年一二月に刊行した『日高文芸　特別号　鳩沢佐美夫とその時代』（491アヴァン札幌）という形で公にしている。

本シリーズはこの二点を踏まえて編集された初のクリティカル・エディションである。最低限第一巻だけは没後五〇年の二〇二一年内に刊行するというワガママな条件を（タイトな工程スケジュールであったにもかかわらず）呑んで実現して下さった藤田印刷エクセレントブックスの藤田卓也氏およびスタッフの皆様、藤田氏と筆者との間を取り持つなど企画の実現に貢献してくれた岡和田晃氏、そしてこの編集の過程でも陰からサポートをしてくれた盛氏、額谷氏にはただ感謝するのみである。

没後五〇年が経ち、鳩沢佐美夫の名は今やそれを知る人々の間ですら懐古的な響きをもって受け止められるようになった。前世紀の末期から今世紀の初頭にかけて、国際的な先住民族運動などを背景にアイヌは日本政府からアイヌ文化を中心とした新たな立法と施策を「勝ち取って」きた。鳩沢が絞り出すように言葉を紡いだ重苦しい時代はとうの昔に去ってしまったかのような幻惑を覚える。しかし、施策自体や結果としてもたらされた社会的な関心の高まり（と映るもの）に功罪両面があることも次第に明らかとなりつつある。何より、現行の施策を規定する法律が「尊重」すると謳っている「アイヌの人々の誇り」なるものは、その「誇り」の内実を誰がどのように決するのかという重要な反省的回路を欠いたまま、依然として〈他者〉の威光によって鎧われたコトバで弥縫され続けている。そのような軛から脱するためにこそ、あの時代の鳩沢は「文学という普遍性を命題として、われわれは勇気をもって、人間という全体にこの問いかけをしよう」（「対談　アイヌ」）と呼び掛けた。その思想は〈アイヌ〉という文脈にとどまらず、自らのコトバを〈他者〉の手から取り戻さねばならない立場の人々すべてにとって、今もなお輝きを失っていない。

（木名瀬高嗣）

編者略歴

木名瀬 高嗣（きなせ・たかし）

1970年生まれ

東京理科大学 教養教育研究院 准教授

専攻：文化人類学、社会史

主な業績：

『鳩沢佐美夫デジタル文書資料集』（木名瀬高嗣、盛義昭、額谷則子［作成・編集］、財団法人北海道文学館寄贈資料［特別資料］、2010年）

『帝国の視角／死角―〈昭和期〉日本の知とメディア―』（共著：坂野徹・愼蒼健［編］、青弓社、2010年）

『日高文芸　特別号　鳩沢佐美夫とその時代』（共編著：日高文芸特別号編集委員会［編］、４９１アヴァン札幌、2013年）

『帝国を調べる―植民地フィールドワークの科学史―』（共著：坂野徹［編］、勁草書房、2016年）

「譯萃　鳩澤佐美夫《空證文》」（「証しの空文」繁体字中国語訳：『文資學報』14期、國立臺北藝術大學文化資源學院、近刊）

鳩沢佐美夫の仕事　第一巻

発行日　2021年12月28日

著　者　鳩沢佐美夫　©盛義昭

編　者　木名瀬高嗣

編集協力　岡和田晃

発行人　藤田卓也

発行所　藤田印刷エクセレントブックス

〒085-0042

北海道釧路市若草町３番１号

TEL 0154-22-4165

印刷・製本　藤田印刷株式会社

ISBN 978-4-86538-131-3　C0093